国家出版基金项目
NATIONAL PUBLICATION FOUNDATION

国家出版基金资助项目

项目编号：2018~076

"一带一路" 大型系列丛书

总策划　戴佩丽
主　编　孙春光　副主编　马庭英

郝贵平 ◎ 著

新疆是个好地方

我的大新疆

中央民族大学出版社
China Minzu University Press

图书在版编目（CIP）数据

我的大新疆／郝贵平著. —2 版. —北京：中央民族大学

出版社，2021.12（2022.4 重印）

（"一带一路"大型系列丛书. 新疆是个好地方）

ISBN 978-7-5660-2007-9

Ⅰ.①我⋯ Ⅱ.①郝⋯ Ⅲ.①散文集—中国—当代

Ⅳ.①I267

中国版本图书馆 CIP 数据核字（2021）第 265861 号

我的大新疆

著　　者	郝贵平	
责任编辑	戴佩丽	
责任校对	杜星宇	
封面设计	舒刚卫	
出版发行	中央民族大学出版社	
	北京市海淀区中关村南大街 27 号　　邮编：100081	
	电　话：(010)68472815(发行部)　传真：(010)68932751(发行部)	
	(010)68932218(总编室)　　　　(010)68932447(办公室)	
经 销 者	全国各地新华书店	
印 刷 厂	北京鑫宇图源印刷科技有限公司	
开　　本	787×1092　　　1/16　　　印张：18.5	
字　　数	245 千字	
版　　次	2021 年 12 月第 2 版　　2022 年 4 月第 2 次印刷	
书　　号	ISBN 978-7-5660-2007-9	
定　　价	75.00 元	

"一带一路"倡议中，新疆定位于丝绸之路经济带核心区，并以日益凸显的区位优势和辐射效应，与21世纪海上丝绸之路逐步衔接。

在第二次中央新疆工作座谈会上，习近平总书记强调，要在各族群众中牢固树立正确的祖国观、民族观，弘扬社会主义核心价值体系和社会主义核心价值观，增强各族群众对伟大祖国的认同、对中华民族的认同、对中华文化的认同、对中国特色社会主义道路的认同。近年来，在以习近平同志为核心的党中央坚强领导下，新疆文化事业得到长足发展，对经济社会发展的引领作用不断增强，特别是随着稳定红利持续释放，文化创新呈现快速增长。实践充分证明，以习近平同志为核心的党中央治疆方略高瞻远瞩、英明睿智，只要坚定不移地贯彻落实党中央治疆方略，新疆形势就能朝着全面稳定的方向发展、就能实现社会稳定和长治久安，新疆经济就一定能够贯彻好新发展理念、推动高质量的发展。

"一带一路"倡议的实施是新疆地区走向现代化、融入现代化潮流、发展现代文化的一次新机遇。在这一背景下，《"一带一路"大型系列丛书——新疆是个好地方》出版项目正式推出，其目的就是要围绕中心、服务大局，弘扬主旋律，传播正能量，为推进新疆稳定发展提供强有力的文化支撑。

丛书坚持党性与人民性相统一，不断增强中国特色社会主义道路自信、理论自信、制度自信、文化自信；坚持正确文化导向，团结、稳定、

鼓劲，弘扬正能量；紧紧围绕社会稳定和长治久安总目标，使文学作品服务大局，形成文化艺术的强大合力。丛书作品内容注重创新意识、创新观念、创新内容、创新形式，切实提高文学作品的传播力、引导力、影响力和公信力；坚持"高举旗帜、引领导向、围绕中心、服务大局、团结人民、鼓舞士气，成风化人、凝心聚力、澄清谬误、明辨是非、连接中外、沟通世界"。

丛书的出版发行，将对发展新疆区域文化产生积极的正面效应。基于此，我们遴选了疆内的数十位知名作家，通过报告文学、散文、诗歌、小说等形式，从不同的角度反映新疆现代文化发展，展示各民族同胞践行社会主义核心价值观以及逐步形成的进步、文明、开放、包容、科学的理念，讴歌各民族同胞团结互助的精神风貌和浓厚氛围，进一步增强各民族同胞之间的认同感，更好地维护新疆地区的长久稳定和繁荣助一臂之力。丛书视角独特、文字量浩繁、信息量巨大，让新疆人民可以真正全面地知道自己，让疆外的读者可以全面地认知新疆，也让世界客观地了解新疆、了解中国。

丛书得到了国家新闻出版署、中共新疆维吾尔自治区党委宣传部审读处、国家出版基金办的大力支持，使得这部丛书得以顺利出版。

编　者

绿洲歌韵

石油情怀

绝地叙述

天 山 履 踪

天山，天山

　　新疆是热腾腾的胸怀，天山就是这热怀里的珍宝。说起新疆，不能不遥想天山的古老与悠久；提到天山，不能不述说新疆的广袤与博大。称谓新疆，往往用"天山南北"这样颇有地理感的形象语言，"天山南北"的指代深蕴着一种浓郁的挚爱，深情的自豪。

　　天山，东西绵延两千五百多千米，南北宽达二三百千米，莽莽横亘于新疆中部，成为塔里木、准噶尔两大盆地的分界。庄周《逍遥游》中的鲲鹏，背负青天，扶摇羊角，翼若垂天之云，不知其几千里。天山就是一只守驻新疆大地的巨大鲲鹏，南北疆漫大旷远的两大盆地，就是它那化给人间的垂天双翼。

　　天山是神秘的山，它的浩大气魄，雄伟气势，雄浑苍茫，诡谲气象，充满无穷魅力，一直点拨我的想象，招引我的向往。画报里，收音机里，电视里，文字里，凡是关乎新疆的、天山的，我看着听着，都格外亲切心动，别有意味。我原非新疆的"土著"，但迢迢千里，移居新疆，新疆给予我的，天山伴随我的，很多，很稠，像一团化解不开的结晶物，浓缩得好沉重。我沐天山的风，饮天山的水，天山激励我钟恋新

疆，感奋我缱绻西部。

我的心目中，天山是崛立新疆大地的立体浮雕，是雕刻悠远历史和灿烂风情的壮丽画卷。如果把新疆比作一匹奔驰的骏马，那么天山就是马背上英武的绣鞍。如果把新疆喻为一条飞腾的苍龙，那么天山就是龙脊上驮来的福祺。

当初，刚刚进入新疆地域，大片焦乎乎、野茫茫的戈壁扑入眼帘，陌生的荒芜着实惊心，那是比照内地的草木葱茏与田园生机而生出的惊异。但是，透过列车的窗棂，望见天山，继而身临天山之中，感受天山的苍莽与深邃时，心里那份短暂的惊异，就转换成另外一种新鲜的活生生的慰藉。

列车进入天山，是在阳光灿烂的午后。安静的车厢里，我凝视窗外，不愿舍弃渐次变化的每一处景物。这里是内陆干旱性气候，苍凉的天山风光犹如神奇的梦幻，剧烈地冲击着心扉。镶嵌铁轨的谷地碧草如织，洁白的羊群宛若落地的白云。戴花帽的牧人定是少数民族吧，骑着骏马，甩动长鞭，英武剽悍，威风凛凛。几顶白色的毡包，安详地静处在铁道旁的草地，毡包前三五孩童与狗嬉戏，几头骆驼懒洋洋跪卧。沟河里小溪清冽，浪花如雪，该是从远处看得见的雪峰融化下来的雪水。列车到此，空气顿时清凉起来，不多时候以前的涔涔汗意全然消无。天山谷地的柔美，令人心旷神怡。

随着列车的逐渐爬高，峡谷的坡度明显增大，清凌凌的溪流奔腾着扑向下游，不断激起细碎的浪花。草色变得疏淡，透出的只是浅浅的绿意，但稀薄的草色里，紫色的黄色的小花，虽纤弱，却鲜亮，生机盎然，十分惹眼，纯洁得犹如山之精灵，美丽得仿佛迷人童话。山势的曲线明显地不再柔缓，一峰峰山岭高峻如壁，重叠错落，天山开始显露它刚硬挺拔的雄浑。那嶙峋突兀，桀骜不驯的山头，凝定着野性的粗犷，在列车轰隆隆的行进里充满动感，气势逼人，俯仰苍天。山岭之外，天蓝得清澈深邃，大团大团的白云低低地压迫着干秃的山脊，不时地荫蔽

着阳光，投下一片片游移的阴影，像是淡淡的梦魇。

列车的鸣号尖利而空洞，钻隧道了。隧道幽深压抑，列车的隆隆声更加沉重，似乎隐藏着某种不测的暴力。忽然，车厢里明亮起来，沉重的隆隆声随之消失，列车的行进又变得轻快。明显感觉空气冰凉，已经攀爬到了雪线之上。天色阴沉，云海苍茫。太阳躲进了虚浮的云层，光芒苍白；山窝里积雪晶莹，山野里细碎的雪花轻纱一般，在淡漠的阳光里轻轻飞扬。此情此景，感觉云中的太阳像是月亮，心里不禁想起李白的诗句：明月出天山，苍茫云海间……

海拔很高，这里有一个高山小站。片刻停留之后，列车又不时地钻山洞，过涧溪，绕山峦，驰沟滩，依山傍水，一路下行。山势由奇峭而平缓，溪流由细小而漫宽，草色由淡薄而浓郁。不久，我就置身于南疆的广袤大地了。列车负载着我的激情，负载着我同天山的最初相识，联结起我对北疆和南疆的缱绻之情。

与天山最初的相识，是在轻松的游历中完成的一次心灵的洗礼。乘坐火车翻越天山只有数小时，而我用人生翻越天山却走了几十年。单从交通而言，天山是一道屏障，但，我在其间的轻松游历中，获得的却是对于新疆、对于涉足遥远的别样意味的又一重体认。这样的感觉，在此后频频与天山难分难解的交融中，变得愈加鲜明、灵动，越发深刻、厚重。

追随石油勘探者的足迹，寻访蒙古族牧人的歌谣，我与天山有了更多的"亲密接触"，高低远近观天山，所获得的总是震撼魂魄的心灵冲击。

飞机上俯瞰天山，那裸露的峰岭犹如群塔布阵，浩瀚无边；黑褐色的山体仿佛铁铸一般，冷峻凝重；凝定的山间谷地，或幽深清寂，或寥廓静远；更为高峻的山堑岭头，则银装素裹，白绸雪缎，境界清寒，皓洁无染。临空这座庞大的山脉之上，眼底群峰游移，深壑变换，体味它那冠名的"天"字，我恍如身游天界，神飞意荡。

　　我曾经数次身临天山腹地的河谷川道，看山腰云蒸霞蔚，望雪线冬夏两分。夏日里攀缘登高，茂密的谷地水草，翁郁的山坡云杉，旖旎的陡坡达坂，及至潮润的山石雪线，竟是那么分明地演绎着四季的感受；而雪线以上的峰巅，总是那么长久地保持出世的高洁，在漫远深邃、蔚蓝纯净的天宇之中，永久地耸立着冰清玉洁的形象。面对天山，无论何人都只能匍匐，感悟天山，永远需要虔诚仰视，天山给予人的振作，天山的厚重，让人回味无穷。

　　我也多次在平阔的戈壁漠野遥望天山，那绵延横亘的兽齿般的山峦，雕铸着支撑天穹的雄浑气概，傲立着脊梁般的威严强悍，叙说雷击电撼，岿然不动，深蕴岁月漫漫，悲壮肃穆。

　　我还远涉天山的怀抱，朝拜那巍巍凌空，岩层清晰的山体，那是地层裂变后的立体凝固，无声地标示着崛起的力量。那铁锈色壮观的雅丹峰柱，诡奇雄丽，气象巍峨；那锋刃般倾斜的断岩，疏离斑驳，几近倾废。这是天山经历爆裂震荡、重组重合的记录啊！

　　认知天山，我常常动心于它锦绣绮丽的草原，景象幽深的杉林，明朗清美的湖泽，玉身银体的冰川……

　　天山草原辽阔，碧绿如海，天山云杉挺拔，覆坡罩岭。赞颂草原，讴歌杉林，诗人、画家为天山赋予的诗情画意，感心动魂，历数不尽。草原的宽广辽阔令人开怀，草原的辽阔秀美促人消愁释烦，草原的爽丽清风启人洗浮除躁，草原的生机勃勃催人意绪昂然。遍布沟壑岭头的云杉，其茂密葱茏，浩若绿云，那是天山饱满情意的深厚蕴藏；其身躯笔立，高如天柱，那是天山峻直灵性的形象再现；其状若绿塔，端庄优雅，那是天山明正心志的优美勾勒；其山树依恋，境界苍苍，那是天山造化自然的和谐图景。天山的峰岭谷涧和草原林木相谐相衬，如诗如画。天山的柔美境界是一卷灵性深长、情味缠绵的散文诗。

　　草原是天山镶嵌腰间的翡翠，茂林是天山披在肩背的大氅，而天鹅湖则是天山装扮容颜的明镜——它是天山用无限的疼爱环抱的神圣之

湖，它与幽静的群峰和清朗的草地相依相恋，营造了一个圣洁之鸟栖息繁衍的清幽季节，成为一则优美曼妙、魅力无穷的佳话。如果把天山比作德高望重的长者，它对大地的绵长深情就是这曲环柔绵的蜿蜒之湖。如果把巴音布鲁克喻为清秀曼丽的美女，这绸缎般曲绕的高山湖泽就是她秀美的飘带。尤其引人神往的是，这风光鲜丽的草原湖泊，永远是天鹅的美好家园，和谐温馨地养育圣鸟仙鹤，别有意味地演绎美丽、高洁、吉祥的情感追求。天鹅一生只执着于一个性爱伴侣，天鹅的伦理忠诚像它的形象那样完美无缺。天鹅的形体之美，是大自然的灵性造化；天鹅的情爱之忠，洁净得毫无纤尘。正因为如此，引得多少摄影艺术家迢迢千万里来这里摄取大美，多少诗人作家跋山涉水来这里寻访至纯！

如果有幸探察摩天矗立的冰山，相信无论何人都会情动于衷。身居天山之南，与天山扭结着化不开的情缘，我对天山那峭立鲲鹏之背的冰峰怀有宗教般的崇拜。托木尔峰、汗腾格里峰、博格达峰等诸多冰山，傲立云天，气势磅礴，犹如披银戴玉的白发老人，雄踞于群峰之上，组成了千载永冻、百世永存的奇异冰川。那坚冰的裂缝纵横交错，深不可测，宛然天山老人的皱纹，默默地叙说着遥远的苍古；那形如城墙的冰崖坚实厚大，银光闪闪，垂挂着流苏似的银帘，夏日里便不尽地流泻串串珠玉；那尖顶林立的冰塔仿佛银铸玉雕，水晶琉璃一般光洁剔透，云缠雾绕，若梦若幻。冰川世界千姿百态，奇幻壮丽，犹如凝定着数不清的巨大银龙，曲折盘旋之状充盈浩然之气。叩问冰山雪峰：何以如此巍峨？以宽大山脉为基座，身躯顶天立地，头颅冷静思索，总是保持自身的理性高度；何以如此俊美？坦坦荡荡，明明白白，清透无秽，洁净无瑕；何以如此浩荡？接纳宇宙之气，怀揽万里云霓，为广袤的大地储存一份立体的泽惠之源；何以如此崇高？甘愿形销肌损，不惜晶莹血汗，化冰为乳汁，融雪为酪浆，成溪成河，哺农养牧。

天山是一部壮阔的史诗。读天山，就是读历史的悲壮，民族的融合，就是读迷人的牧歌，毡包的风情……

　　天山有一条人皆知晓的干沟，虽然曾经南北往来，多次穿行，我却不曾为它赋予哪怕极为简略的文字描述。在干沟完成它数千年来交通要道的历史使命，被一条贯穿千山万壑的黑油油的坦荡大道替代的时候，我终于所思悠悠，不能不与它做心灵的对话了。它是展示天山严峻面目的一个窗口，壑谷狭长，形若巨蟒，急弯盘绕，危岩交错；本是砾石漫漫的干枯河道，车马过处，无不飞土扬尘；春则山风尖利，夏常山洪突发；干沟行路，恍若穿越煎熬心情的"炼狱"。它是天山给予人们远途交往的一道走廊，近有南北疆的商贾贸易，物事往来，远有内地与中、西亚的文化交流；这里，可以觅寻汉代的木轮车辙，唐朝的马蹄踪迹，有过中国古丝绸的遥远西往，有过古印度佛经的万里东来。它是连接历史与现实的一条曲线，行进过兵戟马阵，负载过历史流变；穿连过农桑演化，见证过岁月更新；考证历史风尘可以问它，询访现实的奠基可以问它。如今，新辟的公路依然环山绕壑，临危历险，但却是一道流线型的风景线。天山行路由坎坷而流畅；干沟的履历，远去愈久，也当追思。

　　居高宜俯瞰，胸怀晓古今。天山，这白头皓首的老人，尽阅古代西域的沧桑，遍览西部变迁的风云。它迎接张骞的车辇，用雷声呼应西域都护府的暮鼓，它稳插班超的战旗，用云雨滋润汉王朝屯田的经营。它是左宗棠驱犯定疆的依托阵地，它引领林则徐谪而弥刚的情志再立丰碑。

　　天山西段的河谷里，气势宏伟、气象典雅的圣佑庙，飞檐高啄，古老富丽，镶嵌于大雄宝殿脊檩的汉文、满文、蒙古文、藏文四种文字的题记牌匾，赫然记载着光绪年间的修建日；天山南麓的巴仑台，深山幽幽，清流泻玉，那里的喇嘛黄庙被称为佛教的哲理学院，既讲论佛经，又教授天文、历算和医学；天山儿女创造了厚重的历史，厚重的历史哺养了卓美的文化。

　　天山是伟大的山，神圣的山，意味深长的山，令人心仪的山。

巴音布鲁克流出一条开都河

　　巴音乌鲁乡流出开都河，这是从行政区划上说的。从地理上说，巴音乌鲁乡位于天山深处的大尤勒都斯盆地，巴音布鲁克草原东西横贯巴音乌鲁乡全境，美丽的天鹅湖沼泽地区就在巴音乌鲁乡的西境。贯通天鹅湖沼泽地区的幽静娴雅的主渠道水流，就是开都河的源头所在的地区。那里是一块怎样的地方，因为天鹅湖的出名，因为许多文人关于天鹅湖的游记，许多摄影家关于天鹅湖景色的摄影作品，许多电视片关于天鹅湖的融合音乐、文字的介绍，世人莫不非常熟悉。开都河就是从这样一块令人倾心、神往的地方发育起来，往前行走，愈走愈壮大。

　　深山里，一条河的形成离不开山的功劳，山为河提供了狭谷，提供了流走的形态，河才得以依山奔涌起来。天山里大尤勒都斯盆地南部的崇山峻岭，就为巴音布鲁克草原上流过那条秀丽、文静的河水，设计了一条出山的通道，至于下游几百千米，山势说不尽的雄壮，谷地说不尽的曲折，开都河一路坎坷翻滚，向山外腾跃去了。开都河流走的数百千米的山间通道，两岸冰山雪岭和悬崖峭壁连绵不断，河道峻陡急落，水流飞驰湍急，不断汇集一条条融雪而成的水流，愈往下游愈是浩荡。及至出山的时候，就以莽大的阵势依偎进焉耆盆地的怀抱了。

许是几百千米的山岭地带走得寂寞，走得辛苦，开都河扑进焉耆盆地的时候，就平静了性子，和缓漫步行进了。开都河在这段路程的平缓漫步，是要欣赏一番所经过的和静县、焉耆县、和硕县、博湖县毗连的田园风光吗？这是一段深山寂寞之后豁然展现在眼前的繁荣景致，是完全不同于巴音布鲁克草原地区静美倩丽风光的另一种风景，阡陌如画，绿树成荫，村市连着农田，生气注满绿洲。平缓漫步自是一种心力的恢复，开都河又为这毗连着的充满生机的绿洲，提供着源源不断的水利恩惠。开都河恢复着继续前行的力量，同时又成了这片绿洲盆地的血脉之源。

著名的内陆湖泊博斯腾湖静卧在焉耆盆地的腹心地带，那是开都河的最后归宿。这是世人皆知的常识，自然是仅仅局限于地理上的了解。我在距离开都河有一山之隔的孔雀河畔生活，开都河流域、博斯腾湖畔常常是我涉足的地方，时间久了，我对这一带的自然地理以及自然环境中的社会人文产生了深厚的钟爱。正是这个缘由，我以为博斯腾湖是开都河的归宿那是不错的事实，但这么认为还嫌不够。应当说，博斯腾湖是开都河全部生命的一种飞跃性的嬗变。

开都河在尤勒都斯盆地，是它生命的孕育和少年的初长成时期，面貌鲜活秀美，气质优雅娇丽。它之所以具有那么多的神奇诱惑，归结到一点是它的那份清纯的洁美。谁不爱怜洋溢稚气和活力的幼儿呢？高山牧场里的开都河就是这样散发着生机的孩童。数百千米崇山峡谷地段，则是它跃跃欲试，活蹦乱跳的青年时期。它不断集聚一条条山溪汇拢来的力量，不断壮大、丰富自己。数百千米山地险谷的曲曲折折、坎坎坷坷，锤炼了它的心性、意志。当它跳跃着出山的时候，已经获得丰厚的积蓄，已经成为成熟的中年，焉耆盆地绿洲的生

机，就是开都河这位成熟中年汉子的作为。

开都河在极尽了对焉耆盆地这块绿洲的养育义务之后，义无反顾地把自个儿的一切，包括形影和生命，都交付给了博斯腾湖。开都河在这里化成了一抹不见尽头的浩渺，化成了一种新的更大气派的生命。这个充满天地浩然之气，宽阔得简直可以与大海相提并论的蓝色水域，是西部瀚海里的一片奇观，是养育另一个新生命的庞大的生命体。这里，鱼类的兴旺，鸟类的繁多，芦苇的茂盛，都是这个庞大生命体对于大自然的奉献。更为重要和更具深远意义的是，博斯腾湖又以它博大的胸怀和长久的慈爱，孕育出一条新的河流，向山外的城市和绿洲，向城市、绿洲更远的地方，供应着源源不断的生命的乳汁。

这条新生的河流，当然就是我生活在它的岸畔的美丽的孔雀河了。

开都河的嬗变是一次伟大的再生。这是开都河之所以魄力非凡的一个重要的方面。开都河的这一自然属性，就足以让人歌之颂之，足以让人永远崇拜崇敬了。

对于开都河，我还要说的是它的另一重属性，这一重属性更加凝重，凝重得简直无法称量，无法用语言说尽。这就是开都河的历史文化内涵，它的历史文化内涵的情感分量。

首次目睹开都河的风采，是在乘坐汽车穿越焉耆盆地的那一次。长长的公路桥下，一条浩浩涌动的河流，从上游蜿蜒而来，向下游曲绕而去。正是南疆初春的四月，两岸桃花灼灼如火，桑、柳、榆、杨绽放新叶，艳阳温柔得沐浴肌肤，农田里泛青的麦苗油菜一抹新绿。我一眼看出了这条河与这块绿洲的亲密关系，却不知道河叫什么名字。询问同行的人，才知道叫开都河。有趣的是，当时听人说，开都河就是《西游记》里的那条通天河。惊叹之中，我就一直盯着那闪着波光的水面，盯着河道两旁绿茵茵的滩地，直到桥头的建筑挡住了远远的河湾。

开都河在身后远去，我的心里却泛起了通天河的波涛。我回味着《西游记》里，观音菩萨莲花池里的一条金鱼化作妖精，强占通天河下的老龟宅第，设冰封冻800里通天河面，诱使唐僧落水，引出一场水域大战的神奇故事。吴承恩老先生真是一个伟大的想象家。开都河的水流来自天山，将它演化成通天河甚是恰当，只是通天河800里之宽，其实就是海了。然而，实际的开都河毕竟有"通天"的特点，仅就这一点来说，它是吴承恩老先生笔下通天河的依据。开都河对于《西游记》里这段精彩故事的生发确是有些功劳。我是乘车过桥越过开都河的，但我心里显现的是，金鱼精被观音菩萨用篮子提收以后，那白色的老龟背负唐僧师徒顺利穿越通天河的极富情趣的画面。

说到开都河，不能不说土尔扈特蒙古族人。开都河与土尔扈特蒙古人的命运、生息，是那么紧密地联系在一起，人文历史久远，文化风情独特，以至在这里居住久了，就不能不对西部蒙古族人产生由衷的热爱。由于语言的关系，我初居孔雀河畔的时候，与西部蒙古族人的交往很少，对他们的历史文化和民族风情所知不多。好在许多蒙古族朋友都会说会写蒙汉两种语言文字，在与他们的交往中，我就愈来愈觉得这是一个了不起的民族，对于他们的历史和文化，对于他们的马头琴和白哈达，对于他们斑斓的生活和悠长的歌调，都产生了一种十分亲近的感觉。开都河流域几百千米的漫大地域，就是西部蒙古族人休养生息的地方，开都河养育了西部蒙古族人，我就总是觉得开都河是土尔扈特蒙古族人的一支永唱不息的歌谣。

开都河精神的伟大，在于它的强烈的回归感召力。在开都河流域，在整个巴音郭楞蒙古自治州，回归两字的意念具有很重很重的分量，是包括开都河流域的整个巴音郭楞蒙古自治州最具自豪感的历史蕴含之一。渥巴锡的名字，土尔扈特东归的历史事件，是那么深刻地烙印在巴音郭楞蒙古自治州的山川草原，平野大地。东归的壮举和东归英雄的精神，像天山的雪峰永远高高耸立，像开都河的波流永远奔

腾不息。巴音郭楞蒙古自治州是多民族聚居地，汉族占到总人口的一半以上，维吾尔族占三分之一，蒙古族大约只有总人口的二十分之一。独以"巴音郭楞蒙古自治州"作为行政区名，足以说明国家对土尔扈特人东归历史的肯定，对土尔扈特人强烈的华夏民族精神的尊重。

马头琴奏响的歌

    和静县，地处焉耆盆地，近临博斯腾湖，天山中段横亘境内，县境山地面积90%以上，雪山起伏，冰川高悬，植物茂盛，森林密布。和静历史厚重，山水林木雄美，民族风情多彩多姿，文化宗教蕴含丰富，很有特色，很有魅力。

    和静县有充满诗情画意的巴音布鲁克草原，幽静的泽国水域天鹅湖，风景秀美的巩乃斯森林公园，巧夺天工的天山奇景奎克乌苏石林；发生过渥巴锡率众从伏尔加河流域，东归祖国的极富传奇色彩的历史事件；珍藏着康熙、雍正、乾隆三代皇帝谕致土尔扈特部首领三件敕书的贵重文物；还有保存完好的土尔扈特汗王府和巴仑台满汗王夏宫等。这里特殊的地理、历史、土尔扈特民族文化等人文遗产，是中华民族文化宝库里引人瞩目的组成部分。

    和静是一方充满诱惑、充满神奇的地域。它的丰美物华，它的浓郁锦绣，是马头琴伴奏的诗与歌。

    我在与和静县近邻的库尔勒生活多年，深感流经这座城市的孔雀河，总是带着和静山川草原丰美物华和浓郁锦绣的气息。因为孔雀河源

自博斯腾湖，博斯腾湖又源自开都河，而开都河横贯和静县域几百千米的山原大地，串联的正是和静的丰美物华，浓郁锦绣。

在简短文字难以述尽的丰富里，我想借用从这块土地上生长的诗与歌，来抒写我对和静这块神奇土地，对于土尔扈特蒙古人的灿烂文化的由衷之情。

我所在的巴音郭楞蒙古自治州，多民族的文化人才用他们的艺术创造，反映土尔扈特蒙古人的生活、感情，作品十分丰富。只就蒙古族的民歌而言，就是一个独具韵味、色彩斑斓的世界。

土尔扈特蒙古人是崇拜英雄的民族。一首歌里这样唱：

> 骑上流星般的铁青马，/有胆量迎战敌人的，/是勇敢的阿穆尔沙纳。//骑上飞弹般的铁青马，/有勇气下马迎敌的，/是可敬的阿穆尔沙纳。//骑上飞箭般的铁青马，/有本领战胜敌人的，/是英雄好汉阿穆尔沙纳。

他们对草原牧场，对自己生活的家园充满深情的热爱，把保卫家园，抗击敌人的英雄好汉，视作自己民族的骄傲。他们这样赞颂自己的家乡：

> 在南部居住着的，/是虔诚的土尔扈特人。/摇篮般的夏勒盆地（焉耆盆地），/是我们部落的故乡。//两个辽阔的祖鲁兹（巴音布鲁克的大、小祖鲁兹），/是各部落的夏牧场。/美丽富饶的夏勒盆地，/是我们部落的故乡。//大小部落的牧民，/齐心合力保卫家乡，/广阔的夏勒田野上，/我们在幸福中成长。

土尔扈特蒙古人追求安宁、亲和，向往人与人之间的友爱和睦。这样的意愿，在他们的民歌里也多有表达：

> 深灰色的托尔茨克（古老的圆形帽），/像地球一样浑圆，/绕着它的托克鲁司（帽上彩带），/在头顶上飘闪。//大领襟的蒙古

袍，/是祖先们的衣裳，/远亲近邻平和往来，/是祖先们的习惯。//亮青缎子的腰带，/随着衣襟飘闪。/赐予万物美好的祝愿，/是蒙古人的习惯。

有比有兴，生活气息多么浓郁！还有许多表现美好伦理、美好爱情的民歌，读来都令人心驰神往。

反映土尔扈特蒙古族人文历史的文学作品中，最为著名的是当属《江格尔史诗》和大型歌舞剧《魂系东归路》。

《江格尔史诗》是我国三大少数民族史诗之一，它就是在土尔扈特蒙古人的帐篷里、牧场上产生，最早在艺人们的口头上和着马头琴的旋律演唱，后来以手抄本的形式流传，再后来，经外国、中国诸多文化人搜集、记录、整理、翻译，形成72章、13万行的巨大规模。这部伟大的史诗，从它口头流传的片段被搜集成文的19世纪初，到中华人民共和国成立以后的最后定型成书，经历了将近两个世纪的岁月。如果溯源到它的故事产生的13世纪，它的流传、生成的历史则更为久远。

史诗中的核心人物江格尔，是一位备受人民爱戴的杰出民族领袖，他率领12位英雄，32位部将，8000名勇士，为抵抗外族，铲除内奸，从深重的苦难中解救奔巴人民，不惜艰难困苦，南征北战。他们英勇顽强征战，追求的就是没有压迫贫穷，没有战乱祸害，人畜兴旺，富裕安定，自由幸福的理想生活。《江格尔史诗》故事情节曲折，人物形象鲜明，语言韵律优美，民族风格独特，在漫长的流传、完善过程中，以不同的章节版本，曾被翻译成多种外文在国外发表，在国内也多次出版蒙文、中文版。

《江格尔史诗》是土尔扈特蒙古人光辉灿烂文化的杰出成果，也是中华民族古典文化艺术宫殿里的明珠之一。它不仅属于土尔扈特蒙古人、属于整个中华民族，它还是世界文化艺术的瑰宝。

我曾经在巴音布鲁克草原蒙古族人的帐篷里，聆听过穿戴一新的蒙古族老阿爸对《江格尔史诗》片段的深情演唱。那马头琴悠扬的伴奏

里，江格尔和它的英雄们对于理想生活的向往，随着老阿爸激越、深情、苍凉的语调，表达得惊心动魄，感人至深。而围坐帐篷的蒙古族男女神情专注，凝神谛听，一片沉浸的气氛。

作为居住在孔雀河畔的巴音郭楞蒙古自治州的居民，我能够有幸在天山深处的巴音布鲁克草原，在土尔扈特蒙古族人的毡包里，聆听到艺人老阿爸对于《江格尔史诗》的演唱，真是一件幸事。在产生《江格尔史诗》的土地上，直接感受《江格尔史诗》内容的大义、恢宏，艺术之韵、之美，心灵的感触是不一样的。

在这块土地，我深刻地感受了土尔扈特蒙古族人的古典文化，又幸运地经历了他们当代文化艺术成果的心灵沐浴。

1989 年我最初踏上这块神圣的土地，开始新的生活的时候，适逢新编历史歌舞剧《魂系东归路》搬上舞台。我是来这里参加塔里木石油勘探开发会战的，自然不能不关心这里的人文历史和文学艺术。我怀着极大的兴趣观看了《魂系东归路》的演出，观赏了艺术家们的真情表演，感受了极富蒙古族情调的舞台乐美。这块不平凡的山河土地上杰出的历史壮歌，深深打动了我。

《魂系东归路》把 140 多年前，蒙古族土尔扈特部落、和硕特部落的牧民，在青年英雄渥巴锡的率领下，从伏尔加河流域举义东归，返回祖国怀抱的苦难的民族大迁徙，形象地展现在戏剧舞台上。故事惊险，情味悲壮，生动地展示了古代蒙古族同胞对中华土地和中华民族大家庭向往眷恋的决心，执意回归的壮举。

后来，我同参与这部歌舞剧创作、演出的几位汉族、蒙古族文学艺术工作者相识相知，每每谈起这个优秀剧作的诞生过程，他们总是流露出对于土尔扈特、和硕特蒙古族光辉历史、灿烂文化的由衷热爱，感到特别自豪。

不光是他们，更多的蒙古族、维吾尔族、汉族、回族等民族的人们何尝不是如此。置身土尔扈特、和硕特后裔生活的地方，观看、叙说再

现他们先辈英雄的壮举，所获得的认识、感受，总是那么深切、深刻。

戏曲之外，当地关于土尔扈特、和硕特人生活和情感的蒙古族情味的音乐歌舞，更是普遍地伴随着人们的日常生活。无论是节日的演出，还是平时的娱乐，演唱蒙古族的舞蹈、歌曲那是肯定少不了的内容。甚至在亲朋好友的聚会上，人们也乐于鼓动那些有音乐才华的人来几段蒙古族风味的歌曲。

新疆本是民族歌舞之乡，传统的民族音乐艺术成果一代一代流传，浓郁的民族歌舞氛围又不断培育着新的音乐艺术成果的创作。当地本土的作曲家实在不少，他们创作的蒙古族情味的歌乐异彩纷呈。这里，我只列举一例，那是梅子创作的一首名为《阿妈的味儿》的深情歌曲的故事。

梅子对音乐怀着执着的爱。她是汉族，在巴音郭楞蒙古自治州这块土地上长大，土尔扈特蒙古族人的音乐文化、民情风俗熏陶了她的感情。巴音郭楞蒙古自治州内著名的巴音布鲁克草原的风物人情使她很向往，那里蓝天明丽高远，远山覆盖白雪，山岚间草原辽阔，碧草如茵，毡房点点，牛羊成群。这是一个清新幽静、爽朗空灵的世界。她来到巴音布鲁克草原，同剽悍的蒙古族男子一起骑马奔驰，同健勇的蒙古族姑娘并肩赶羊暮归，同和善的蒙古族大娘齐手熬制奶茶。一位在兰州上大学的草原姑娘告诉梅子：她是巴音布鲁克乡第一个上大学的高中生，她告别草原骑马上路的时候，双目失明的母亲点着手杖，摸索着走出毡房，一边流泪，一边摇手，留恋地为她送行；想起失明的母亲为她上学付出的辛劳，她心里总是百感交集，泪水打湿了马背；直到走得很远很远，回头依然看见毡房前的草地上，母亲摇手的身影如豆似点。这个平凡故事里失明阿妈的影子，深深地打动了梅子。

一天晚上，临近的男女老少邀请梅子来到阿妈的毡房，为阿妈女儿暑假归来饮酒接风。黄亮亮的烤全羊端上来了，香喷喷的奶茶煮开了，瓷碗里的烧酒斟满了，大家频频举酒，欢歌笑语，共祝阿妈长寿，共贺

阿妈的女儿上进，同时欢迎远道而来的梅子。梅子坐在阿妈身旁，看到阿妈一脸沧桑，热泪滚滚，一股母爱的热流涌遍全身；想起阿妈与女儿分别的场景，她禁不住用蒙古族风格的曲调来了一段即席唱："巴音布鲁克草原上有一座毡房，是我和阿妈居住的地方。孩儿离家去远方求学，泪花挂在阿妈微笑的脸上。阿妈抚摸孩儿的脸庞，把孩儿搂在她滚热的胸膛。阿妈噢阿妈，我的好阿妈！孩儿上学记住了阿妈的话，阿妈噢阿妈，我的好阿妈！孩儿离家带着阿妈的味儿。"词儿的大意是她与阿妈拉手说话的时候，自然涌上心头的；曲儿是从沉淀在她心里的马头琴味道里，顺顺畅畅生发出来的。调子充满蒙古族乐曲的风味。她用清亮纯净的嗓音，唱得深情，唱得动心。她手端酒碗，放喉咏唱的时候，毡房里欢乐的气氛被幽思的情调代替了，阿妈流泪了，阿妈的女儿流泪了，在座的人都流泪了，她自己的脸颊也被泪水濡湿了……

这首诞生在阿妈毡房里的催人泪下的抒情歌曲，经过进一步润色修改，叙述的旋律更富母爱情感的冲击力。梅子为其起名《阿妈的味儿》，在巴音郭楞蒙古自治州州电视台一个综艺栏目里由她自唱推出，为许多人所赞赏。后来，巴音郭楞蒙古自治州州歌舞团蒙古族女演员乌尔娜演唱这首歌，又在新疆人民广播电台专题播出，又在多家报纸、电台、电视台相继登载、播放。《阿妈的味儿》带着梅子的情感融进了更多人的心灵。

音乐无形，情感有声。情感一旦插上乐曲的翅膀，便会产生巨大的共鸣力量。优秀的乐曲不只是音乐家对世界的发言，更是千万心灵呼喊的寄托。梅子是用她的歌，她的旋律，她的真切感受，她涌流的情感，拥抱土尔扈特蒙古族人。

和静独特的地域历史文化，无疑是一笔弥足珍贵的精神财富。

草原上的河

　　冰凌滴着水珠，晶莹，透明，如珠，如玉。薄薄的冰，像银片儿交叉勾连，与垂挂它的雪层粘连，是剔透的结晶。进入春天，山顶低凹处深厚的积雪开始消融。黄昏来临时，消融的雪层却被骤然变冷的魔手，攥住了，凝定了，随着冷飕飕的夜，睡眠了。当太阳温暖的光芒驱走那无形的魔手，雪与冰就慵懒地醒来，又开始新的消融。

　　这个时节，看不尽的山脉雪景下，到处都是如此。雪层下消融着的蠕动，还有听不到的蠕动之声，都该是一种不可阻挡的萌发。

　　山洼里的草根被洇湿了，山坡到处都显出绳子一样的细流。高处的又与低处的汇合，像叶上的脉纹，倒汇成主脉，就有了流动，初时悠悠，继而潺潺。这景象，悄无声息，一处又一处，在每一个山洼，每一条凹渠，都可以觅见。这看似微弱的消融的蠕动，就变成了奔涌的流淌。倾斜的谷地乱石之间，因此有了溪流，愈汇愈大，有了触碰卵石的浪花，有了听得见的鸣溅。

　　这是一条河流的雏形了，这是草原河的渊源。

　　雪山重重叠叠，那是高原最有分量的厚重，又是绵绵延延的长远，

耸立天地，雄浑壮丽。常年不灭的雪光雪景，该是亿万年的洁白与壮美了。起伏错落的雪山峰岭，远远展布在浩浩的云空，雕铸一般，像横布天际的旗幡。雪线以下，清晰的深褐，衬托着模糊的淡灰，却是相叠相拥的山体，迷迷蒙蒙的山豁鲜明地映衬峰巅岭头的雪意，凝重得庄严。雪山，给了草原河以生命活力，如若白头皓首的睿智慈祥老人。

草原复苏了又一个年轮的生命，遍野的枯黄一天天褪去，似有似无的绿意渐渐弥漫开来，铺天盖地的绿，就展现出满眼的暖意与生机。草原通透极了，是辽阔广远的通透。除了偶尔凸起的浑圆山脊，再没有任何遮蔽视线的屏障，甚至连一棵树也没有。草地的平坦，就是绿色的平坦，浑圆的山脊，也如裸体的某处肌肤，绿得丰满柔美。清爽迎面扑来，开阔迎面扑来。辽远的山间草原，草原尽头巍然矗立的雪山山脉，组合出天地间的旷怡和阔大无比的静穆。

而草原河与莽莽雪山遥相呼应，在雪山岭峰护持的漫远草原上，时而影映蓝天白云，时而冲溅银亮的水花，涌流着、奔腾着自己的力量。像挽系在草原机体上的绸带，草原河匍匐在似无边际的绿色里，草原的广阔延伸着河的绵长。草原河是这旷远、静穆景象里的宠儿。

牧人们的畜群，从深山冬窝子迁徙回来了，羊群，牛群，马群，以及牧人们的毡房，就散布在阔远的草原，草原又迎来一年一度的生机。招引牧人们的是复活的草原，也是绵延数百里的草原河。草原河与牧人，与畜群，是那么天然地联系着，牧人诚挚地爱惜，虔诚地敬奉是草原河的荣耀与尊严。

永远依恋雪山，永远伴随草原，永远与牧人牧群结缘，这就是草原河。

草原河没有污染，亦无混杂，清朗洁净。除了自身，就是雪山、草原，牧人、牧群；仅仅拥有的，是容纳一条又一条潺潺而来的山溪，是自身纯净的积累，长远的清澈。在世间的风尚中，雪山、草原这神秘地域的高远气象，成了向往之所，远足之地。源源不断的旅者，来这里汲

取清爽，摄获优美，高原的雄壮，地域的秀美，就融入心灵，成为生活的珍藏。而草原河，又以独具的风韵，显现在人们繁复的生活里，那是一种别样的情味。

草原河的清朗洁美是绵长的。从点滴水珠到形成源流，从涓涓小溪到涌涌大流，草原河的生命就横贯天地之间。吸纳雪山云雾的灵气，充盈莽莽雪山的浩荡，在草原母亲的博大胸怀里演绎自己的履历，苍茫自然的天光地气就贯注在缠绵多情的灵魂里。它的清朗绵延天地，它的洁美天长地久。问雪山，问草原，草原河历经了几多岁月？穿越了几多坎坷？雪山、草原的回应是无边无际的寂寥，那是太深太厚、太沉太重的远思。

弥久贯通日月清风，长远蜿蜒寥廓大地，这是草原河的往昔和现在。在阔远通透的草原上，它先是向西流淌数百千米，在一处陡然豁开的山口，接纳迎面而来的又一条河流，穿过山口向另一片远山间的草原东流而去。草原河仿佛是天公写在大地上的巨大汉字"人"。

草原河是灵性的河。

它西向流淌的身姿，宛若天仙舞女的婉丽飘带，柔美地匍匐在草原的肌体上，成为世人怜爱的靓丽风景。草原河一路汹涌西流，时而如碧练舒展，时而似弯月回环，仿佛与草原殷殷依恋，又不时宛然回转，柔秀曼丽，宛若玉环镶嵌大地。漫漫长路上如此的景致处处皆是。世间有一步一回头的留恋，亦有跪受母乳的生命天性。草原河的回环婉转，是对升腾山豁的暧曃云雾，对覆盖峰岫的雪层，对草原怀抱的切切眷恋。

折而东流的草原河，水面愈加丰饶，又展示出另一番人性情怀。它的远行不再是线性的延伸，而是散流出许多水道，像交叉勾连的手臂，拥抱碧悠悠的草原。于是，水在草中，草在水里，水色环绕草甸，草甸嫩叶青青，静谧的景象就生动极了。天鹅、鹰鸥、灰头鸭、斑嘴鸭……一家一族，凫在水面觅食嬉戏；毗连的一处处草甸上，众多的雌鸟在安详地孵化后代；不时有三五只水鸟扑啦啦飞起，在草地与河面上空嘎嘎

鸣叫。仿佛是千手观音，草原河用它交叉勾连的手臂，拥抱这里的天地，拥抱草原上的畜群，也拥抱牧人们的歌谣。这是数百平方千米的拥抱和流连啊，这广大地域里的生命世界生机勃勃。草原河的乳汁甜润地滋养着天地，滋养着人间。

茫茫一片草泊水泽之后，草原河又收拢归一，显现出又一番极为美丽的姿态。地平线上，像有一只神奇的巨手，抖动着甩出一条百里长的绢带，在嫩绿的草原上凝定成"之"字叠联的奇异景象，像体操运动员瞬间抖出的蜿蜒长带，圆润柔和地延伸到眼前来了。草原河是妩媚多情的，这"之"字形相叠相连的蜿蜒长带，就是它多情多意的缠绵写照。

走过这一片平展展的草原，前面就是群山峡谷了，难免石崩沟塌，坎坷腾挪。它要再一次用奇特的姿态，向雪山，向草原，向草原上的畜群和牧人，向孕育它生命，充盈它灵性的清丽秀美的世界，折膝跪拜，曲身长叩。

草原河一重重绵长曲柔的姿态，是一幅幅绝美的画，也是一首首绝美的诗。情长长，意绵绵，草原河深深的情，厚厚的意，就用它多姿多彩的绝世独美的情态显示了，表达了……

驰马走天山

我骑着蒙古族人的骏马，在天山深处的原野上奔驰。

马蹄在碧绿茂盛的草地里踢哩腾愣作响，像沉重的鼓点富有节奏。马蹄腾踏，马头一晃一晃，那十分卖力的样子，宛如刚烈昂扬的舞蹈。马的支棱挺直的耳朵仿佛两支岔立的溜滑木梭，显得头部非凡的英武。马的灰黑湿润的鼻翼随着奔跑的节律一抽一动，大口大口地吞吐着粗气。绒密的鬃毛一抖一抖地飞扬，脖颈上那光亮好看的肌肉，伴随马头的起伏，有规律地一鼓一鼓。不时回头扫瞥一眼，马的尾巴像一股喷射的黑色瀑布，在跳跃腾空的后蹄间潇洒飘扬。这一切，无不显示着马的不惜劳苦、奋力前往的无私，不能不令人感动万分。

此刻，这马就是我的坐骑。马背上，我双手紧拽柔软结实的皮革缰绳，身子一扬一颠，轻轻快快地向前方飞动而去。细细的凉风从面颊、额头柔软地掠过。我用蹬在脚下的马镫，稍稍用力夹碰马的腹部，马的四蹄便保持持续疾驰的姿态和速度。一片一片开阔的草地向身后退去，一段一段平缓的斜坡向身后退去，一岭一岭山头向身后退去，一丛一丛林木向身后退去……

这是一匹枣红色的公马，身躯高大劲健，毛色光滑润泽。开初，我攀缘到覆满绿色的山坡台地，走近蒙古族人好看的尖顶圆形毡房的时候，在数匹悠闲歇息的马匹中间，一眼就盯上了这匹公马。不只是因为它背上的马鞍垫着花色鲜丽的座毡，辔头前系着一撮红色的流苏，还因为，它在毡房近旁的草丛里专注地低头食草，见我走来，机灵地扬起头来，猛然嘶鸣一声，竖立的耳朵微微扭动，一只前蹄在原地踩踏两下，目光炯炯地对着我看。我的直觉是，它用嘶鸣和动作告诉主人来了生人，这马多有灵性！

我随主人为这匹公马梳理鬃毛，清洁腰身，又给它喂苞谷、喂麸皮，它和我很快熟悉起来，把我当成可以信赖的朋友。我一走近它，它就扭头注视我，抬腿踩踏两下，有时候还低头依偎一下我的肩膀。它又机灵又和善，令我由衷地喜爱了……

而现在，它背负着我，我驾驭着它，在天山辽阔的牧场腾跃奔驰，马和我和谐地融进美妙的大自然。在这清朗爽丽的川、沟、坡、梁，我驾驭的是清风，占有的是自由，自豪的是奔放，享受的是惬意！

辽远的谷川里，清透澄澈的小河翻卷着银亮的浪花，河谷两岸，向阳的山坡碧草茸茸，繁花似锦，背阴的山坡云杉覆盖，美丽的松杉如塔似剑。站在山头上望远，碧绿的世界里，羊群如白云游动，牛群似紫霞落地。而更为惹眼的就是骏马了，马的矫健身躯随处可见，一匹一匹像天上的星星散布在平地沟坡幽静的绿色里，或者静静地吃草，或者驮着牧人游走。

这里是土尔扈特后裔的游牧之地。200 多年前，决意东归的土尔扈特人在漫漫的回归征途上，与尾追、截拦的沙俄外族部队进行的一场场马战，是何等的壮怀激烈，马对于土尔扈特人的胜利回归，发挥了了不起的作用。土尔扈特人精神的勇武和意志的顽强，他们用高昂的代价铸就的壮丽史诗，为这片美丽的土地增添了英雄和光荣的色彩。

游牧于天山深处的蒙古族人强勇、剽悍的历史，可以说是用马背负

载着走过来的。身临这片宽广豁亮的土地，我强烈地感受到了马的杰出和伟大。马是土尔扈特蒙古人悲壮历史的承载者，是如今生活在这里的蒙古族牧人亲密的伙伴和朋友。马是巩乃斯草原的圣灵，是天山的活力和精神。

扬鞭策马走天山，我对马的感受是多重的。

初夏的一天，我应邀参加一位牧民的家庭宴会。十多千米的路程，我随主人的女儿巴音塞娜骑马前往。巴音塞娜的坐骑是一匹个头稍小的灰色马，我的马是她专意带来，个头高大，毛色栗黑。离开巩乃斯河谷，我们沿着一条狭长的山沟向北行进。

沟底平地，有水流奔腾而下，顺水驰马奔跑一阵，侧旁沟口流泻而出的小河横在眼前，挡住去路。两匹马扬头摔鬃，打着响鼻，陡然止步。巴音塞娜一脸从容，手拨刘海，说："我前面走，你跟上就是。"

我的确有些踌躇。这段河床地势下斜，水流湍急，水边湿地软软地沉淀着淤泥，水里缠缠绵绵漂动着马尾一样的水草，清冽的浪花下则是密布的大大小小的圆卵石。

巴音塞娜双脚轻轻触碰马腹，灰马的腿蹄便踏进淤泥，踏进水草，踏进石头丛里的水流。马的四蹄踏得稳当，看得出移步时有试探，踏稳时有力量。中流水深，马腿半淹，但马却毫无退缩的意思。过了多半，灰马猛然加快速度，踢踏几下，奋然一跃，跨上河岸。

而马背上的巴音塞娜，一手拉缰绳，一手扶马鞍，马的冲跃扬起她肩头的秀发，她那镶着蓝边的红色夹袍，像彩霞一般闪过河面而去。

我的坐骑栗色大马与巴音塞娜的灰马完全两样，马头高高地一昂一昂，四蹄快速地在草泥和水流里腾踏点踩，一副雄赳赳的傲然姿态，根本不把脚下的阻拦放在眼里。我拉紧缰绳，蹬紧马镫，双腿狠狠地夹着马身。低头瞥一眼马蹄带起的水花，水流在身下急速滑动，我仿佛有点眩晕，直担心跌入浪花。短暂的惊恐之中，栗马纵身一跳，我被猛然举高，已经到了对岸。

在马背上腾挪飞身，跨越河流，我真切的感觉是，脚下没有了河流。骑马过河，我品味到的是实实在在的飞跃体验。

再往前走，却没有路了。巴音塞娜指挥马头，攀上一处大坡。她手里的马鞭向上一指，回头说："从这斜坡直插上去，少走好几公里呢！"

我仰面朝上望去，这坡好陡！坡面上秀草浓密，草茎高过马膝，叫不上名的清一色黄花，与碧草互映，开得正艳。巴音塞娜熟练地驾驭灰马，斜斜地向上攀缘。马蹄冲开草丛，唰拉唰拉作响，身后豁开一条草的缝隙。她的灰马前蹄攀趴，后蹄蹬撑，整个身子一拱一拱，很是奋勇。

我的马紧随其后，沿着灰马踩出的草径，气概昂然地向上前进。马的身子前高后低，我前倾身躯，全力保持平衡。我的面前，高扬的马头一颠一颠，只觉得自个儿的身子，被马背一颠一颠地不断托高。马是多么努力呀！要是让我用自己的双脚，在这样的陡坡攀登，肯定口喘大气，腿骨发酸，累得满头大汗。可马呢？它负重上行，却扬鬃甩尾，看不出丁点儿吃力的样子。我这身子骨重达 130 斤呵，马却没有丝毫的不满情绪，怎不令人顿生感慨！

终于攀到坡顶，我们让马稍事歇息。这当儿，两匹马和顺地低头食草，默默不语，只是泰然地甩动着粗长的尾巴。回首俯瞰坡下的来路，碧草黄花里马蹄踩踏出的草径，斜斜地在陡坡上缠着。我由衷地喟叹——马呀马呀，面对无路的陡坡你仍然勇往直前，你的腿前没有路，你的蹄下却是路！

我们又上路了。前面是开阔的丘陵状草原，低矮的青草贴着地面，却是一抹碧绿。天好蓝好阔，远处的山岚顶着皑皑白雪，凉风温柔地袭面而来，空气清新，透着草香，令人大开襟怀。我和巴音塞娜策马并肩行进。也许是眼前情景的触发，开朗爽快的巴音塞娜唱起了歌——

蒙古包的缕缕炊烟，/轻轻地飘向蓝天，/茫茫的绿草地，/是我生长的摇篮，/清清河水连着遥远，/好像乳汁滋润心田，/这是蒙古人，/热爱草原，/热爱祖国河山。

　　这是腾格尔的名歌《蒙古人》。曲儿充满马头琴丝弦鸣奏的婉转抑扬旋律和极富深情的蒙古族乐曲风味。巴音塞娜嗓音清亮纯净，唱得深情，唱得动心。在巩乃斯草原，在行进的马背上，听到蒙古族人咏唱这首歌，我真如身临其境，觉得是那么亲切！

　　前面毡房点点。此时，我们的马匹不再奔跑，而是平缓稳当地行走。我体会着座下马匹和谐矫健的身躯，品味着草原骏马灵动机敏的品性，觉得马与草原、与蒙古的音韵悠长、圆转跌宕的歌曲，真是大自然造化的和美配置。上帝给了天山以宽广的草原，草原给了蒙古族人以骁勇的骏马，骏马又给了蒙古族人以豁朗的豪爽，马与草原、与蒙古族人，有多少神奇的牵连呵，是那么不可分割，融合一统！

　　我想起电影里土尔扈特人与沙俄敌军惊魂动魄的马战，数百马匹在山崖下的荒野里狂潮一般突奔疾驰，马蹄下烟尘滚滚，地动山摇，马阵里隆声如雷，气势浩浩，群马咆哮奔腾，那震慑人心的豪壮，令人过目难忘。那毕竟是艺术的演绎，但狂奔的马群扬波激浪般轰轰烈烈的阵势，给人心灵的激荡却是那么劲健，那么强烈。

　　就在这次与巴音塞娜骑马同行天山不久，我终于有机会领略草原上群马奔腾的壮观景象。那是一次群马聚会时的突然事变，裹挟着迅雷闪电的暴雨骤然而至，急风暴雨里，群马集团式疯狂冲撞奔涌，纷乱地汇聚运动，嘶鸣喧嚣。当时我的感觉是，那山洪一般奔泻的情景，显示的是冲破迅猛雷电的簇腾，是挣脱瓢泼暴雨的奋激，是令人心灵跃动的张力喷发！那群马驰骋的壮阔场景给我的感奋真是深刻极了，我仿佛接受了一次簇腾激奋的雄壮氛围的洗礼……

夏走巴音布鲁克

　　天山草原，美丽牧场，如梦如幻的地方。对天山雪峰下的草原牧场，人们总是缱绻于心，抱有一种特别的向往。初夏时节，我终于远赴天山腹地，依偎在草原牧场的怀抱，目睹她的壮丽，感受她的气息。天山草原有铺天盖地的碧绿，清爽朗丽，令人沉醉；有意味深长的牧歌，美韵如酒，沁心润肺。

　　出巴仑台沟，登上察汗诺尔达坂，就进入巴音布鲁克草原了。察汗诺尔达坂上，以著名的大敖包为标志，一条清幽幽小溪从额尔宾山北坡下的漫漫草地，呼应着南北两脉雪山，蜿蜒向西流去，直到巴音布鲁克镇附近。那里，山脉有一处断口，溪流至此已成奔涌的小河，河水穿过断口，又折而向东，进入额尔宾山以南的茫茫绿地。那条绕山折拐的 U 形水流，连同下游穿越数百里峡谷，直至博斯腾湖的河段，统称开都河。平常所说的巴音布鲁克草原，实际上就是 U 形开都河段流经的额尔宾山脉北部和南部的辽阔地域，北部称大尤都勒斯，南部称小尤都勒斯。而著名的天鹅湖和"九曲十八弯"景观，就在南部的草原上。

　　巴音布鲁克是天山腹地优良的天然牧场，雪山峻岭下宽远漫大的川地、山坡上，尽是望不透的碧绿，处处分布着一顶顶白色的毡包，一幢幢牧人的砖房，处处有羊群、马群、牛群在静静地食草，静静地移动。和静县志记载，这个著名的天山草原，总面积达二十三万多平方千米，溪河漫滩宽阔，草墩沼泽发育，滩坡水草丰茂，是以牧为生的土尔扈特后裔们至贵至宝的家园。从大敖包到巴音布鲁克镇，又从额尔宾山那处断口拐向九曲十八弯，再返回断口转而向南，沿南边雪山下的巴音郭楞河向东行进，我在整个巴音布鲁克草原上走了一个来回，访问毡包里的牧民，看草场上的一群群牧畜，数天的游牧访谈留下了难以忘怀的印象。

草原风光很美，美得迷人，美得动心。土尔扈特蒙古族人生息放牧的天山牧场，夏季里气候凉爽，空气清新。山外酷热懊闷，这里却凉风习习。置身铺天盖地的春草之海，真有开怀解襟之感。

清晨，我站在毡包前，踏着如毯的青草，闻着清丽的草香，环顾草原向远处瞭望。两座雪山之间宽阔平坦的绿色谷地里，谷地两厢迤逦浩荡的岭峰叠嶂间，一抹抹乳白色雾气紧贴草地，依偎山峦，先是凝滞不动，继而缓缓浮升，宛若张开的巨大帷幕。太阳尚未露头，天空已经朗明，高远的雪峰银亮银亮。那帷幕似的雾帐前面，草色茵茵如绣，气息分外湿润，点点毡包像镌刻在绣毯上的浮雕，数不清的羊只如撒在绿海上的珍珠，简直就是一幅天造地设的油画了。那乳白色雾气该是草原牧人梦中的另一种哈达吧，牧人们每天把它献给雪山、草原，那是祝愿吉祥、祈愿幸福的神性表达吧？

当太阳升出雪峰，把灿烂的光芒洒向大地的时候，草原又显现出另一番美丽温润的秀姿。碧绿的原野和向阳的山坡，一经旭光的拥抱，那沁人心脾的绿，便愈加明丽，愈加清新。这个时分，近前、远处平展展的草地上，散开来的牦牛们身披阳光，静静地低头食草，光照下那黑绒绒的身影，星罗棋布一般清晰、鲜明；而大群的黑头绵羊已经漫上草坡，游云似的缠绕着山洼悠悠移动，坡洼就像碧绸满缀了白色宝石，又

像点点银饰衬托在清新的绿袍，数不尽的羊只在亮绿的背景里格外显眼。也是这个时候，沐浴着晨光的毡房外，拴在草坪地绳上的一排乳牛之间，头挽包巾、身着毛衣的女牧人在母牛的肚腹下，膝头夹桶，忙碌地挤奶收奶。而另一条地绳上，缰绳拴着的十几头牛犊，或卧或站，顽皮地哞哞鸣叫，样子很是可爱。旭日朗照着的草原，清朗而静谧。

临近黄昏的当儿，斜阳照耀下的草原也像清晨那样朗明而温柔。畜群渐次回归毡包附近，或者临近溪水的圈场，静卧一片，悠然返嚼。毡房顶上升起了晚炊的白烟，香喷喷的羊肉煮熟了，亮黄的面饼烙成了，味道醇厚的奶茶烧开了，浓郁的美酒也满杯了，马头琴的音韵和悠长的蒙古族的歌调，就合着饭食的浓香飘荡起来。

我在牧民毡房生活的日子里，几乎每天傍晚都这样度过，好客的土尔扈特蒙古族牧人对亲近他们的山外来客，如此歌酒迎奉，其情其意真如草原一般浓绿，酒浆一般醇美。男女牧人的长短歌调，自由、舒缓、激扬，灌注着浓郁的心灵情感，穿心透肺，让人动容。用小刀削一块肩骨羊肉，接过主人敬捧的美酒，和着感人心灵的歌调且食且饮，我沉浸在草原牧人至深至厚的情味之中。

正是初夏时节，一家一户的草场上，春羔已经长得和母羊一般大小，牛犊、马驹也高过母牛、母马的肚腹。许多家户的畜群添丁不少，一年一度的春牧场生长着增畜增收的希望。有的家户时运不好，春草返青时一场不意的大雪覆盖草场，几十只甚至数百只怀犊的母羊冻饿交加，死于雪灾，这一年增畜的希望就被老天剥夺——只有以自家牛马的增殖，接牧别家的群羊（牧民称之为给人打工），再捡些数量有限的蘑菇出售，以弥补财产的损失。进入暑期以后，牧人的畜群就转到几十千米外的夏牧场了。暑秋季节是畜群增肥长膘的最好季节，羊只肥了，牛马壮了，所有的母畜都怀上仔了。入冬时又转到百多千米外的高山牧场，在向阳少风的冬窝子度过严冬。春天来临时，又把家什炊用驮上马背，赶着畜群长途迁徙到春草场，迎接又一批春羔春犊的诞生。牧人的

放牧和生活就是这样年复一年地循环，他们称是"翻过达坂过冬，又翻过达坂赶春，一辈子就这样子重复"。

巴音布鲁克草原风光极其优美，但冬长夏短，地域远僻，也不无某些无奈。站在巴音布鲁克镇的小街四望，一眼可以看到屋舍外面的草地。路上铺了柏油，路旁盖有楼房，但路边耸立的只有几十根路灯的高杆，空得没有一棵树。这里长不了树，种不成菜。多家私人超市、饭馆和一两家移动、联通门市，与山外的县城、州府没有什么两样，但街面没有蔬菜商铺，只有几家杂货小店在门前支起的木板上，出售洋芋、皮牙子之类的块头儿菜。我就明白草场毡房里手抓羊肉加面饼的饭食，何以只有一小碗切开的皮牙子伴餐。这里是独库公路的必经之地，时有车辆过往，牧民的摩托车也时时穿错。而骑车的青壮年牧民都厚衣布帽，肤色黝黑。街头走动或餐馆就食的发型与着装光鲜时尚的男女，原是山外消夏观光的游客，算是夏日街镇上惹人眼目的亮丽。多幢楼房的高处镶着某某宾馆的醒目大字，但旅游接待和餐饮经营的旺季，也就6—9月差不多百十来天时光。

夏走巴音布鲁克草原，我饱览了她的美丽，也感知了她的艰辛。200多年前，苦难的、又是英雄的土尔扈特人，从遥远的他乡付出巨大代价回归中华祖国，在这块广袤博大的草原上坚守着沧桑的岁月，依恋着自己的生息世界。高寒的自然地域有诸多的生存约束，他们毡包为室，牛粪为柴，生活单纯而简约。年年月月，他们放牧的是视若财产和生命的畜群，也经历山重水复的隔阻、攀山越岭的迁徙。高原紫外线蹭黑了他们的皮肤，旷野风霜雪磨砺了他们的意志。虽然山远路长，难见繁华，但马头琴的音韵和抑扬歌调的长吟，却是寂寥时空里抒发心灵的精神。土尔扈特蒙古族人，执着而坚韧。

告别巴音布鲁克草原的时候，我在察汗诺尔达坂的大敖包前流连了很久。我又回想起牧区乡政府和村委会着力帮助牧民接羔育幼、改良品种、防治疫病的种种举措，回想起草原上人畜饮水工程和人工种草供水

设施的布设，以及远山里改造转场山道的施工。联想县里实施生态移民工程，额勒再特乌鲁乡察汗乌苏村等定居点，已经新建了数百套抗震安居屋舍，牧民们下山定居后思想观念和生活习惯发生了极大的转变等，更让人对退牧还草、由牧转农的变革倍加欣慰。作为一个古老的民族部落，历史上的土尔扈特人有过抗敌跋涉、迁徙东归的壮举，而今，他们的后裔们又开始了放下羊鞭，定居田耕的第二次迁徙安置，牧区政策和新生活的现实和前景，犹如旭日照临，光华灿烂。

巴音布鲁克草原曾经有过土尔扈特部回归之后渥巴锡亲临踏勘的足迹，也仿佛留存着渥巴锡率众最早向大小尤勒都斯草原移牧的声息。如今，土尔扈特后裔们在他们的先祖融于中华民族大家庭的历史延续中，循着新时代开辟的道路，坚韧地创造着崭新的生活，他们是天山深处和山外葱郁土地上中华民族融合发展的一个闪烁灿光的亮点。

巨幅东归刺绣图

闻知和静县克尔古提乡的绣娘们完成了一幅长卷东归刺绣图，获得中国工艺美术协会"金凤凰"创新产品设计金奖，我便慕名前往克尔古提乡参观、访问。

克尔古提位于和静县东北的天山深处，三个山村静卧三条山沟，群峰叠翠，沟川秀美，是一处900多口土尔扈特后裔生活的神秘之地。那里的大自然纯净优美，民风民俗淳厚独特，如今又有大型东归刺绣图广受赞誉，我心里感叹，山乡克尔古提可谓一方魅力之地了。

进山口不久，循盘山道路下山，就看见克尔古提河对岸的乡政府大院。平房屋舍，草木森森，许多古榆躯干庞壮粗粝，虬枝横斜如龙，苍劲气象赫然蔚然。古榆之下有一幢崭新的屋舍，门前一块半人高的整块山石上，镌刻着"克尔古提民俗馆"址名——真想不到，一个深山里的小乡，竟有如此"排场"的文化场馆，山乡虽小，文化气魄可不小呢。

心想那长卷东归刺绣图，定是这个民俗馆不平常的最新藏品了，便仔细阅读展框上的说明，悉心观览一幅幅图片，一件件实物。摄影家拍

摄的山川图片，精美旖旎，亮人眼目，浓缩了克尔古提自然风光独有的大美。古旧的马具和扮马饰物，酿制奶酒的木制工具，箱奁盆盘等古老的生活用物，都极富地域特色和历史沧桑。刺绣品展位上，袍服靴帽，佩件用品，以及毡房、鞍座装饰，皆有彩绣，饰纹富丽鲜艳，人物马匹拙朴，多与自身的游牧生活相关。克尔古提被誉为刺绣之乡，这些展品自然无不令人喜爱。却并未看到那幅名传八方的东归刺绣图。

东归刺绣图的尺寸是 17.71 米×1.2 米，长度的意义是纪念英雄渥巴锡率领 17 万土尔扈特人，从伏尔加河流域回归祖国的 1771 年。东归刺绣图是一幅颇有规模的巨幅作品，没能一睹它的风采，我向年轻的乡党委书记李文忠打听。原来它被收藏在县里的文化艺术展厅。我就拿定主意，再到县城去看。

出山奔赴和静县城，我在县文化艺术展厅，终于看到了长卷巨幅东归刺绣图赫然展示在装饰典雅的正面墙壁，构图庞大，画幅宽阔，绣面图景的宏伟壮美，洋溢着震撼心灵的磅礴气势——

长卷东归刺绣图上，每一个人物，每一匹奔马，每一峰骆驼，每一架木车，都各具形态，无一重复；各色图案的旗帜在奔跑的队伍里猎猎飘扬，山峦河谷间，挺举的、挥动的戟矛武器，演绎着突围战斗的酷烈；人马密集，动感强烈，土尔扈特人回归祖国的艰难跋涉和英勇驱敌的悲壮场景，都有真切鲜活的展现。细观绣面，仿佛听得见土尔扈特勇士抗击沙俄阻拦堵截的厮杀呼喊，闻得见护卫下的老幼妇孺野宿野炊的烟火气息。年轻的蒙古族女讲解员娜木且对我说，刺绣图上近景远景各种人物数以万计，看得清面目的将士老幼多达 400 余众；居中位置的七面和平旗和三根苏鲁顶下，盔甲裹身、驰马勇进的七位面目清楚的人物，就是统帅人马，指挥作战的主要首领。

面对如此气壮山河的回归图景，我真是惊心动魄，感慨不已！于是，我便访问了汗宝民族文化公司的绣娘绣妹。汗宝民族文化公司是克尔古提乡创办的专事民族刺绣工艺品的企业。公司的 60 名土尔扈特绣

娘姐妹，花了60天时间，一针一线精心刺绣，才完成《巨幅东归刺绣图》。绣娘绣妹告诉我，她们在工作台展开的长长的绣布两边，每人一个绣绷，手并手，肩挨肩，如何选彩线，配色泽，如何倾心倾意，运针穿绣。她们的言说充满了对《巨幅东归刺绣图》的无限深情。而设计、描画绣布上的东归底图的人则是县里的著名画家林岱。乡里想把林岱画的油画《东归英雄图》绣成刺绣，他很乐意答应了，花了好些日子，把油画图描在画布上。

在和静县一处别墅型新建的院宅，我又拜访了林岱先生。中年林岱沉静少语，只说他油画原作80%的人物、图景都在刺绣图上表现了，他的油画原作之外，又有一幅巨型刺绣作品奉献出来，他深感欣慰。在林岱的画室里，我默默感叹，林岱以他奇特的构思创想，沉积数年思虑心血，凝结成一幅宏大生动的油画作品，又协同同胞姐妹创制一幅别有特色的巨幅刺绣，他们对土尔扈特人东归壮举、英雄精神的深情钟恋，附丽在缱绻追求的超乎一般的艺术成果上，这是对东归壮举、东归气概的纪念，也是土尔扈特后裔深爱中华祖国的情怀写照。

林岱是东归领袖渥巴锡的第八代侄孙，听着东归英雄的故事长大。曾经创作的东归连环画备受好评，但他并不满足，自费前往俄罗斯联邦卡尔梅克共和国实地走访考察，访问专家学者，搜集东归历史资料。从伏尔加河流域归来，他灵感喷涌，潜心创作数月，完成一幅6.35米×2.1米的油画《东归英雄图》，被广泛赞誉。为了使构图更加逼真深邃，五年后他再次奔赴伏尔加河流域，考察人种形象、传统服饰用物和东归沿途的地貌物景，进一步梳理、丰富创作构思，又"面壁"三年，终于完成17.71米×2.35米的长卷新作《东归英雄图》。2.35米宽度的寓意，是完成作品那年土尔扈特人回归祖国235周年。

长卷油画《东归英雄图》是东归题材美术创作的重量级巨作，而巨幅东归刺绣图又把油画《东归英雄图》极为生动地表现在了绣布上。刺绣东归图比起油画东归图，宽度减少了一些，上面绣的人啊马啊羊啊

车啊，还是密密麻麻，与油画图一样的壮观。

李文忠书记兴致满怀地向我叙说了这幅不平常的刺绣精品在扬州参加第45届全国工艺品交易会的情景。东归刺绣图十分惹眼地悬挂在交易会大厅，李文忠和绣娘代表、乡妇联主任赛尔杰身着织绣勾花图饰的蒙古族人衣帽长靴，放喉吟唱动听的蒙古族的歌调，扼要介绍土尔扈特东归历史和东归刺绣图的织绣经过，引得参观者人头攒动，赞叹不绝。有藏家出资80万、100万人民币意欲收藏东归刺绣图，李文忠没有出手。长卷东归刺绣图是土尔扈特蒙古族人刺绣工艺品中的杰作，它的创作、问世不是作为赚钱的商品，而是克尔古提乡和和静县各族人民珍视东归精神，发展东归文化深厚情结的一种凝结和再现，它的价值难以用金钱衡量。

东归刺绣图不只是克尔古提人心灵情感的艺术化凝聚，更是所有土尔扈特后裔美好情愫的金玉般结晶。油画和刺绣两幅《东归英雄图》仿佛两面彩云般的大旗飘扬在我心灵的天空！

我与和和同行草原

　　大家都管他叫"和和"。巴音郭楞蒙古自治州教育学会编印的高中乡土教材中，有一篇反映巴音布鲁克风光的散文《瑰丽多姿的天鹅湖》，作者就是他。我对他刮目相看了。和和对我说："听说你想去巴音布鲁克看看，那不难啊，我找车子，咱们一起跑一趟吧。"夏日里，他就找了一辆可以跑山路的车子，亲自开着，我们真的成行了。

　　行前和和买了米面蔬菜，说是给一位蒙古族牧民带的，那牧民叫再日格提，是他的朋友。到了再日格提的蒙古包里，我才明白，他所以带上米面蔬菜给他，是因为他们之间的友情，也是因为要让我在再日格提那里住些日子，不能给再日格提增添负担。我自然感激他的周全，更感叹他的义气了。我没有给过和和一丝一毫的帮助，也不能给他带来什么好处，他却能够这样，怎不叫人感激感叹呢。我心里就有了一定得给他经济补偿的想法。他说："土尔扈特蒙古族人文化上的事情多着呢，咱们一起走走草原，能够落下点儿笔墨，才是最重要的。"

　　和和曾经在巴音布鲁克草原工作生活了十年，熟悉草原，熟悉土尔扈特人的生活。他给我讲的他的草原生活经历，打破了我看图片、听歌曲形成的"草原美"的单纯意念，知道了巴音布鲁克草原有"辽阔美丽、羊肥马壮"的一面，还有空寥寂寞、极为苦辛的一面。

德尔比利金牧场的牦牛，多年近亲交配，品质退化，牧场从青海引进一批种牛，试图通过冷配，改良品种。和和在那里做协调18天时间，每天上午工作三四个小时，下午、晚间没事了，就读随身携带的一本《史记》。开始，每天还能读一二十页，晚上在毡包里点蜡烛也看一阵。三四天以后，却怎么也看不进去了。每天忙过一阵就没有什么可做，他和两个技术员、一个炊事员也没有什么交流，不是站在草地上看远处的雪山，看雪山一侧的阴影，就是坐在水渠边看水里的石头，看冲着石头的水流。雪山就是那个永远固定的模样，水里的石头和漫石而过的水流，默默地没有任何变化。那是他第一次感受极度空旷、极度安静环境里的极度寂寞。他的感受是：谁受得了那样的寂寞，谁就堪称伟大。他想到牧民们常年在空旷、静寂的环境里生活、放牧，就明白了为什么毡包里来了远客，就宰羊捧酒，弹唱歌吟；即使是同一牧场的熟人，也要敬一杯两杯烧酒。也明白了他们的歌调为什么总是那么悠长、苍凉，悠长得仿佛接连着远山的渺茫。

电视里演，镜头里拍，游记里写，巴音布鲁克草原都美得犹如仙境。天山草原风光美是够美，那只是外在的景致。如同广袤的沙漠，在摄影家拍摄的景观作品里，那明暗分明的沙丘沙山，图案一般的美丽沙纹，确实很美；但石油工人远离社会人群，在沙漠里搞物探、干钻井、运输钻探物资，要抵御生活的寂寞，还要在恶劣的自然环境里坚守。与沙海相比，巴音布鲁克草原堪称碧海，真正生存、生活在这里的牧人，自然很珍重它夏日里独有的秀美，而他们的游牧生活里，更多的是同铁一样严酷自然的抗衡。

那年八月，和和带着三个牧民和一名牧场监理，骑马到巴音郭楞河南岸的大山里，一处叫作赛亨陶海的牧场巡查。那里是巴音郭楞乡牧民的冬窝子草场，夏秋季节牧民不在那里放牧，可是外地的牧民却跨界在

那里放羊。这等于是违规侵占，违规放牧。和和他们五人马背上驮着雨衣、帐篷和棉大衣，还有水和馕饼，翻山越沟，日行夜宿，查寻了三天，还没有找到地方。马不停蹄地在山野里辗转，虽有小息，也是为了给马一点吃草的时间。是盛暑季节，但山里的白天并不十分炎热，只是连续骑马，前摇后晃，腿裆里磨得厉害，几个人都颇感疲乏。大山里峰峦叠嶂，坡地上碧草茵茵，他们眼里却没有风景。甚至一处山壑里奇特的山崖，刀切壁立一般，方方正正地夹持着一条山溪，也没有观赏的兴致。最让他们吃苦的是夜晚。太阳一落，寒气骤然来袭，他们钻进帐篷，穿衣盖被，还觉透寒彻骨。天亮一看，被子上面结了白霜，帐篷外的草尖晶莹莹挂着冰碴儿。那位向导牧民，只穿毛衣，没有大衣，下巴缩进毛衣领口，冻得瑟瑟发抖。第三天傍晚，走到一条有流水坝子的山谷，水里尺把长的鱼儿稠得密密麻麻，下钩子一提一条，才美美地吃了一顿烤鱼。这顿烤鱼似乎是吉祥的预兆，第四天中午，他们终于看到一处草坡上有白色的毡包。处理了侵占事件，赶着赔偿的绵羊，第五天径直返回场部，几个人下马几乎都站不起来了。

这当然是一次特殊的草场巡查。而牧民们年年从春牧场转到夏牧场，秋末时又转到冬窝子，赶着畜群，驮着家什，数十千米、上百千米翻山越岭，艰苦转场，其间路长道险，甚是艰难。这种艰难，草原之外的人能够亲历者甚少。到了巴音郭楞乡最西边的草原，那里距离进入奎克乌苏石林的山口已经不远。我很想走一走山里牧民和他们的畜群年年行走的山道，和和却劝阻说："不行，没有向导，没有马匹，那根本不行。"他走过那里的转场山道，知道那里的险要，也知道要去那里，必得有可靠的保障。随后，他就给我讲了那里的山情水势。

巴音布鲁克草原以西，莽莽群山怀抱里的一处处山沟，就是许多牧民的冬牧场。那里，夏秋季节，青草萋萋，没有放牧，茂盛的山地牧草，就是畜群过冬的食粮了。冬牧场也叫冬窝子，向阳的山沟里背风雪薄，气候较暖，适宜畜群过冬。秋末和开春进出冬牧场，牧民们赶着畜

群，必须经过山势险峻的奎克乌苏沟和苏力间沟。两道沟崖上的山道，除了畜群过往，几乎无人行走，牧民称之为牧道。早先的牧道是羊蹄子自然趟出来的，远远看去，密密麻麻贴在凸凹不平的坡面，像网在陡坡上的羊肠子。分散开来的羊们坎坎坷坷攀登上去，皆小心翼翼，走几下，看一下，再走再看，不敢贸然前行。上边羊蹄子碰落的碎石块，不时打在下面行走的羊背上。牧人领着羊群攀缘，也格外小心，看准了下脚的地方才敢迈步，生怕脚下打滑。后来，最难走的地方，人工开了牧道，奎克乌苏沟将近一百千米，苏力间沟也有三十千米，但开了牧道的地方，路窄得仅容一人贴石壁而过。在陡峭的山壁上，人工牧道忽有忽无，缠来绕去，走在上面，头顶、脚下都是危崖，看山下的水流，是一条细线，真是令人胆寒。危险路段常常发生不测，对牧民的生命财产威胁极大。多处人工牧道，经过沟底和峡谷，有的地方水势湍急，有的又积水成潭，都不可逾越，须得绕行。牛马块头大，身子宽，行走牧道很容易出事，不得不绕到更远的地方，翻越连绵大山，耗费数天时间。乡里花费几十万元，对两线牧道上特别狭窄、特别危险的路段，通过爆破，加宽路面，解除危崖，但仍有许多危险难走的路。

　　我随和和在再日格提的毡房里、牧场上逗留了一段时间，又在哈尔萨拉村村部拜访了几位牧民，看到、听到了许多事情，无不让我生出某些心灵的颤动。很早以前，一个做盐巴生意的维吾尔族商人，用五千克盐换一只羊的交易，从巴音布鲁克蒙古族牧民手里换了100多只羊。不料当地发生战事，他赶不回羊只，就托给一位土尔扈蒙古族特牧人管养。几年后战事结束，他重回草原做生意。替他管羊的土尔扈特牧人告诉他，羊群已繁殖到500多只。为了报答，他提出与牧人平分羊群，而牧人只要了当初约定的那一份报酬。这个故事典型地反映了土尔扈特蒙古族人诚实守信，善良无私，不欺不诈的品性。哈尔萨拉村村部——实际上是四面都是草场的几间砖砌平房，为来客烧水做饭的皮肤黝黑、有点瘦削的妇女，看上去年近50，一问才37，生人面前拘谨得不敢抬眼。

年轻的村主任告诉我，她连几十千米外的巴音布鲁克镇都没有去过，不用说更远的县城、州府了。草原上像这样上了些年纪的人为数不少。牧民因草原地域的辽阔辽远，生活和交往范围不无天然的隔阻和相对的封闭。

在与和和的巴音布鲁克草原之行中，我像蜜蜂采花一样，还获得了更多令我感到郁郁馨香的"草原文化"营养。我领教土尔扈特蒙古族老人对英雄史诗《江格尔》中勇士斗敌故事的述说，聆听土尔扈特蒙古族男女伴着马头琴的长短调歌吟，倾听土尔扈特蒙古族人迷人的婚嫁介绍和神圣的丧葬过程的描述。这是他们特具的人生风俗。而每走一地，和和则向我讲述他作为县里的文学作者，参加民间故事和民间传说的搜集，在哪块草地的毡包，哪个山口的砖房，拜访哪一位土尔扈特老人。我静听和和讲述的草原老虎与健壮儿马在雪地搏斗的传奇，深山河湾水流下脸盆大小的金块将阳光亮亮地反照在山崖石壁，诱惑人们想尽办法捞取而不得的故事，还有一位叫作加普的猎人，为实现巴音盛可汗王的愿望，苦练射击本领，猎获一只大鹿时，子弹从右眼打进从左眼穿出而不伤皮毛、不伤鹿角的传说。和和讲给我听的民间故事、民间传说，情节曲折，细节奇异，恍若小说描写一样动人。这是他们民间文化的丰富蕴藏。

对于天山深处的巴音布鲁克草原，此行之前我是倾心于对其自然风景的向往、赞美而欣然应诺和和的提议的。刚刚融身她的怀抱，那一眼望不透的碧绿，山巅上如云似银的雪景，曲绕的开都河畔一个个觅食青草的畜群，都让我一饱眼福，觉得真是远旅中的一种异样的享受。以至于到了后来，我才感知了她与山外绚丽多彩的现代生活的反差。山外的城乡生活有诸多丰沛优裕、便捷便利的时代精彩，而草原牧人能够享有的不多，甚至因为地缘的关系无缘拥有。他们常年在游牧的沧桑中奔波，他们的马前足下，不无辛苦艰难。但他们却守持着人生意志的坚忍和生活信念的执着，他们的人文历史、文化积淀和文化景观，山一样厚

重，河一样长远。

此行天山草原，我的见闻，我的所得，当然十分有限。即使如此，我对草原的自然生态和畜产生态，草原人的文化生态和心灵生态，都有了更深一层的感受与认知。巴音布鲁克草原是高海拔的地域，而以草原为本的土尔扈特蒙古族人，自有他们的精神海拔。我明白了和和说过的"土尔扈特蒙古族人文化上的事情多着呢"那句话的含意。和和与我同行草原，他对草原生活的深情，他的草原文化情结，都让我深深感动……

再日格提的春牧场

车子在巴音布鲁克草原的柏油公路上奔驰，音箱里播放着蒙古族歌曲。那舒缓的女声咏唱，纯美、抒情，一字一句都是那么清晰：

> 在那高高的山岗上，一片浓雾白茫茫，土尔扈特是我生长的家乡，日夜思念想断肠。/在那重重的山冈上，一片大雾白茫茫，土尔扈特是我美丽的家乡，朝夕思念想断肠。/骑在黑色的骏马上，/策动缰绳脚步匆忙，土尔扈特我神奇的家乡，四季思念想断肠。

这首《土尔扈特故乡》，音韵流淌着真挚、温凉的清流，犹如天韵，让人倾心。辽阔的大草原上，细雨纷纷，草色碧润。满眼绿色里，我仿佛感觉那甜润的歌声也是绿茸茸的。

此行是去再日格提的草原之家。

昨天傍晚，我与同伴贺君在巴音布鲁克小镇吃饭时，遇到一位面庞黑得出奇的人，短檐黑帽，敞着黑色衣襟，简直就是非洲黑人一个。贺君说："他是再日格提，平时我叫他黑娃娃，生在草原，长在草原，是

巴音布鲁克草原的牧民。"圆桌上我们一人一盘炒面，一边吃着，友人与黑娃娃就痛快、倜傥地说起一桩颇为传奇的草原故事——

有一年，转场途中，再日格提在奎克乌苏沟骑马放羊，不经意间突然看到近前山坡的草丛里，一条青灰色大蛇吐着信子缓缓移动，身子像火炉烟筒那么粗，头比拳头还大，足有四五米长，圆乎乎的身子油亮亮地在阳光下发光。他身下的枣红马，被这个突然出现的庞然大物，吓得鬃毛都竖起来了，喷着响鼻连忙后退。他的头发也似乎"噌"地一下，麻麻地立起来了，吓出一身冷汗，缩着身子，伏在马背，不敢动弹。马匹后退中，他双手紧抓缰绳，双腿紧夹马身，紧张地呆呆地看着。那可怕的大蛇冲着草枝草叶，向坡头爬去，大约十分钟时间，翻过坡顶看不见了。那阵子他感觉自己的衣服都湿透了，简直魂不附体。蛇走远了，再日格提连忙下马跪地，往蛇爬去的方向磕头三下，赶快骑马赶羊，离开那个地方。

这件可怕的事情，贺君和再日格提是你一言，我一语，饶有兴致地向我讲述的。贺君曾经在草原生活过多年，因为再日格提老实、忠厚，他们就成了很要好的朋友。那年，得知再日格提偶遇大蛇的事儿，出于探知和保护草原动物的心愿，贺君希望再日格提带他去巡查那条奇异的大蛇。山野茫茫，哪里会寻觅得到呢！终于未能去成。这个听来令人毛骨悚然的故事就只能记在心里了。餐馆里初识再日格提，一个面目特别黝黑，饱经草原风霜，又很有些传奇色彩的汉子，深深地留在我的心里了。

再日格提的家，在离公路数百米的草场上，其实就是旷野上的一座砖房，两个毡包，一个带棚子的畜圈，还有一堆摞得整整齐齐的木头垛和两个一人高的牛粪垛。这片草地是他的春牧场，是他一家人生活的根基。那砖房、毡包、畜圈、木头垛、牛粪垛，像画面上的静物一样，孤零零凸立在空阔的草地上。他已经在这里生活了 47 年——包括每年夏秋季节，离开这里赶着畜群远去夏牧场的几个月，还有在更远的奎克乌

（奎克市、克拉玛依、乌苏市）那边的冬窝子放牧过冬的几个月。算下来，每年三月初转场回到这里，到六月下旬再离开，他和家人一起在这儿度过的时间只有不到三个月。如果从20岁独立放牧算起，他在这里生活的实际时间，合起来也就六年左右的时光。其余的统共21年的光阴，他都是伴着畜群在夏牧场和冬窝子生活，过的是几十千米、百多千米以外的"两地分居"的生活。在我历来的概念中，山外的城市、乡村，许多有"公家人"身份的人，都把两地分居看成是生活中的不便和困难。而像再日格提这样的草原牧民，因为转场放牧的原因，脑子里压根儿没有所谓"分居"的概念。他们对几十千米、几百千米区间常年奔波放牧的艰辛，对男人们、女人们实际上清苦的"单身"状态，倒看成是很正常的生存和生活。贺君几次对我说，草原牧民的生活不无苦难。他说的"不无苦难"的含义，也包含这样的生存、生活状态。

再日格提家的砖房分成两间。进门便是炊房，一副铁皮炉子，一张作为炊案的木桌，屋角一张简单床铺，再就是一些零碎用物。隔门套间是住室。再日格提引我们进去，立刻，一股温馨的生活氛围扑在眼前：临门靠窗位置是一张双人床铺，印花床单上面铺着带花的毡子，一头是两摞叠得方方正正的被子、毛毯；门后墙壁的衣钩上挂着华丽的女人衣服，其中一件是绿面白里的羔皮大衣，显然是家人的衣物。沙发、茶几置于屋子中间，两面墙壁前则是低矮的橱柜和橱柜上叠摞的镶着金边的小箱。

我是第一次拜访草原牧民的家。蒙古族牧民的生活习俗与汉族不同，我怕我的言语行动弄出笑话，在一盘配着红萝卜块儿的大块羊肉，一小碗切成片儿的皮牙子，一壶茶水摆上茶几的当儿，就首先"入乡问俗"。再日格提与贺君指着大块羊肉告诉我，哪一块是肩板子肉，哪一块是肋骨肉，哪一块是羊腿肉，碗里的皮牙子是吃羊肉时调口味的菜。我们每人一把小刀，从肉骨头块上剔肉就着皮牙子吃。这盘块头肉，是我们来到时再日格提宰杀了一只羊，刚刚煮熟的。来了尊贵的客

人，必须宰羊招待，这是牧民的礼仪。吃到最后，贺君把那块扇形的骨头板子递到我的手里说："你把这上面那一点肉吃掉吧，最后吃掉肩板子肉的客人，要是对这顿饭满意，就把骨头板子折一个豁口，表示对主人感谢。这顿饭你吃得满意吧?"我很感新奇，连说满意满意，就在骨板边缘掐出一个豁口来。再日格提点点头，默笑不语。

在同再日格提与贺君的聊谈中，我知道了牧民的毡包里要是来了外人，不管认识不认识，都该给吃食，给水喝；要是天黑了，也肯定会让你住宿的。这是大扎撒克法典的规定。蒙古族牧民都自觉遵守大扎撒克法典，也就形成了人与人之间相互照顾、相互关爱的友好善良的生活习俗。草原上没有贼娃子，散布在草原上的一家一户的毡包、砖房子，从来不怕被盗。饭后，我说我想"方便"一下。再日格提问："是想小，还是想大?"我说："小。"他说："牛粪垛子后面随便。"贺君就接话茬儿说："草原上不能往河里尿，也不能在河边拉，解了大手必须用土埋掉，手纸也得用石头压好。"再日格提还是含笑不语，只是望着我点头。

草原牧民的生存、生活，与山外的社会完全两样。高山草原特殊的自然环境，年年月月往复的游牧方式，使他们的生活受到很大的局限。仅就饮食而言，再日格提家的一顿待客饭，就只有红萝卜和皮牙子，还是从巴音布鲁克镇的集市上买来的"进口"菜。他们不种蔬菜，是因为气候的关系无法种植。草原上也不长树木，那么漫阔的草原大地，看不到一棵树。在与再日格提和友人的聊天中，我恍然知道了没有出过草原的人，没有见过树木是太平常的事情，不能不使人惊讶。草原牧人生活的清苦、简单，仅此可见一斑。他们不无苦难的生存、生活，不能不令人生出某种无奈的怜惜。可是他们生活的另一面，却有宗教信仰的奉守，有纯净的生活习俗和人际风尚，他们的社会精神具有特殊的美。

在再日格提的毡房旁，蒙蒙细雨中我向远处的草地瞭望。划归再日格提的草场，东西长达两千米，碧草漫漫，开阔无限，更远处是一抹淡淡的山峦。远处有食草的大群羊只，有星星点点的牛马身影，有人骑马在牛马羊群之间走动。再日格提说，那就是他家的畜群，是他的妻弟替他放牧。我询问再日格提今年的畜产情况，他却咳叹一声，望着我摇头："今年春上，二百一十只羊死了呢。"

原来，开春时再日格提的畜群从冬窝子转场到春牧场，一场意料不到的大雪落了足足 70 厘米厚，210 只怀犊的母羊冻饿交加，一二十天里一批一批死去。看着那么多母羊丧失了活生生的灵性，他雇来小四轮拉到山沟里丢弃，难过得直掉眼泪。厚厚的积雪覆盖了萌发的青草，牧场组织调拨的干草和买回的苞谷粒儿，许多羊只抢吃不上，时日一长就在冷冻中饿死。现在他的畜群里，自有的老母羊和已经长大的羔子羊共 140 只，还有十七头牛和十匹马。这些就是他现有的全部财产了。除了这些，他承包放牧别人的一百只母羊，也一并在他的羊群里。他把承包放牧称作"给人打工"，合同里规定：放牧一个月付酬一千元。雪灾给他造成十几万元的损失，他用这样的方式，得到的弥补仍然十分有限。

不光是财产上的损失。再日格提说，那么多的母羊，养了几年了，他熟悉得很。哪只母羊咋样叫，他辨得清。哪只母羊爱吃哪种草，他心里明。哪些羊产羔好，带羔好，他知道。哪些羊奶情差，不愿带羔，他知道。哪只母羊发情后怎么配公羊，他清楚。哪只公羊能配多少母羊，他也清楚。他对自家的羊群感情深，可爱的母羊死了那么多，从情感上说他怎么能不难受呢！他掉泪，他心痛，是痛心财产的损失，也是痛心感情的裂伤。雪灾给放牧人带来的是一场苦难。再日格提当年的天灾地祸，令人感到牧民的生存生活是多么不易！

时值六月中旬，转场的日子已经临近。我有一个意愿，就是带上足够的米面食油和块头儿蔬菜，随同再日格提转场到他的夏牧场，再转场到冬窝子，和他一起去放牧。我喜欢再日格提，想和再日格提一起过一段真正的牧民生活。巴音布鲁克草原上，退牧还草、由牧转农的生活变革已经开始，这是土尔扈特人的祖先远途迁徙、回归祖国二百多年之

后，他们的后代欣逢牧区政策的关怀，实施的转变生存和生活方式的一次历史性移民迁徙。我仿佛看到了巴音布鲁克草原退牧还草之后更加碧油油的美丽风景。这里本是人们心所向往的风光优美的高山圣地，退牧还草犹如习习的春风、甜美的雨水，将使草原再现"风吹草低见牛羊"的丰茂景象。也许我的意愿是一种怀旧情结，但我怀的是土尔扈特人回归祖国以后，他们后裔的生活史和文化史。随同再日格提走完一个年度的游牧轮回，完全值得。

攀缘天山道

　　天山，以"天"名之，极言其高。山巅积雪终年不化，意念里是说不尽的冷凝。高处不胜寒——天山演绎的怯情怯意，坚硬如铁，总是令人隐隐地难以脱开。穿越阻碍，攀登天山，又不能不面对那山势的巍峨险峻，那山道的崎岖陡峭。天山道叫人百感交集啊。

　　穿行如此危峻的天山，虽然借助的是汽车轮子，但那艰难之感，漫长之感，煎熬之感，依然扑面而来，浇袭而来，笼罩而来。天山道给予人的，莫不是意识里的沉重喟叹？

　　扎入岭峰丛立的山峦，便是一道秃无凝滞、了无生气的幽深峡谷。一条滚滚直下的水流，从交错壁立的山石间挤涌而出，玉白浪花的激溅是峡谷里唯一蹦动的活物。山势重重叠叠，阴阴地遮挡天空，仿佛布设的是穿不透的沉重。"之"字形的峡谷曲曲折折，在巍峨的山体之间，是撑开的一道"一线天"豁口。

　　伴随水流的山道，盘盘绕绕，陡陡地怯人面目，一尽儿向头顶抬升而去。车行路上，仿佛时时会被危险的山崖挤压埋没，沉重的马达声持续地呼哼着挣扎。山道漫漫，总是在上方的山体间忽隐忽显，仿佛走之

不尽。天山道，这畏途的天山道啊！

一边是临水的石崖峭立路下，车行陡坡，弯弯绕绕，令人一阵阵生出临空的眩晕；一边却是炸裂开来的岩石陡壁，危石累累，飞峙头顶，简直要擦肩刮耳。更有多处路段从山体中窝进，那危坠的山石就全然覆盖头顶，要是塌落而下，无论如何也避不开盖顶的埋没！

前方的路面，时不时就有摔裂的石块凝在那里，定然是从危崖上坠落无疑。真担心自个恰巧会被落石砸中，又想象着何人曾经不幸被落石砸伤。虽无虎狼当道，但那险象环生的感觉却一重叠着一重，这山道远途竟是如此危机四伏。

峡谷里阳光灿烂，车子几乎腾空似的向高处攀升。左右盘绕之间，山壑开阔起来，不再是盖顶的山崖逼压，却是一抹干枯了的泥石流堆积，苍凉莽浑地高横前方。原有的路径被掩埋得无一丝痕迹，石夹土裹的凸凹之间，是探踏而出的通道，一道坎坷又一道坎坷，曲绕起伏，大颠大簸，令人唏嘘。暴雨造成的泥石流常有所闻，目睹其猛烈冲卷的痕迹，竟是此次天山攀行的意外际遇。

烈日山风已经吸干泥石流的水分，把它裹石带泥的浑浊，干燥地凝定在一道峰壑下的陡斜山体。仰视那摩天的峰壑，高傲威严地与群峰并列，泥石流就是从那里汹涌而下，在陡峻的山体凸起一道直抵山谷的裙状景观。山大沟深，这浩荡的泥石流凝定，直令人感叹大自然的力量。

此刻，颠簸地跨越泥石流路段，不由得生出泥石流漫卷山坳，滚滚而下的惊心动魄的想象。这时窄时宽的谷地山坳里，是一条攀缘顶巅的山道啊，这漫长险峻的山道，除了危岩累石，竟然还有猝不及防的泥石流袭击。那道隐藏着泥石流危险的高高的峰壑，难道是鬼蜮之门？那里潜藏的鬼蜮，竟然借助雷鸣电闪，瓢泼暴雨，向本就艰危的山道抛出一道障碍，甚至向山道上艰难的攀行者，凶恶地降临一重灭顶的危机！山重水复的路途多么不易，顺畅行进的希望时有凶险的劫难。

越过泥石流障碍，车子仍然沉重地呼吼着向更高的山体盘旋。峡谷

又窄峭起来，谷地两厢秃岭重叠，一岭比一岭高峻，森森地遮蔽天空。崇山峻岭里，前行的车子，在远处高高的山道上时显时隐，渺小得像一只白色爬虫。心想：自个儿座下的车子也该是如此啊，与浑莽的山脉相比，不过如蚁如蝼；而人呢，则更是弱小如蚊了。如此联想，就又感叹起山道攀行的艰辛，艰辛中那种种险阻危难对于意志的捶击，对于信心的考验……心潮起伏中，好长一段行程里，剥落的山石壅塞道路的惊险又扑面而来——

这一段行程，道路依托的山势，是立崖与陡坡的夹持连续。一重重立崖并不是浑然一体，直立起来的岩层，风化破裂得千疮百孔。立崖之间，空出的是几乎直立的高峻陡坡，坡面上黑森森的碎石堆积，像高高悬挂的长裙状瀑布。那是山体常年剥落的记录。之所以感叹这裙状瀑布的悬挂，是因为那裙底部位厚厚积叠的碎石，将路边原本坚固的水泥护墙，挤压得歪歪斜斜，许多处甚至破裂坍塌，滑落的碎石已经侵袭路面；正有三两块危石从坡顶骨碌碌滚下，直直栽砸山道，不由得令人啊啊地惊呼。这段山道本就陡立如削，却有那一坡又一坡阴森的碎石瀑布虎视眈眈，异常吃力的行进竟然隐伏着杀机。

穿过如此险地，道路托着车子还在渐行渐高地不断抬升，仰望的视野里高高的雪峰已经傲然耸立云空。那股跳奔而下的溪流在这里却像乱石中的长蛇，默默地失去了奔腾的涌动。而前方的谷地横然一道大坝似的高台，终止了两山夹持的浅沟，山路不得不从一侧斜坡迂回攀高。待到攀上高台，覆盖着白雪的莽莽山峦，屏障似的围出一个寂寥的山窝，已经是道路穿行的这道峡谷的尽头。这里是山脉的最高点了，清寂的雪意顿然散发出冷冷的寒气。山路迂回到雪岭的腰间，便消失在一孔黑洞洞的隧道入口。

从入山处到此，已经行进两个小时的车程。一条山路，借助汽车轮子，曲曲绕绕地攀爬两个小时，可谓艰难的雄关漫道！这慢慢的行进，这攀缘中的体味，给予行路人的感触多么深重！雪峰之高，曾经给人一

种登高一睹的向往，登高之路的不易，又给人的孜孜求进布设了诸多不测的艰难。

在这里，驻足体味一番天山高处的境界，当是众人所愿。忽然发现，有"之"字形的便道从隧道洞口上方绕向雪岭顶巅，那是没有这条可行机车的道路之前，人马翻越天山的原始小路。借助开凿的山道和机动车的优越，攀缘到山峦的最高处，尚且行进两个小时，当年靠脚板和马蹄的一步步寸行，那要遭遇多少艰难险阻！

这是此行的最高处，雪峰雪意，冷气森森。高处不胜寒——不由想起宋代诗人苏东坡《水调歌头》中的句子："又恐琼楼玉宇，高处不胜寒。"还有唐代诗人李商隐的《嫦娥》诗："云母屏风烛影深，长河渐落晓星沉。嫦娥应悔偷灵药，碧海青天夜夜心。"苏东坡对高处境界的体味如此撩人心思，而李商隐笔下的嫦娥，独处碧海青天而夜夜寒心的凄冷，同样令人不无感怀……

天山大峡谷

天山浩浩莽莽，有多少瑰丽的景象！辽阔牧场碧野茵茵，雪峰雪岭傲立云空，巍巍冰川银雕玉铸，奇异雅丹百态千姿。这些奇特的风景曾经多次身临其境，给人以多重的联想。而隐藏于雄奇山脉中的绝世峡谷，盖顶的崖壁崔嵬峻嶒，森冷的气象惊神泣鬼，诡怪魔幻一般更令人喟叹无限。

这是身处库车大峡谷山崖窄缝中的不意感受——大峡谷深重阴沉地包围着你，你仿佛不是远来寻险探奇，而是难以自拔地陷入某种无法挣脱的困境。一重又一重险恶的情势张牙舞爪地向你逼近，一番又一番窒息的感觉虎视眈眈地向你压来……

攀缘坎坷山径，穿越浅沟乱石，蓦然间人已被峡谷围裹。谷地两边那赭色的山体巍峨厚重地雄峙头顶，蓝天被挤占得只剩破布条似的一溜。山壁凸凹，气象苍凉，或横或竖地重叠着似台似墙的岩层。凸出的山体犹如攀爬的巨鳄，凹陷的洞豁宛若凶险的虎口。阳光斜斜地从高处映来，阴阴的山影覆盖了整个峡谷，山石阴森得愈加狰狞。峡谷山崖万仞之高，直耸云空，人处狭窄的谷地，身如豆粒，行若蚕蚁。原本是兴

致勃然地为游历赏奇而来，幽深崖壁的围裹之感却令人仿佛进入某种压抑煎熬之境。

看惯了辽阔的戈壁大漠，那一望无际的开阔体会此刻却被峡谷的围裹之感所置换，似乎转瞬之间跌入一种狭窄的挤压空间。仰面环顾，心灵的感觉不免眩晕起来，狭窄的山间谷地仿佛要游移闭合，人仿佛身处深渊，会被挤扁压碎。感觉要被挤扁压碎的，也许是某种把握失误的不可挽回的愧疚与自恨，也许是某种欲望膨胀的不可自救的身败与名裂，也许是义气冲动的失控引出的惊怵和责难，也许是铤而走险的恶果导致的懊悔和谴责……面对峡谷，这些自然都是幻觉，是另一番人间际遇的感触生发……

是谁把这雄奇的山脉从顶部深深地砍进了一刀？峡谷最窄的段落仅容一身，甚至因为石壁倾斜，山石呲裂，人行其中，必须斜身低首，才能通过。一处又一处线状的泉流从头顶石缝间浸润而下，足下带状的沙质小径就被这些微弱的渗透嚅浸得湿漉漉的绵软，这门缝般的山崖开口里就冷气森森，凉意袭身。小心翼翼地斜身弯腰，摸索前行，蓦然，前面一道石层破碎、危石垒摞的高坎迎面截拦，小径中断，仿佛山缝悄然合拢，令人不得不生出困惑和踌躇。石崖摩肩擦耳，仰首不见山巅天光，环顾只有山石夹身，空间里一种无法逃避的束缚之感，油然而生。抓石蹬坎，攀越上去，更高处又是石壁交错，一线山缝在威严的山石之间依然暗道一般蜿蜒而去。容身其间，似乎又遇一重窒息般的困境。

如此景象，称作峡谷，似乎不确。山脉的峰岭深壑里，这难以想象的奇异景观，其实是一道夹缝。身处此境，令人不免联想、感慨。大自然的山涧夹缝当然是一种奇景，而人生的际遇夹缝则是一种磨难。生存的困苦是一种夹缝，求索的奋斗是一种夹缝，天灾人祸的突来是一种夹缝，情感不幸的折磨是一种夹缝……人生的夹缝谁也不愿遭遇，但又常常与之相逢，而冲破夹缝的突围又总是那么严峻……

越是深入峡谷，险象越是惊心。钻出夹缝，前面的谷地稍稍宽阔了

一些，但一块山头一般的巨大危石卡在峡谷两侧的石壁之间，分明是坍塌下落的高处巨石。不知何年何日，沧桑岁月的演变令崖壁风化，危重的山体突然崩塌而下，尘雾翻卷，轰隆隆震撼山岳。却是险中逢巧，坍塌的巨石就被卡在半人高的狭壁空间中。信步至此，悬空的巨石迎面遮挡，巨石下躲藏着令人怵然的阴暗，透过阴暗又可窥见巨石那边的亮光。此情此景，想象峡谷里那瞬间的突变令人何等胆寒！俯身穿过卡空的巨石，前方的峡谷突然弯折，隐进遮光蔽日的崖体，而崖体如弓盖顶，峡谷上方只露一线月牙形的天空。在这里止步体味，不能不惊叹峡谷的又一重奇险。

危哉险哉，峡谷的此番境况似乎对应了人间的某种危难。生活的繁复异变往往会出现类似的境遇，险境般的人生颠簸往往会不期而遇。或许是意外沉疴的偷袭逼人步临生命的悬崖，或许是甜言美辞的轻信诱人跌入欺骗的圈套，或许是对规则规范的淡漠引发措手不及的灾难，或许是细枝末节的任意招来难以弥补的损失……险象环生的峡谷引发感叹的不只是大自然的奇诡，这奇异的自然物象仿佛是一座山脉对人间物事的应照……

库车大峡谷深藏天山山腹，五里百景可谓鬼斧神工，景景各异真乃意象万千！峡谷入口处巨幅画图上那副"亿年峡谷奇峰怪石风水力，千载佛窟逸骨神韵笔墨功"的楹联，不知何人拟就，描述峡谷的奇幻色光算得上形神逼真。大自然的物象能有飞扬的文字活现，当然是写家的灵慧，而络绎不绝的游览者从这奇观异景中带走的感悟，定然自是各个相异。

天池五月

　　以天名池，极言池之高远。池非池塘，原是一方苍苍松林与巍巍山峰怀抱的高山天然湖泊，碧蓝的水面与明丽的雪峰互映，造就的是远离尘嚣的静穆与清爽。天池，天池，海拔一千九百多米，三余平方千米，因居高而奇特而引人瞩目而名传天下。禁不住她盛名的诱惑和神话传说的撩拨，五月里我迢迢千里，远赴博格达雪峰北麓，想了却一番目睹"西王母仙居和款宴穆天子之地"的夙愿。那就是神话中的瑶池啊，历久以来，这神话给我的印象是缭绕仙气的曼妙境界。今来此地，置身天宫里的瑶池胜镜，可以接受仙气沐浴，洗涤俗身凡骨吗？

　　乘车进入曲回环绕的深谷，顿感凉爽袭身。通达天池的公路碧树掩映，伴水延伸，渐行渐高。陡然，面前壁立一线天石缝，巉崖夹峙，山势嵯峨。公路紧贴石壁穿入，仿佛进入幽深的胡同。路基与另一侧山崖仅距丈余，其间密布斗大的杂石，清凌凌急流撞石卷浪而下。抬头仰望，崖缝后面的更高处，巍峨山岩依然迎面矗立。这段奇诡的一线天，仿佛登临天池的山门，过此山门，一种临近之感便在心里跃荡起来。

　　依然是峡谷，依然是壁立的凸凸凹凹、疙里疙瘩的山石，山石灰褐如铁，洁净如洗。一股清流依山脚从高处翻卷、腾跳而下，在满是棱角戳翘的石块河床上激起雪团般的浪花。这是从天池飘逸而下的清纯柔软、舒曼流畅的白练吗？久居闹市，便向往山野，河谷、峰巅，怪石、溪流，嘉木、杂花，哪怕是沟坡岭头一抹野草，都会给人一种山河的陶冶。心想，头顶就是天池，未见天池，领略的先是西王母和她的仙女们投向山野的幽静灵幻之气。抵达高空缆车站时，回首一瞥，已不见来路，折叠的山头渐远渐淡。山风徐徐，冷气飕飕。时值初夏五月，天山山谷还流动着料峭的春寒。

天池依然位在头顶。再向高处远望，坡陡如立，右手阴坡松林苍苍，林间白雪银亮，身左阳山秃岩诡危，峰岭摩天耸立。及至坐缆车上行，那山、石、树、雪都低到脚下去了，人便恍若真正得了西王母仙气，向雪线以上乘风凌空了。

上到山头，但见天池平静地依偎在群山环抱之中，却不见幽蓝的水面和山峰的倒影，而是一湖银亮亮、平展展的凝固——天池还被厚厚的冰层覆盖，一抹宽阔的静谧。驻足环视，冰面两厢常青的松杉林木笼盖着依然高峻的山岭，岭头山脊重重叠叠，松杉林的墨绿也重重叠叠地一抹一抹由浓而淡，与天池远处的冰山雪峰环合一体。而远处的雪山更加巍峻，傲然比肩而立，遥遥高挺天际，是一派渺远的清凉和莽苍的神秘。脚下的山头自然是天然的大坝，横在左右两厢的山肩之间，新草透碧，生满如塔的松杉。大坝林荫间的草地是仙女们舒袖弄步的歌舞场吗？坝坡临水一侧凸向湖面的巨石是西王母照影理装的梳妆台吗？与这块巨石近相呼应的一棵苍老的独树，枝杆斜出，浓荫覆地，那是穆天子受宴的把酒处吗？这就是美妙神话中仙气缭绕、清雅静幽的梦幻界吗？一处高山湖泊引动的幻化想象竟是如此曼妙可人，历经书传口说，美若酒浆！

这个季节的天池是一湖整块的纯洁宁静的白玉。西王母在此仙居，那一抹漫白该是覆盖水下丽宫的素洁绸缎吧，仙子们的居所本是冰清玉

洁啊。在如坝的山头眺望，宁静的白玉也好，素洁的绸缎也好，展现足下，一览无余。但我还是意犹未尽——千里迢迢而来，不能临坝而止，到坝下的湖边去，触摸触摸天池的肌肤！天池边尽是乱石野趣，冰已化开数尺，清幽幽地透彻油亮。俯身偎水，伸掌撩拨，水并不觉凉，只感到清爽、柔软，可以透见没于水中的冰碴子厚若磐石，壮如水晶；投石敲击，闷然一声，只溅些许冰花。天池已经在近岸的边缘绽露出清秀面庞的一角。

　　未见天池的幽蓝水面和山峰倒影，感受的却是它显示的质性魅力。银装素裹之下，这高居雪线之上的神奇湖泊，年年都要这么清冰玉掩，修行一番，想必是吸纳高天雪峰洁净之灵气，提炼自己清纯净美之品性，居高凝幽，高而不躁，守身如玉，纯若处子？天池是灵性的天池，所以才清澈透碧，群山环抱，仙气装点，自成境界。

克尔古提素描

　　深山有闺秀，克尔古提乡。藏于天山怀抱，隐于千峰万壑。乡属和静，却近和硕。山道盘绕危崖，谷底芳华浓郁。沟谷乱石卧滩，清流穿碧，水畔古榆苍茫，草木隽永。三道沟川静卧三个山村，平屋砖舍依山恋水，民俗民情古朴清纯。二百三十余户人家，九百出头土尔扈特后裔。越山越水游牧，草地毡房点点。民以放牧为生，村是人畜归宿，有寺甘杰库热，寺是传经圣地。

　　乡域九百六十平方千米，沟若天井，山如屏障，国土百万分之一的克尔古提，就是祖国一处袖珍似的山石盆景。从和硕国道行近天山，逶迤峰岫错落相叠，似是列队迎迓。行至盘绕山腰的回环达坂，但见远山巍峨，群峰并立，峰头雾岚氤氲，渐远渐高渐淡，人就飘行在仙境般的空灵里。穿越一道谷地，又登一座山峦，山巅隧道洞穿南北，洞内石壁峻嶒怪异，如若童话中的诡谲廊道。出洞又见奇景，曲回的山道下，丫字形平川展现眼底，两处村舍隔山相望。这般神奇的幽秘世界，就画意真切地解读了克尔古提这蒙语里的意思：有盘山道路的地方。

　　一处沟滩，一处画境，沟滩里流连，处处都是美景诱人的画屏。山

色碧透，巍巍莽莽，远处雪峰似银，高空蓝天如洗。厚重的山势背景里，滩地草木幽静，遍野花色灿烂，河床乱石堆摞，石间清流激溅。群木枝叶浓密如绣，千年古榆苍黑若龙，皆与草地滩石相衬。洁净云团落在秀美的山坡草地，那是羊群在绿色里游移。河畔林地浮动点点枣红与片片绒黑，那是健壮的马匹骆驼和长毛绒牛群。这处草坡郁郁，那处山林森森，两厢山势峻峭，时见怪石危崖。克尔古提，沟川风光古朴清丽，气象秀雅天然，有赏不尽的自然淳美，品不完的山情水韵。

山水蓄灵气，沟川飞神韵，克尔古提的山野姿彩，滋养出一方人文的倩美。甘杰库热的经声引领村人的心灵信仰，出土的突厥石雕显示人居历史的久远。马头琴的悠扬乐声和动听的蒙古族的歌调自富艺术的魅力，更有独特的乡俗民风蕴涵土尔扈特人的和美质性。被誉为刺绣之乡，绣品质朴华丽，洋溢生活情味。袍服边纹，靴帽点缀，毡包外饰，佩件用品，直至马身披物，鞍座装饰，皆有各色彩绣，斑斓富丽，堂皇灿然。有乡办民俗馆屹立古榆丛中，马鞍、马饰、辔头，箱奁、木盆、奶具等古旧工具用物，各类刺绣作品，均有实物参展。又有文学艺术和工艺创作挂牌基地，文化艺术氛围与山川灵秀之气相衬互应。远乡僻地的自然美景和人文精华，借助艺术的翅膀八方传扬了。

敖包前，村舍里，克尔古提人用哈达托起的浓郁酒香，久久沁我心脾。美酒醉人，美景醉心，克尔古提的一轴轴天成画意我当收存于心，克尔古提的一重重浓厚意韵也当珍藏于怀。我把简拙的文字素描权当别一番意味的纯洁哈达，也献给克尔古提，献给这美好的山乡！

荒漠写意

博斯腾湖荡漾大海的蔚蓝

　　车出天山行进在焉耆盆地，到达一大片绿树笼着的乌什塔拉，就可以远远地看见博斯腾湖了，但隐隐约约的山影下只是一抹淡蓝，像带子一样静在大戈壁的尽头。这是我第一次看见博斯腾湖的情景。后来，当乘坐飞机从它上空经过的时候，我看到漫阔的戈壁上镶嵌着的是一块巨大的阔叶形的蓝宝石。在焉耆盆地南山下的库尔勒生活一段时间以后，我对博斯腾湖这个中国最大的淡水内陆湖泊的印象，便由朦胧变得具体了。它联结着一条开都河，又联结着一条孔雀河，我对它的存在、它的景象就一直怀有浓郁的兴致。

　　它是莽莽天山和焉耆盆地联手营造的杰作。天山提供着源源不竭的水的资源，盆地则负起积聚天山恩泽的义务，积聚得浩浩荡荡，积聚成戈壁上的大海。博斯腾湖有着杰出的奇特，奇特之处就是它挽系着两条巨长的洁净飘带，一条漫过焉耆盆地，缠绕着天山的崇山峻岭，一条向南部的塔克拉玛干沙漠蜿蜒，中间又连缀着一块巨大的翡翠般的绿洲，绿洲上有一座色彩绚丽的城市。博斯腾湖是一个硕大的生命，它所挽系的开都河和孔雀河永远洋溢着生机和活力。博斯腾湖被称为南疆西北缘荒漠地域里自然生命和社会生命的母亲湖，而开都河和孔雀河又被称为这块土地上的两条母亲河。人们赋予这湖、这河以如此深重的情感，这份情感又像这湖一样深广，这河一样绵长。

焉耆盆地因为有开都河，因为有博斯腾湖，虽然处于干旱地区，年降雨量甚少，却是一片景色秀美的西部绿洲。冬季不消说，它的春、夏、秋三季，田园、碧树浓绿得厚实、饱满，简直就是江南风光。这块绿洲北依天山主脉，南邻天山余脉库鲁克塔格山，东西两百千米，南北七十千米，怀抱着和静、焉耆、和硕、博湖四个县，县城和诸多的村庄在葱碧的田园风光中氤氲着可人的静谧。而博斯腾湖的面积竟达一千多平方千米，水域茫茫，碧波浩浩，水天一色，气象森森。

开都河开始注入博斯腾湖的地方叫作宝浪苏木，筑有景象弘伟的人工分水大闸，像一个巨大的梳子，将开都河截为两段。平静的河水过闸以后顿时激越起来，急流滚滚，激浪腾跃，一派惊涛拍岸之势。开都河在此就被大闸岔分成两条支流，然后又平静地汇入博斯腾湖。每次身临大闸，看着大闸下那激浪腾卷的景观，望着不远处河湖交汇的壮观气象，我总觉得这里是开都河激动的一次跳跃。因为经过遥远的长途跋涉，开都河就要归向博斯腾湖的大家庭了。这种景象又使我想起土尔扈特部万里东归的伟大壮举……

博斯腾湖西南部那浓密芦苇夹道的碧油油的水巷，则是广阔的湖面连接孔雀河的泻水口。与宝浪苏木分水大闸处的景象不同，水巷清流清澈见底，蓝莹莹的水面下可见水草随着平静的水流悠悠浮动。这里颇有千岛湖的味道，多处布排的小的湖岛、大的洲渚，满是绿油油、密丛丛的芦苇，岛、渚与曲水清波依恋，芦苇与萋萋草木联袂，幽静得如同人间仙境。更为奇异的是，在宽漫的森森的芦苇之林里，初夏时节千亩莲花绽放湖面，鹭影映波，鸭鹅戏水，别是一番风景。西域荒漠里竟有如此美丽的水岛，水岛之间竟有如此绚丽的莲花，如若不亲临感受，总不免让人难以置信。正是因为这一奇特的景象，人们赋予博斯腾湖出水口

一个美丽动人的名字：莲花湖。莲花湖是孔雀河的起步之地，博斯腾湖用清美秀丽的莲花为自己奉献出的孔雀河送行，对于孔雀河的殷切寄托多么深重！

我曾经兴致勃勃地在开都河的入湖口赛热木码头，赤身潜入博斯腾湖的浅水中游泳、戏水。那当然是盛夏时节。赛热木码头用作打鱼的木船和用作游览的大船、游艇，密密麻麻一片，而浅水处的泳者则更是哗声喧喧。钻入湖水，在湖面上畅游，顿觉粼粼碧波更为宽广浩渺，远远地与天相接。我想尽量游得深远一些，更真切更深刻地体验一番博斯腾湖的博大胸怀。这时候我感觉我就是一个裸身的婴儿，无忧无虑地真正地躺在了博斯腾湖母亲的怀抱里了。博斯腾湖母亲用她那柔软的缠绵的肌体，亲切柔和地拥抱着自己的儿子，悠悠浮动的水波像柔润的手掌，轻轻地抚摸着自己的儿子，我把自己完全与博斯腾湖融为一体了。

游到临近湖滨的一处芦苇丛前，我便静静地仰卧碧波，凝望苇丛上空盘旋翱翔的水鸟。想不到我隐浮水中的肌体竟然引得无数的小鱼一撞一撞地向我吻来，清澄的水波里看得见乱哄哄的小鱼儿指头一般大小，碰撞着我的面颊、腹背和四肢。博斯腾的鱼类竟是如此之多！那些啄我的小鱼儿是那么幼稚可爱，它们竟然毫不畏惧，毫不躲避我这个庞然大物。那深水里的鲤鱼、青鱼、鲢鱼、鳊鱼、鲫鱼和赤鲈鱼，我是看不见的，但包括虾类、螺类、蚌类等水生动物，博斯腾湖水产的年捕捞量多达两千多吨；还有那一眼望不尽的茂盛芦苇，年产量高达四十万吨。这母亲湖的富庶可想而知。

碧色葱茏的焉耆盆地是一派江南风光，万顷碧波的博斯腾湖畔则酷似可资游览的大海之滨。赛热木码头、莲花湖之外，还有阿洪口、扬水码头、湖南浴场等多处水上旅游景点，而尤以北部的金沙滩最具规模。金沙滩确如它的名字一样，金沙绵绵，地形缓平，是博斯腾湖北岸一处优良的天然浴场。我曾经游历过广西的北海，山东的烟台，河北的秦皇岛，海南的亚龙湾，那里大海边的天然浴场当是浴场中的明星了。而博

斯腾湖北岸的金沙滩浴场，与大海边的那些著名浴场相比，其水色的阔远，沙滩的漫长，丝毫也不逊色。尤其是作为淡水湖泊，其水质的滑润、清爽更比大海的咸水适宜肌肤。博斯腾湖并非大海，它的著名的金沙滩更比大海岸边的浴场优越。在荒漠湖滨，可以享受到比海边浴场更为怡人的浴情泳味，这是天山怀抱的碧翠盆地给予人们的宝贵恩惠。

博斯腾湖是瀚海之海。当我乘坐快艇，从南岸驰向北岸，又环绕苇丛品味这水乡快感的时候，展现眼前的是阔远的波光水色里浮动着的遥远的天山山影和山巅上银亮的雪峰景观。浩渺的一湖碧波仿佛向远处的天山雪峰频频招手，仿佛向给予它生命的天山深情致谢。在快艇上，我又从湖心的视角体察开都河汇入这浩大湖泊的景观，体味湖泊泻水口那条孔雀河的诞生。伟大的博斯腾湖收拢了一条开都河，又孕育了一条孔雀河，一湖两河对于山川平野、荒漠绿洲的恩泽，很远很远，很长很长……

千里迢迢祭楼兰

    曾经看到塔克拉玛干沙漠的楼兰地区出土女性干尸引起中外轰动的报道，很是震惊、新奇。迁居孔雀河畔的城市库尔勒以后，在这里的巴音郭楞蒙古自治州博物馆，近在咫尺地目睹了数千年前被称为"楼兰美女"的女性干尸，更感到幸运。

    对于楼兰的探知，考古学家、历史学家一直没有停止过孜孜的求索。在孔雀河穿城而过的库尔勒，一个专事研究楼兰历史的楼兰学会，聚集了众多的专家、学者，一直在不懈地努力。

    库尔勒以外，关于楼兰的研究，也不断有新的成果呈现出来。一位刑警学院刑事相貌学专家，根据从楼兰发掘到的木乃伊，耗费三年心血，复原出古代楼兰美女的原貌，一时成为媒体、网站的热门话题。面对这具大约40岁死亡的女性木乃伊，这位刑事相貌学专家，科学地将她复原成18岁的样子，不能不说这是一桩令人惊叹的奇迹。科学的力量，今人的智慧，在现代化的学术田园开出了数千年前的灿烂之花。

    楼兰文明在历史的烟尘里走向消亡。罗布泊汪洋在随后的年月里也被干涸的盐壳所替代。但是，罗布泊曾经的源流孔雀河依然奔流不息，依然涌动着澎湃的激情。而今，孔雀河却难以径直地流到罗布泊。30多年前，上游的勃勃活力，在临近罗布泊的漠漠荒野里，逐渐地平静地走向了死亡。欣喜的是，孔雀河下游生态抢救工程已经实施多年，"罗布泊地区四百公里干涸的河道复见清流，两岸生机再现的景象已为期不远"——这是孔雀河下游二海子生态抢救工程纪念碑碑文中的记载。像罗布泊地区恢复生态一样，关于楼兰的历史文化、社会变迁，以及从兴旺到消亡的缘由，也会生机再现吗？

　　楼兰，地处遥远的荒漠无人区，已经成为一片废墟，不是今人随意可以涉足的地方。而库尔勒却是楼兰考察者最重要的出发地，无论探险，还是考古，都要依赖库尔勒的力量，库尔勒是楼兰探古的多方面最有优势、最为可靠的支撑。仅就这一点，我对库尔勒就有一重特别的感触。

　　和库尔勒依恋了千万年的孔雀河，曾经是当年楼兰文明重要的水源哺育者。想到孔雀河与楼兰文明的密切关系，想到这种亲密关系的历史变迁，我更感到孔雀河对于往昔楼兰文明的重要，感到孔雀河对于现在的楼兰考察和楼兰研究，仍然存在着某种割舍不开的大自然因素的亲密。

　　楼兰，那么神秘，那么遥远，那么荒凉，那么艰险。在库尔勒，不同类型的楼兰科考队和探险者，那些富有悲壮意味，充溢英雄气概的出发仪式、猎猎红旗、浩浩车队，还有有幸交往的研究楼兰的专家、采访楼兰的记者、拍摄楼兰的摄影家……这一切总让人十分动心。我曾经设想，如果有机会随探险队踏访楼兰，我一定要舀一捧从山口奔腾而出的孔雀河的清波带给楼兰。孔雀河和塔里木河曾经养育过楼兰的文明，如今楼兰消亡，楼兰大地废墟一片，我要用身边孔雀河的乳汁祭奠消失了的楼兰。

　　我终于如愿以偿。

楼兰，废墟的楼兰！夯筑的城垣坍塌冲毁得伤痕累累，连连断断，时有时无；城垣南北的两处缺口，分明是呼应而设的两座城门；颓废的方形城垣内，沙丘苍白，凋敝荒凉；散落的木梁在沙丘上半埋半露，孤立的木柱在劲风中翘挑着凄凉；最显眼的物景是方城东面高高的佛塔，还有一处土台上并列而立着厚墩墩、孤零零的残垣断壁。残缺，到处都是残缺！沉寂，无处不是沉寂！面对的是一片废残，一片空无，是风暴劫掠后的苍凉，是飞沙沉落后的死寂！我与昔日楼兰的繁华，就隔着这一重残垣，这一重空无，这一重苍凉，这一重死寂！这废残，这空无，这苍凉，这死寂后面的世态物事，是数千年的不可确知，铁打铜铸一般的不易破解之谜！

横斜立地的屋柱，残缺不全的屋墙，坍塌损形的佛塔——眼前的遗址是当年楼兰地区行政和社会活动的中心所在，周边还有十多处民居群遗址。此行楼兰，只是一次文化探险，但我在博物馆的玻璃柜和多种资料的图片上，看见过这里出土的汉晋时代的锦织袋残片、人首马身和武士头像图案的编织壁挂残片。想起这些，我便生出寻觅当年土特产般的古朴编织机，编织机的机杼声，以及贾市交易这类极富美感、标志身份和财富高档物品的景象的想象。远去了，当年，这些手工业最高水平的生产工具、作坊制作，还有亮眼的贾市贸易、豪华装饰，一切都远去了。

在废墟沙地上，粗糙的似乎未经精细加工的散散乱乱的木柱木梁之间，丢弃着固定屋柱的带榫眼的木凿圆形底座。这木凿的立柱基座支撑了楼兰人的房屋，支撑了楼兰人的生活，可是却没有把楼兰的历史支撑到久远，支撑到现在。漫卷的风沙，惨烈的干旱，岁月的无情，连基座本身也皲裂变形，空对着不再复现当年鳞次栉比屋舍的废墟和天空。

遗址的近旁，一条保留着水流痕迹的完全干涸的河道东西横穿。当年，这里清波泱泱，水色碧蓝，应当像孔雀河就是库尔勒市的母亲

河一样，是楼兰城和周边民居群的生命之源。可是，这里的水色清波早被沙漠吸干，早被酷旱蒸发，留下来的是布满河道的沙砾和支离破碎的陶片。这些陶片给我们保留了当年楼兰人生活的一丝信息，也留下了一重难以破解的猜测：是本地的烧制，还是中原的商品？是自然损耗的破碎，还是楼兰人远走他乡时的遗弃？

楼兰留给后人的是千古之谜。尽管中国有陈宗器等人的专门考察研究，甚至瑞典人斯文·赫定、英国人斯坦因、日本人橘瑞超等，都怀着各自的目的，不远万里前来探险考古，但，人们对楼兰的有限探知，更多的是源自大汉帝国史学家身后的文字。

楼兰自身的文史记载呢？或许有这样的文书载本，或许根本没有。如果说有，或许还深埋在某一处的地下深宫；如果根本没有，那么，楼兰是否就没有社会性综合文字的书写？

《汉书·西域传》记载楼兰"户千五百七十，口四万四千一百。"法显记载楼兰"其地崎岖薄瘠。俗人衣服粗与汉地同，但以毡褐为异。其国王奉法。可有四千余僧，悉小乘学。"楼兰人以牧为主，农耕、渔猎仅为兼做。汉代虽有屯田，但田耕并没有替代楼兰人主要的谋生方式。

楼兰人的住室多以草泥糊抹胡杨、红柳枝条为墙，"俗人衣服粗与汉地同"。即使是那座土台上猜测为管衙所在地，被今人称为"三间房"的处所，也是以厚墩墩的土墙支架而起。楼兰地处荒漠地带，"去阳关千六百里，去长安六千一百里"，临近虽有龙城、米兰、小河、营盘、铁板河等人居之所，但皆为荒漠隔阻，往来遥远而又不便。

当我把千里迢迢携来的孔雀河的一捧碧波，祭洒给楼兰的时候，我默默地探问：楼兰，废墟的楼兰，你怎么给后人留下那么深、那么厚的迷雾……

遥远的胡杨林

　　我最早从文学作品里知道乔木中有胡杨，一直对胡杨抱有一种特别的崇敬。胡杨生长在荒漠地域，适宜人居的自然环境难得一见。只此一点，就觉得这一树种确实不凡，加上文学作品对它象征意味的联想，我对胡杨的崇敬，就一直是心中久存的一种美好意念。

　　也许是一种缘分，在油田工作，我常常跑戈壁、穿沙漠，常常与心中十分钦佩的胡杨亲密接触。能够亲眼所见，亲身感受，胡杨风采给人的新奇壮观之感和心灵的激荡与震撼，就常常萦绕于心。

　　曾经赋以多篇文字，记录我对胡杨的多重印象。意想不到的是，从网络上搜到许多帖子，阅读过那些胡杨文字的一些不相识的朋友，从我对胡杨的描摹中，又生发出各自对于胡杨的新鲜感受。这使我感知到，胡杨是一种精神的象征，对于人的心灵的影响竟是那么广泛！

　　我与胡杨常常谋面，还是觉得胡杨常看常新，百看不厌。胡杨总给人一种特别的意境感触，每看一次都是一种意境的熏陶，都有一种味之不尽的感慨。长期在新疆生活，总觉得胡杨是那么亲近，是那么具有冲击情绪和感召心灵的力量。这道自然风物的深长意味，总是那么浓郁地

蕴含在某种精神的体味之中。

一个地方总有一个地方的特产，胡杨就是新疆自然地域里一种意味深长的特殊存在。在坦荡无垠的平阔漠地，在人迹罕至的野山沟壑，很容易看到群生的、单株的形色苍凉的胡杨。而塔里木河和孔雀河荒漠沿岸地带，那浩浩莽莽、绵延不绝的胡杨林，更具莽苍的磅礴气势，只要身临其境，就不由得精神亢奋，惊心动魄的感觉油然而生。

对于许多人来说，出于自然地域的原因，胡杨总是十分遥远。因为交通和旅游的发展，跨越这种遥远的阻隔不再是什么难事，一睹胡杨的壮观和苍茫，更多的人很容易做到。不论是临近胡杨区域的新疆居民，还是千里迢迢、远道而来的旅游客人，走近散生的胡杨或丛密的胡杨林，总是怀着一种崇敬的朝拜意愿。朝拜胡杨的心态意味，不只是观奇赏新，更有深层的精神感知和心灵向往。

在我的记忆里，涉足荒漠看胡杨，有人用"观赏"，有人用"瞻仰"。这样的表意我都喜欢，又更觉得"瞻仰"的意味更切合胡杨的深层内涵。观赏的意念，是把胡杨看成是一种美，已经不平凡了，而"瞻仰"则更具崇敬的情感分量。

碧山秀水给予人的是柔媚的倩丽，而莽苍胡杨给予人的却是粗犷的阳刚。山间野地的零散胡杨，我真难以想象，那天柱一般粗大的身躯，是怎么在年久日深的岁月里发育壮大起来，那遮盖了一片天空的繁密葱茏的树冠，是怎么抵御酷寒烈风，一年又一年增高膨大！而绵延数百千米的胡杨世界，数不尽顶天立地的庞壮身姿，看不透苍劲气象的浩茫阵势，在空阔寂寥的荒漠里，横空连片的蓬勃枝叶浓密得绿云一般，简直让人不得不屏息静气地去凝视，去感受，去体味一种深邃，去领悟一种蕴涵！无论零散耸立的单株胡杨，还是连片排布的胡杨森林，人们尽可以从观赏的震惊中获得阳刚气度的给予，更可以从瞻仰的思索中领受强悍生命的启悟。

胡杨被称作变叶杨，是因为它的生命履历里，叶形三变，很是奇

特。苗期的胡杨，枝干挺直若竹，疏朗的幼叶细长如佳丽的画眉，这是它的幼童期；龄满五岁，身躯渐高，树冠渐大，叶形宽阔如蚕，很容易认作柳叶，这是它的少年期；十五龄以后，胡杨便进入成年期，屋柱般粗壮的身躯擎举一团苍劲，满枝头浓密葱郁的叶子就酷似千万精小的蒲扇了。胡杨叶形的变换堪称一道奇观，它是用变叶的生存机制，在极度干燥的荒漠空间，吸纳地气天光，才完成一个伟大生命卓立于世的奠基。有了这样的奠基，成年的胡杨就不断地博大着自己，躯干、股枝苍劲如盘龙展空，硬铮铮矗立起一派抗拒酷暑严寒，抵御风刀沙箭的壮观。而这一切，都贯注着在干旱与盐碱的威逼中突围、崛起的抗争意味。胡杨的一生贯穿着执着的韧性，胡杨的生命蕴涵着顽强的力量。

有一句传扬广泛的哲语，说胡杨生而一千年葱绿，死而一千年不倒，倒而一千年不朽。那是对胡杨久长的生命活力和杰出的风骨精神的炽热赞颂。我一直难以忘怀塔里木河沿岸长达数百千米的胡杨林的壮观景象。在昏黄燥烈的沙质土地背景里，放眼望去，胡杨林里那千万株硕壮的身躯，那么醒目地布满视野，接地连天，阵势浩茫，不知成长、崛起了多少年代；那数不清的粗壮身躯擎举着的庞大绿色，那么鲜亮地凸显荒漠，横空绵延，不可望穿，像漫天翻卷的绿色云团凝止空际。生机勃勃的胡杨林令人遐想这绝域生命的豪强与不凡，而林地深处倒伏在灰黄土丘间的枯死胡杨，躯体干裂，形若苍龙，显然年古岁老，不知倒而不朽了多少年月！我还有幸深入茫茫沙海的腹心地带，在和田河古道目睹了生命早已消亡、身躯依然留存的胡杨林遗址：连绵的沙丘寸草不生，一片惨黄，满眼都是残存的胡杨树的躯干，无枝无杈，树皮废脱，干裂得扭曲变形，有的木桩一般直直地朝天戳着，有的被黄沙半掩，如若裸露的尸骨；起伏的沙丘无边无际，没有一点生的气息，一派悲壮的苍凉。那简直就是被遗弃的原始古战场，惨烈得弥漫着阴森之感，令人惊心悲叹，幽思茫茫！和田河古道的胡杨林废墟，惊心动魄地让我感知了胡杨死后一千年不倒、倒后一千年不朽的风骨精神。繁密葱绿、生机

勃勃的胡杨和死而不倒、倒而不朽的胡杨，都在宣示一种生命的沧桑之感。

胡杨的大器大象，的确值得用审美的眼光去观去赏，用瞻仰的情感去思去想。

胡杨是荒漠英雄树。胡杨种族6500万年的久远历史，矗立起撼天动地的精神之美。

胡杨之美是一种大美。胡杨的生命里没有一丝浮躁，半点虚妄，只有对恶劣环境的严峻抗争和顽强壮大生命的执着韧性。

胡杨之美是一种深美。胡杨没有表层的妩媚炫示，没有快感型的享受招引，只有另一种意境型的深层韵味。

欣赏、瞻仰胡杨之美，内质当是一种富有的生态审美，一种珍贵的心灵审美，一种超值的精神审美！

胡杨林对荒漠河的依恋

　　胡杨林是荒漠里最能让人为之一振的风景。这是旅行新疆大漠的人差不多都会有的一种感受。行进大漠地带，往往满眼寂寥、单调，那种寂寥、单调又是那么悠长、旷远，几个小时也走之不尽。你可以极尽对于空阔辽远的享受，但你总希望在空阔辽远中能很快看到村庄、人家。这样，一旦眼前蓦然出现一片胡杨林，或者哪怕仅仅是可以分辨的三株五棵，你也会不由得生出一番惊喜的欣然。

　　在戈壁荒漠的特殊情境里，胡杨给予人们的心理感受是很特别的，因为特别，尤显深刻。胡杨总是被人敬佩，敬佩干旱环境里的顽强生命，也总是被人赞颂，赞颂不屈不挠的抗争品质。

　　我最初见识胡杨的所感所想就是这样。现在想来，那不过是人云亦云，我可笑自己不无书生味道的空洞联想。

　　有一次，我走出孔雀河流过的大绿洲，沿着大绿洲以外荒漠地带的孔雀河，向罗布泊方向行进的时候，这种曾经有过的对胡杨不费力气的空洞敬佩和肤浅赞颂，油然使我感到了自己的浅俗。那正是孔雀河下游断流的时期，河道干涸，两岸的胡杨林景象凄惨，临近河道的还艰难地擎举着枝枝叶叶的绿色，远离河道的，许多竟然秃枝秃干，形枯色焦；好一些的，半树枯枝，半树绿叶，有的像在冬天一样秃无的树冠下，挂着绿叶的枝条可怜得令人悲伤。面对这样的景象，我再也不能像原先那样歌唱空泛的胡杨之歌了。

我想起，在已经沙化的塔里木河故道，有一段区域，我曾经看到过不知死去多少年代的胡杨林的废墟。那一抹枝杈全无，只有干裂的躯干直戳地面，或者惨然倒地的胡杨林遗体，令我惊心动魄。我曾经用文字这样记录那惨烈的景象：

> 低矮连绵的沙丘上，遍布着望不到头的胡杨树的躯干，又粗又大，无枝无杈，如若千百根秃兀的木桩，直直地或斜斜地插在漫漫的沙野，望不到边际，不知其深广，莽莽苍苍，雄浑浩阔。

> 许许多多躯干弯折倒地了，干裂的躯体扭而未断，硬硬地支撑，一副不服气、不甘心的形象。兀立着的残躯，多合抱之粗，甚至抱之不尽。搂定一株，干燥的沙尘气息，立时扑面而至，感觉到废脱了树皮的躯干，木质坚硬如铁，十分强劲。近旁处，倒地横置一根干缩而迸裂的枝干，虽然形若裸露地面的尸骨，却依然保持树的形状。一处沙丘上，直直地戳着一尊粗粝的树杈，是断折后仍然竖立的样子。近而俯视，外圈木质状若犬啮，中空如桶，形色苍古。人说树老便空。这株胡杨，当年一定粗大异常，气象非凡。一个被黄沙半掩的树墩，断面平整，有辐射状裂纹。拂开沙尘，年轮清晰地显现出来，一数，竟有一百多个整圈，宛若放大了的笸箩状指纹。

> 放眼望去，沙丘起伏，天高地远，渺渺一片浑黄，沉沉一派死寂。没有一点声的喧响，没有一点动的迹象，没有一点生的气息，悲壮苍凉，忧思茫茫，简直就是被遗弃的古战场啊。

> 渺渺沙海里，这不被人知晓的物景，是一种非文字的荒凉意味的记载罢。我却说不清是记载了生的繁荣与强大，还是记载了死的壮烈与庄严。

这样的记录当然是灌注了当时的一种感受。而现在看来，这样体悟枯死的胡杨，仍然免不了认知胡杨生命的浅薄。当我对孔雀河断流区域的胡杨林枯焦状态禁不住悲伤的时候，我想到无语的荒漠河流，对于与之相依为命的胡杨和其他植被的意义，想到自然的植物生态和生态的生命之源：水。

东西贯通塔克拉玛干大沙漠的荒漠大河塔里木河，国家对下游的缺水状况和生态恶化问题，正在实施有效的治理和保护。而孔雀河下游同样的状况，地方政府同样极大限度地付出了努力。两河下游生态保护的最为重要的措施，就是从派生了孔雀河的博斯腾湖统一调水。有人把这种有计划的输水称为塔里木盆地的北水南调工程。

大自然是养育人类的最基本的载体。人类的生存与社会的发展，在这个最基本的载体上，还需要对自然进行合理的改造，在改造中创造更为优越的生存环境，构建社会整体的发展蓝图。人类对自然的利用应当是有节制的，每一个具体的局部，比如说河流的利用，应当是主动地协调各种利益关系和利害关系，在尊重和服从自然整体的前提下，合理地向自然索取，索取中不破坏自然的整体性和平衡性。

人类是自然资源的智慧开发者和利用者，但某些方面暂时的局部的利益驱动，却消解了整体性的智慧光辉，使智慧的开发和利用变得目光短浅，愚昧愚蠢。人类利用自然的生产实践本是出于自身的生存目的，但如果无视自然与人类的整体平衡规律，滥用自然，其消极的后果必然验证这种"无视"和"滥用"的反目的性。人是自然的主宰，但人不能任意宰割自然。人类对自然的开发和建设是我们歌颂已久的主题，而那种损害自然整体的愚昧愚蠢，则应当受到坚决的责挞。

正是出于这样的理性，塔里木河、孔雀河下游生态的抢救和保护，具有特别的分量。

也正是因为如此，我才把胡杨"活着一千年葱绿，死后一千年挺立，纵然倒下一千年不朽"的无关生存痛痒的歌颂，转而作为"胡杨

林对荒漠河的依恋"这样的重新认知。

胡杨，荒漠地带的古老树种，已经有六千五百万年的久远历史。新疆塔里木河沿岸数千千米的漫长地带，是世界上连片面积最大，景观最为壮丽，而且是唯一被称为原始森林的胡杨林区。

我曾经数次在塔里木河流域的上、中、下游地区，穿越胡杨林和塔里木河，所看到的胡杨林在塔里木河两岸竟横向绵延好几千米；那一株株胡杨，仿佛粗壮的天柱布排荒野，绿色云团般的树冠连接得密密层层，苍苍莽莽，密匝匝地笼罩了视野，在阔远的天地空间里连成一抹非凡的壮观。那真是荒漠与沙海交叉地带绿色生命的奇观。

塔里木河千万年来养育着的如此规模的带状胡杨林区，是一抹特殊的绿色珍宝。

而孔雀河从博斯腾湖而来，从库尔勒大绿洲而来，在塔里木河的下游一带，大致与塔里木河并行，奔流塔克拉玛干东部。孔雀河在远离库尔勒大绿洲的荒漠里，同样养育了一河两岸的宝贵的胡杨林带。我曾经有机会沿库尔勒大绿洲之外的孔雀河行进，荒漠上的孔雀河两岸，胡杨林的生长规模虽然明显逊色于塔里木河沿岸，但那毕竟还是一重壮丽的生态景观，它的生态价值绝对等同于塔里木河两岸的胡杨林。

以胡杨为标志的孔雀河荒漠河段的植被群，与宽阔的塔里木河流域比照，因其相对稀少，尤显弥足珍贵。

浩茫的大自然，有河流湖海与大山的依恋，也有人类与河流湖海的依恋，还有动植物与河流湖海的依恋。这种种的依恋，其实就是一个生态的自然链。对于这个自然链，我要叙说的还是孔雀河，还是与孔雀河相关的胡杨林。

孔雀河是库尔勒大绿洲的母亲河，而大绿洲留给其漫长的荒漠河段的水流，则是养育那里有限的胡杨林、有限的植被的乳汁。惋惜的是，大绿洲曾经一度冷落了荒漠，孔雀河荒漠河段水源断竭，植被衰败，绿色的胡杨生命垂危。好在这种惋惜已经成为历史：孔雀河下游完成了合

理设计的生态抢救工程；博斯腾湖敞开宽阔的胸怀，把更多的清波甜流输送给荒漠里的孔雀河段；博斯腾湖向孔雀河的输水，有节制地满足绿洲的灌溉，有计划地分配荒漠河段的水源供给。这是对下游荒漠植被的关爱，是大绿洲与荒漠胡杨林的携手共荣，是孔雀河的绿洲之歌与荒漠胡杨林之歌的共振与合鸣。

孔雀河下游生态抢救工程纪念碑有云："有限的水资源得以充分利用，孔雀河下游近四百公里复见清流，两岸生机再现，重睹孔雀大开屏之景观为期不远也。念及工程功在当代，利在千秋，刊碑勒石，英风永志。"这不朽的花岗岩纪念碑，这刊碑勒石的文字，是一种昭示，一种呼唤，昭示人类对大自然的尊重，呼唤人类对自然生态的忧患意识！

泱泱不息的孔雀河日日夜夜伴随着我们的乡村、城市，日日夜夜伴随着我们的绿洲、我们的生活。我们的乡村、城市，我们的绿洲和我们的生活，虽然远离荒漠，远离荒漠里的胡杨林，但我们决不能远离与荒漠化的抗争。

胡杨被称为荒漠英雄树，但英雄树不应只是一种廉价的歌颂。

远访罗布泊荒漠的二海子

　　楼兰古城到营盘遗址之间，有一处地方叫老开屏。那里原无地名，因为某部队曾设工作点于此，空阔的漫漫戈壁上，便有了一处物景的标志，也就有了名儿。老开屏以西不很远的地方，一片散散漫漫的水泽之地，人们称作"二海子"。二海子的叫法，是否是从塔里木河下游大西海子水库的名称引发出来的呢？现今，孔雀河流向罗布泊的最远水头就在这里。这里距干涸了的罗布泊尚有两百多千米。

　　孔雀河从我居住的城市日日夜夜向远方流去，我曾经好多次想过，它已经流不到罗布泊了，那么，它愈来愈小的波流流到哪里就走不动了？哪里是它最远的驻足地？

　　得知那是老开屏以西的二海子，我决计要到那里去，去看看我的住处门前的孔雀河那宽阔的河面，到二海子的时候变成了什么模样。

　　前往二海子的时候，我一直搜寻沿途所能看到的水流。因为此行的目的完全围绕着一个"水"字，围绕着缱绻于心的孔雀河的足迹和命运。库尔勒大绿洲是孔雀河勃勃生命的另一重葱郁的展示，孔雀河的本体生命加上人的勤劳和智慧，便有了根本性的升华，便不再只是一条原

始的、简单的河流，便变革为如锦如绣的漫漫农田、绿云般丛茂的林木、香甜四溢的果园，变革为充满生机的社会生活的壮阔图景……一条河的生命就扩展成为一个大绿洲的生命。

我所看到的是，时而与柏油公路依恋的孔雀河河道，河水依然在水草掩映和土岸夹护中那么平静、无声地悠悠流动；看不见的时候，它自然就是绕行到远处的田野或是荒地那里去了，过一阵子，它又碧油油地出现在柏油公路的近旁。除了原本的河道水流，还能看到高高的充满立体几何美感的人工主干渠道，或者伴随公路延伸，或者消失在远处的农田。

而在阿克苏甫一带，孔雀河则显示出它的野性、不羁和无拘无束，散散漫漫地在荒野里流浪。这里的景象让我看到了一条被人称为"美丽平静之河"的另一面：在有约束的时候，它美丽平静得令人爱怜；而失去约束的时候，像人一样那种越规的行为就容易暴露出来。当然，孔雀河在这里的散漫，是出于这一带地势、地形的原因，这种现象很自然地使我想到了人的约束和非约束。

阿克苏甫，孔雀河流经的阿克苏甫，我对这里一定要多说几句。因为孔雀河流到这一带，一番散散漫漫之后，便逐渐断竭了流源，从这里起始的下游河道不再有莹莹水波，而是完完全全成了裸露的，如同荒漠一样令人伤心的焦躁的沟痕。政府的文件中，曾经有过这样的记载："孔雀河自阿克苏甫以下断流三十余载，植被衰败，生态恶化，世人关注。"孔雀河最远的驻足地曾经是罗布泊，罗布泊枯竭成一片干地，是因为孔雀河驻足地的上移，就是上移到阿克苏甫一带！这里距离罗布泊竟有千余里之遥。

阿克苏甫的荒漠是孔雀河的悲伤之地，孔雀河原本的绵长形象，因为在阿克苏甫一带不再有往昔那样的后浪推助，失去了千余里之遥的活力。

此行我远访老开屏以西的二海子，那里是孔雀河现在的到达地。二

海子水域的重现，又将孔雀河曾经的阿克苏甫驻足地向罗布泊方向拉近了数百公里。这样的壮举正是我决计要去二海子的直接原委，也正是我在前往二海子的行程中不得不叙说沿途水情的缘由。

告别了阿克苏甫以后，库尔勒大绿洲的葱花就远远消失在身后了。面前总是走不尽的大戈壁、大荒漠。戈壁、荒漠远远望去真是辽远得一马平川，毫无障碍，实际上越野车行进其上，却颠簸得十分厉害；说是不远，实际上任你怎么放开马力奔跑，二海子就是不呈现在你的面前，前方的视野里总是一样的戈壁和荒漠。"不到新疆不知道祖国之大"这句话，是任何一个走过新疆的人都非常容易获得的感慨；此时我心里冒出的感慨则是，走一走罗布泊荒漠，你就更能体验到新疆之大！

这一段说是不远的距离，越野车竟然奔波了大半天时间。就在这不远，却行进了大半天的时间里，我没有看到一个人影，没有看到一处高出地面的物体，唯有左边的一抹山峦像天边的淡云，黑黝黝地一直与这旷远、辽阔的戈壁荒漠相守。那山峦就是从紧挨库尔勒的铁门关那里延伸而来，一直绵延到罗布泊地区。

径直的东行突然折而向南，一段略微的高地之后，一片寂静的水域蓦然展现眼前！二海子，这就是二海子！心自然是剧烈地一荡。

地处罗布泊荒漠的二海子，是孔雀河下游的一项生态抢救工程。地方政府曾经组织数百人马、百余台机械，迎着十一级的大风，冒着四十度的酷暑，奋战月余，在六十千米之间的两处河道筑坝两座，用以囤积来水。二海子居于上游，设有高高的闸门，可调节两坝的存水。

"生态抢救"，这里的生态就是孔雀河下游河道两岸，水源与林木植被的自然和谐。因为三十多年河水的断流枯竭，阿克苏甫以下，孔雀河沿岸的原生态和谐受到干涸的极端威胁，已经处于濒临消亡的恶化状态，所以称之为"生态抢救"。这是当地政府借助博斯腾湖的浩渺资源，在巩固向塔里木河下游输水成果的同时，恢复孔雀河下游两岸植物生态的重大举措。如今，塔里木河下游的台特马湖，水域面积相当于五

个天池之广，可谓天光水色，浩浩茫茫；而孔雀河下游的二海子也是碧波如镜，一片漫漫的云天倒影。这，能不令人感慨吗？

最值得感慨的是塔里木河与孔雀河，这戈壁荒漠里的两条兄弟河，其下游数百千米河道恢复水流以后，沿河两岸的地下水位抬升四五米之多，河岸单侧方向地下水渗透宽度数百米。因为两岸漫长地带的地下水受益，枯死多年的胡杨树干生出了新绿，在干渴中挣扎的尚未死去的胡杨重现鲜茂的活力，红柳、梭梭、芦苇等耐旱植物同时获得了绿覆大地的生机，荒漠上两条珍贵的绿色走廊，真正得到了挽救，绿色走廊真正绿得让人欣慰！

站在二海子的岸畔举目四望，天净水绿，植被莽苍。这是一片自然形成的凹地，海子的土岸与水面相互交错，多处显现出坍塌的痕迹。伸向水中的土包与填充岸汊的水面，都是任意为之，丝毫没有规整之感。并非人工的库坝工程，自然有一种野性的散漫况味。靠近来水的方向，苍古的胡杨连成一片，在空阔的天宇下，寂静得没有一丝声响，沉默得没有一丝动静。其间，红柳丛茂密，低矮的芦苇这一处稠密，那一处稀疏。在一抹充满荒野味道的景观里，一个又一个突出地面的土包上，横横斜斜的歪倒着死去的枯木，枝干扭曲吡裂，残骨一般令人感到凄惨。

这就是二海子，罗布泊无人区的二海子！

唯一能看到人工改造痕迹的，是海子东面伸向罗布泊方向的一段水泥砌筑的河道，还有这段河道上水泥浇铸的闸门立柱，即是调节两坝存水的库坝设施。这里曾经机声隆隆，抢救施工的人们挥汗如雨。这水泥护堤和高高的闸门砌筑进了世人的一重梦想、一重希望。

二海子北岸的一片旷地上矗立着一座纪念碑，正面是竖直镌刻的"孔雀河下游生态抢救工程纪念碑"几个大字，背面是记载抢救工程施工情况的碑文。花岗岩碑身的纪念碑，边边角角似乎未经凿制，仿佛从山崖上自然取来，保持着一种不规则的大体的四边形状态。何以如此设计？我想，大约是与二海子的自然形态相对应吧。碑身的随意其实是一

种有意，是把保护生态的意味用不朽的花岗岩石永远地凝定了、留存了……

远访罗布泊荒漠的二海子，我同二海子同眠了一夜。这并不是我的浪漫，而是行程计划中必须过夜的一站。在二海子的岸畔，钻入旅行帐篷里的睡袋，我枕着劲烈的漠风聆听二海子的夜阑。二海子的夜阑不闻涛声，全是呼呼的风鸣。圆圆的月亮照了一夜，月色下的二海子风景，朦朦胧胧，若梦若幻，我仿佛是在城市的某个公园里憩息。

这一夜，我伴同二海子睡眠，其实我伴同的还是孔雀河的碧波。我库尔勒城市的住处门前，就是经流不息的孔雀河，我夜夜都呼吸着孔雀河的水香甜蜜入眠。二海子的水波全是从我库尔勒城市的住处门前流过的，我在百千米之外的罗布泊荒漠，又一次在梦中同孔雀河的水香缠绕，这似乎是一种特殊的缘分。

孔雀河穿越铁门关

博斯腾湖是伟大的，因为她孕育了一条不平凡的孔雀河。孔雀河的不平凡处，在于它执着地履险越险，冲破山岳，为戈壁造就了一片漫大的绿洲。

孔雀河从博斯腾湖母亲的身边刚刚起步，一道山脉就横亘在面前。但是，它相信再高的山也挡不住再低的河，它寻找到了一条自己应该走的路。这条路是久远年代大地的裂变闪出的一条大自然的深壑。这深壑曲曲弯弯地割开了山脉，是一条绵延大约 20 千米的大峡谷。

山岳的面目很是狰狞，岭峰嵯峨，怪石崚嶒，干枯得寸草不生，一抹灰幽幽的苍凉。而漫长的峡谷，岩壁陡峭，气象森然，深谷迂回，境界险恶。孔雀河奔流其间，白浪湍急，轰然澎湃，一股不可阻挡之势。

峡谷之东是库鲁克塔格山，之西是霍拉山。在库鲁克塔格山与霍拉山形成的峡谷中，孔雀河显示了它最激越、最有力量的一段生命。

这条峡谷叫"铁关谷"。它的得名当然是很久远的事了。山脉阻挡，河谷辟路，铁关谷就踏出了一条历史的路。这条叠加着历史风尘的路，现在还看得出断断续续的痕迹，现在的人们管它叫"古道"了。

它可不是一般的古道。它是丝绸之路的一段，玄奘赴印度求法走过，岑参任职西域走过，有过汉代的惨烈战事，有过清代的刀光剑影。这段古道是险要的关隘、军事的要冲，关隘就是铁门关。

孔雀河流经铁门关，铁门关与孔雀河相依相偎，是铁关谷景观的一处著名的古迹。

历史的烟尘已经远去，如今的孔雀河却仍然叙说着那远去的一切……

于是引来诸多史家，据考汉唐史籍，证验存今遗迹。铁关谷是哪条山谷？哈满沟是哪条山沟？何以叫"铁门"？又何以称"铁关"？古代的铁门关何时就有？位在何处？驻关的小吏如何验查往来、遵律关守？断崖上的岗楼炮眼演绎过什么样的故事？晋代的将领张植如何进兵铁门？关前路旁的石壁上"襟山带河"的巨型大字是何人手笔？又是何因镌刻？现在的铁门关当年因何设置栅门？

还有需要史家开发的问题：现今的铁门关为何改址新建关楼？铁门关楼何人设计？何人建造？王震将军题写"铁门关"楼名，何故没有记叙的专文流传？备受关注的《铁门关题记》是哪位文士撰笔？撰笔者何以有此荣幸？关楼前的山石上，与"襟山带河"巨型大字并列镌刻的乾隆撰文《土尔扈特全部归顺记》和《优恤土尔扈特部众记》仿碑壁刻，是谁人主持仿制？两篇御文原在承德避暑山庄和新疆伊犁两地勒石立碑，又是何因在此复制？关前石壁上与"襟山带河"和乾隆御文仿刻依次布排的古今诗人的铁门关诗刻，又是何人构思？如何选文？如何雕刻？这些堪称文化建设的大事、故事，何故缺少详尽的文字记载？

我曾经在铁关谷残留的断断续续的古道上移步观览，这一个又一个问号盘旋在我的心中，触动着我的想象。清凌凌的孔雀河水冲击着河床的卵石，它从远古流过汉唐，流过明清，流过漫长的岁月，至今依然汹涌奔流。它是这一切一切的见证，因为它，因为它所流经的这条险要的峡谷，而使铁门关成为史家举烛探究的课题。

与铁门关的历史相系相连，又为人们所普遍熟知、津津乐道的往事，是一位著名的诗人曾经在这里留宿，曾经留下了数篇情景逼真的诗作。"银山碛口风似箭，铁门关西月如练。双双愁泪沾马毛，飒飒胡沙迸人面。丈夫三十未富贵，安能终日守笔砚？"（《银山碛西馆》）"马汗踏成泥，朝驰几万蹄。雪中行地角，火处宿天倪。塞迥心常怯，乡遥梦亦迷。哪知故园月，也到铁关西。"（《宿铁门关西馆》）这两首诗的内容其实与铁门关本身并无多大关系，只不过"铁门关西月如练"和"哪知故园月，也到铁关西"两句提到了铁门关，实则表达的是诗人自己的感怀而已。说到铁门关，今人，尤其是本土的人们乐于提及这两首诗，当是为这著名的关隘增加一份传奇的色彩罢了。只有那首《题铁门关楼》直接描述了当时的景物和人物："铁关西天涯，极目少行客。关门一小吏，终日对石壁。桥跨千仞危，路盘两崖窄。试登西楼望，一望头欲白。"诗人的这首五律，对于铁门关这一著名的历史遗迹，不啻增添了文化的亮色，对于铁门关的考证，无疑也具有更为重要的历史价值。

这位著名的诗人就是唐代的岑参。岑参在他的几首铁门关的诗作里，都没有直接状写流经铁门关的孔雀河。孔雀河在唐代的时候肯定不叫孔雀河，那时候人们如何称呼这条河，并无史料记载。岑参的"桥跨千仞危"一句只是在文字的后面带出了这条河，但是人们仍然可以从这诗句里想象到这位诗人面对铁关谷的千仞石崖和奔流峡谷的河流登楼凝望，感慨万千的孤独身影。

孔雀河流经铁门关，却与一个美丽动人的神话故事相关联。

现今的铁门关河谷，山峻水湍，林荫郁郁，是夏日避暑游览的甚好去处。因为有重修的铁门关楼屹立河畔，有诸多的历史遗踪可以探访，这里成为一处著名的旅游景点。传说和神话故事，更为铁门关古迹和铁门关风光增添了神奇、神秘、神化的色彩。

孔雀河流经的铁门关峡谷，不只有古代的丝绸之路，也有载入史册

的历史事件，有传诵不衰的优秀诗篇，有魅力殷殷的爱情传说，还造就了一项造福工程水电站。从库尔勒进入铁门关山口，沿河依山绕过一段"N"形河湾，一条大坝巍然屹立山腰，那里就是被称作"调节水库"的人工湖。湖面波光潋滟，清澈透明，那是奔腾的孔雀河水一段力量的积蓄。湖水穿过大坝南端的山腰隧洞，形成一股飞流直下的瀑布，然后化作发电机组的隆隆轰鸣，化作传送千里的强大电流。孔雀河尚未出山，就一显身手，为人们捧出了一份深厚的福祉。现在的孔雀河可谓一条幸福河！

库尔勒绿洲的岁月之河

　　孔雀河从铁门关出山以后，向南，向西，又向南，最后折而东去，投奔罗布泊地区，整个形象犹若一个反向的大问号。河是那么亲近地依偎在天山以南一方广阔土地的肌体上，河流与土地的结合便孕育了绿洲，孕育了绿洲的生机，孕育了绿洲的历史。

　　认知库尔勒绿洲，我是从孔雀河开始的。踏上库尔勒绿洲的土地，严格地说是乘车进入库尔勒市区，我最早的落足点是在驮着一条国道的狮子桥头的孔雀河畔。在那里，我赤臂赤脚地先与孔雀河做了一番肌肤的亲密，开始在这块绿洲的土地上生活。这块土地给予我心灵的最早最深刻的自然物的印象，就是孔雀河。

　　从市区的孔雀河段开始，我便逐渐走近它的全部，走近它贯穿的绿洲，走近它和它的绿洲的岁月之河。

　　远在新石器时代，如今的库尔勒绿洲就有人类居住、生息。这从博物馆珍藏的文物中可以得到确切的印证。夏勒哈墩古城遗址就在库尔勒市区西南20多千米处的包头湖农场地区。这一带还有夏克兰旦古城、玉孜干古城、托布力其古城和多处土阜建筑的遗迹，均有陶片、石器、石磨残件发现。我曾经察看过几处古城遗址，高出周围的有些面积的灰土堆积层上，地表碱化得十分厉害，有的角落杂草丛生，均有坍塌的不易辨认的条状、堆状的堆积物存在。那些完整的、破碎的陶器、陶片、石器、石磨残件，就是从这样的堆积物中获取的。

站在这些古城的遗址上，太阳高高地照，远风猎猎地吹，环顾四周，看到的是垦殖的乡村、农田和农场，如诗如画的果园、碧树和水渠。而我所想象的是远古先民们在人烟稀少、荒漠渺渺的寂寥、恬静的原野上烧制陶器的土窑和浓烟、磨制石器的霍霍之声、刀耕火种的艰难垦殖……先民的住室当是半地下的窝棚，地上挖掘圆形的或者方形的土坑，上面以木条架顶，以泥土封盖，现在人们把它叫作"地窝子"；现在仍然可以看到的那些有建筑物的遗址，当是他们部落头人的管理和相当于现今城镇的商贾之地。当然，堆筑这种城堡式的建筑物，应当还是为了部落的防卫。这块土地从远古走来，从简陋走来，从艰难走来，从原始走来，历史的演进走过风雨雪霜，走过漫漫路途，留下这些荒草萋萋、盐碱满目、如若疤痕的废墟遗址，把现代和古代连在一起，把今天和昨天连在一起。

翻遍关于库尔勒绿洲广大地区的所有史志，汉代以前这块地方的史料少之又少，简而又简，甚至130多万字的《库尔勒市志》所记历史事件也是直接从汉代起始。即使是汉代以后的历史传说、历史大事，有关新疆史或新疆民族史的书籍中，也首先指明是根据先秦时期的文献或古代汉文史籍。周穆王西游会见原始部落领袖西王母的传说故事如此，夏朝以后昆仑玉器运往中原的记载也是如此。甚至在唐代玄奘和尚西行记录的文字中，焉耆至龟兹（屈支）一段的记叙，也没有一字提到关于库尔勒一带的物物事事。

库尔勒绿洲作为新疆的一片沃土，作为北疆、南疆交通、军事的枢纽要地，趋于大中华一统、趋于多民族融合的社会变革和社会发展的情

势，始终像涌涌的孔雀河水一样，不可阻拦，曲折向前。

　　如今的库尔勒绿洲多么美好！当我身临其境以后，我对这片富饶区域民族融合历史轨迹的感知就愈加深切。孔雀河贯穿了绿洲的土地，也贯穿了绿洲的历史。

追寻罗布人的今天和昨天

  罗布泊已经干涸了好些个年月，孔雀河的水流尽被上游的土地截用了去，往日的罗布泊失去了"泊"的景象，只剩下一抹望不到尽头的干燥、裂卷的荒凉地表。往日的罗布泊一带曾经是择水而居的罗布人的家园，而今，罗布人早已经远离了他们祖辈繁衍生息的水草繁茂的地方。

  罗布泊流变的岁月充满沧桑的意味，罗布人后裔的生存踪迹成为人们探究的一重新鲜话题。若羌县城东北方向的米兰农场有一个兵团民族连，尉犁县城东南方向的墩阔坦乡有一个东河滩村，都称为罗布人村寨。那里，荒漠辽阔，沙梁漫漫，胡杨、红柳夹杂着萋萋水草，散散漫漫地与一片片、一湾湾碧水依恋，苍凉而雄浑，粗犷而幽静。现今作为旅游景点的"罗布人村寨"中，仍能找到一些历史生活的痕迹：胡杨木、红柳枝搭建的棚屋外观古朴、原始，屋内陈设甚为简陋；屋外的空地上堆积着燃烧红柳枝烤鱼的灰烬。罗布人的先辈"不食五谷，以鱼为粮，织野麻为衣，取雁毛为裘，藉水禽羽为卧具。"这是清代学者徐松在《西域水道记》中的描述。现在，这里独特的风光与罗布人独特的生活仍然令世人迷恋。

在米兰农场的罗布人村寨，看到罗布人的着装，你就觉得很是特异。上了年纪的老人们多戴一顶船形帽，脚穿一双黑皮靴，衣服宽大而阔绰，形貌不失强悍。那船形帽一般人难得一见，月牙形瓜皮状帽顶的左右，连缀两片前后开口，可以翻上翻下的帽檐，保暖护耳时翻下，平时就贴帽顶翻上，耳鬓上方翘着小船一般的尖头尖尾。尖头尖尾也可以移置左右，前面一页翻下可面部遮阳，后面一页翻下可以护遮后颈。一些老人和中年人则戴小花帽或小白帽，年轻人却是不失时尚的风采发型了。他们穿在脚上的黑皮靴，在细沙、粉碱和荆草地上，可防沙土钻灌，不怕荆棘划刺。黑皮靴和更多维吾尔族人的没有什么两样，不过他们叫它"船靴"。罗布人总是依水而居，船是他们渔猎生活的最重要的用具，许是这样的缘故，他们的鞋帽的名称总要与"船"字挂边。

罗布人水泽代步的独木舟我是早有所闻，但当亲眼所见的时候，还是觉得大开眼界。那天，我在尉犁县的东河滩村访问出来，又去附近的原野上观看，很容易地看见了漂在水上的独木舟。独木舟也叫"卡盆"。那正是我所希望看到的。远处的沙丘长满了浓密的红柳丛，近前一片宽阔的空地上，碧绿的麻黄像泛青的麦田一样长得茂盛，再近前些就是横亘在眼前的一湾清悠悠的水泽。一位戴着尖顶编织线帽的年轻妇女和两个赤裸着上身的儿童，乘着一只独木舟过来了。其中一个儿童站在舟中，上下叉开两条臂膀，撑着一根弯曲如蛇的树枝，在水里一拄一拄的，木舟便划开水面轻快地向前移去。

那木舟从我眼前行过的时候，距离不到十米，浓厚的兴味当然要让我的目光尽可能长一些时间在木舟上流连。小木舟吃水并不深，明显看出是用一棵树身凿成。上面一道槽子，留着凿劈的印子，中间深些，两头渐浅；木舟外表隐隐约约有树皮的痕迹，几处削砍得并不平整的节疤还臃肿地凸着；木舟的前后被劈削成尖形，在水面上高高地翘着。我在心里感叹：独木舟多么简单！选一根够尺寸的树身子，只用力气凿劈一

番就成了。

当妇女、儿童的木舟在一丛树木后面快要消失的时候，又一只木舟游过来了。不过，这是两个独木舟绑在一起的双木舟，上面横架几块木板，木板上载着一辆挂着辕套挽具的胶轮架架车。一位身着短袖、短裤衣衫的中年男子手撑木杆，摇着木舟行进。顺便问了几句，男子用不甚流利的汉语说，要去前面那里拉柴火，那里有两头毛驴，架架车走水路近好多。

在这有点荒野味道的田原上，那简朴的木舟使人感觉到一种原始的古朴、一种淳朴的生活。

在尉犁县的罗布人村寨访问，我要寻找一位名叫肉孜·沙迪克的百岁老人。对于肉孜·沙迪克，我多次从画册和报纸上看到关于他的图片，甚至在乌鲁木齐的招商洽谈会和巴音郭楞蒙古自治州的经贸招商会上看见过他本人。肉孜·沙迪克老人被当作罗布人的形象大使，屡屡被摄影家拍照，照片屡屡在画刊、媒体上露面，他的形象广为人知，可惜的是有关他的生活情况的文字始终没有看到。有幸亲临罗布人村寨，我当然不放过拜访老人的机会。老人实际年龄是 108 岁（2004 年）。

1896 年，肉孜·沙迪克出生的时候，罗布人的先辈昆其康作为部落的伯克（伯克是清政府在南疆地区推行的官制），在当时罗布淖尔部落的首府阿不旦接见了瑞典探险考古学家斯文·赫定。"罗布淖尔人"是人们对生活在罗布荒原这个地域的居民的称呼，昆其康伯克迎接斯文·赫定的盛宴的原料就是从罗布泊湖中捕捞的大鱼。作为向导在帮助斯文·赫定考察时，昆其康伯克委派的强健的罗布淖尔男子奥尔德克则意外地发现了后来闻名于世的楼兰遗址。作为一桩被世人关注、被历史记载的重要事件，斯文·赫定在阿不旦、罗布泊地区的考察活动，肉孜·沙迪克很小的时候就听人说过，留下了深刻的印象。他的经历也很有传奇性。

陪我去的，是尉犁县文化局的维吾尔族干部托乎提·加马里，乌鲁

木齐师范学校毕业，汉语说得不错，整理有《尉犁民间故事》《尉犁民间歌谣》《尉犁民间谚语》出版，是一位优秀的群众文化工作者。他对肉孜·沙迪克老人当然是再熟悉不过了。他说老人不善言辞，基本上不会说汉语，要去访问，须由他做翻译。这自然是我所希望的了。

走进砖墙院子，看见砖房前的凉棚下面，一位头戴船形帽、长眉、白胡子、手持木拐杖、脚蹬黑船靴、身着白色的过膝长衣的老人、静坐凉棚下的木床上。口唇和耳轮下，浓密的雪白胡须很是显眼。托乎提·加马里先说，他就是肉孜·沙迪克。肉孜·沙迪克额头、脸庞丰满，精神十分矍铄，给人的直觉也就七八十岁。来了一位熟人和一位生人，老人急忙站立起来，说了一句我听不懂的话，和托乎提·加马里互打招呼，臂膀里夹了拐杖，双手和我相握。他的手又大又厚，热乎乎的，有些粗糙，但依然不乏饱满有力。他的声音沙沙的不是很清晰，但粗重、浑厚，有一种极强烈的苍劲之感。和肉孜·沙迪克对话果然十分艰难，我简直无法按照问答的顺序在这里一一记叙，只能综合性地记录于下：

肉孜·沙迪克所在的村子是墩阔坦乡的米尔沙村，距离尉犁县城30多千米，距离真正的沙漠四五千米，距离旅游景点"罗布人村寨"也不远。墩阔坦乡现有三个有血缘关系的部落，都是当年罗布淖尔人的后裔。对于当年罗布淖尔人何以迁往这里，老人迷茫地摇头，说不清楚。罗布淖尔人的历史很是厚重，却苍白得没有一个字的记载。罗布淖尔人没有文字，有的只是一代代的口头传说和故事。他们说的语言叫罗布方言。

罗布淖尔人逐水而居，居无定所，屋舍常依大树而建，屋壁用树枝、芦苇加泥巴糊抹而成。他们的先辈习惯上称作"罗布淖尔人"，现今的后裔则被称为"罗布人"。罗布人生活在河水漫流的泽国水湾，把有些面积的水域叫作"海子"，口头上常说"下海子捕鱼"，捕鱼的工具是木制的渔叉。他们善食烧烤食物，如烤鱼、烤羊、烤馕饼。罗布人的烤鱼可谓是独特的地产，鱼被一劈两半，串上红柳枝条，随便点一堆

篝火，三翻两转，就可食用。

先辈们食用烤鱼、羊肉，不用咸盐、佐料，也不吃蔬菜、水果，现在的后裔们已经改变了这样的习惯。更为独特的是，他们的先辈没有陶器、铜器或铁器，而是用木盆和羊肚子烧水、煮肉，堪称绝技。我无法看到这样的操作，无论肉孜·沙迪克如何吭吭巴巴地解释，我始终没有弄明白这种操作的原理和方法，甚至连托乎提·加马里也听得似是而非。只是面食的做法听得明白：将做好的面饼埋入烧烫的沙窝，上面再架柴火烧灼一阵，刨开沙子，成了，那馕饼就亮黄黄的又脆又香。

肉孜·沙迪克是尉犁县县政协委员，平时主持村民的婚丧嫁娶。他的老婆76岁，是第五房，给人看中医，有执业行医证，一月能挣三四千元。前四个老婆都不生孩子。三个女儿，大的21岁，小的17岁，最小的10岁，全是第五房老婆所生。他虽然年过百岁，但眼不花，耳不聋，不打针，不吃药，身体高大健壮，胃口很好。真是精力旺盛，宝刀不老。

问他当县政协委员有什么感想，他只说：旧社会，政府光向老百姓要东西，在生活上不给指路；共产党给大家做开路的事情，十几亿人口一个样子对待，大人、孩子、妇女一个样子对待，面、油、肉、布一个样子的价钱购买，新社会全面、平等，好！

问他养生体会，他说得胸有成竹：蒲黄（芦苇）穗子晒干，装布袋里做枕，柔软，清脑，不上火；每天晚饭，木盆里鱼汤、鱼油合上羊奶、清油、白面、沙枣、羊肉，倒在锅里做粥，稀吃、少吃，加快气血流通，血脉不鼓，不易得病；心情开朗、乐观，闲的时候、高兴的时候唱十二木卡姆，他随口能唱十几首。说到这里，托乎提·加马里鼓动了一下，肉孜·沙迪克就胡子一翘一翘，若无其事地唱了几句，气氛很是轻松。

肉孜·沙迪克很愿意同参观考察的人聊说过去的时光。他很习惯被人拍照，很乐意与人们合影。他有时会要求看看数码相机屏幕上自己的模样，看过以后脸上就露出乐滋滋的笑容。肉孜·沙迪克见过不少世面，他说："去了库尔勒，去了乌鲁木齐，才知道尉犁县的发展很慢。

北京是国家的首都，我还想去那里看一看。"

世界上的事情都是以少、以古为奇。罗布人的新奇，除了在于罗布人本身，还在于当年罗布泊的神秘。关于现今的罗布人和他们的祖先罗布淖尔人、关于八九十年前洋洋水域的罗布泊和水草丰茂的罗布泊地区，如今都是考古学家、历史学家、生态学家、人类学家、社会学家颇感兴趣，追寻并研究的课题。无论从哪方面看，罗布泊的消失，罗布泊地区自然环境的恶化，曾经兴旺的部落，以及早期人类生活、社会商贾的消亡，都不能不给今人的心灵抹上一层无奈的惋惜。

看看干涸了的罗布泊湖底和湖底上自然裂翘翻卷、仿佛凝固的浪花一般的盐化物，看看楼兰遗址、土垠遗址、小河遗址、营盘遗址、米兰遗址，看看水流枯竭、沙土裸露的孔雀河河槽古道，看看渺无人迹、死一般寂寞的漫漫戈壁和诸多雅丹地貌，罗布泊地区这塔克拉玛干大沙漠的一部分，这又被称作"库木塔格沙漠"的无人区，那些古代遗址成为一处处废墟，那干燥得铺满沙尘的孔雀河古道只有旱风席扫的痕迹，有些地方似可分辨的田埂、土渠的荒凉、苍白……当年罗布淖尔人的歌谣，羊群、马匹的鸣叫，熙熙攘攘的市声无影无踪，不可听闻——这一切，留给我们的只有一宗宗沉重的遥想。

也许是出于一种怀古情结，有人不畏艰难，远涉此地；也许是出于一种探奇意念，有人情意切切，结队而来；也许还是出于一种意志的展示，有人不惧艰难，独闯险恶。当然，科学家的考察更具分量，尽管这里可供探知的遗存文字极为有限，甚至某些方面根本没有文字留世，尽管科学家对这一地域曾经有过的社会历史、人类文明的考察研究评判纷纭，但这里如今的物事空茫，依然充满探询的魅力。罗布泊让人们惋惜，惋惜自然活力的消逝；罗布泊让人们思考，思考自然、社会的变迁；罗布泊让人们欣喜，欣喜科考发掘对当时灿烂物事的勾勒；罗布泊让人们追寻，追寻当年罗布淖尔人的生活气息，也追寻现在罗布村寨人的古朴和时尚……

诡异的雅丹

  遍布砾石的大戈壁，静悄悄地延伸着，浩浩渺渺地消失在淡淡的天山山影之中。

  那似有似无、朦胧若雾的山影逐渐变得奇妙而错落的时候，我却来不及印证想象中那座奇异的山脉——库车雅丹的诡异。眼前，骤然出现的景象一下子揪住我的目光：一冢连一冢楼宇大小的、秃裸着的苍白的土丘，一律呈现线形的纹理；那纹理仿佛倾斜着从地面钻出，又倾斜着划出土丘的层线，呈斜向的流走之势，显得土丘像一律歪倒了似的。想象得出，缠绕着倾斜流线的土丘，原本是亿万年前的地表下，岩层和胶土混合的沉积层。而今，土丘和层线如此倒斜地凝固于此，那是古老的传奇故事的遗雕吗？

  我要探访的是库车县城西北方盐水沟一带的雅丹，而斜纹土丘先把一个刀刻般的惊叹烙在我的心壁。远处那令人叹惋的天山山脉，雄巍浩大，傲横天空；而近前一脉脉浑黄的斜纹土丘微微凸隆，匍匐在地——我想，那非同一般的雅丹一定隐匿着更为震撼人心的壮阔景象。

  果然，雅丹山貌气势不凡。我置身于它的岭丛峰谷，仿佛被凸凹于

山体表面的密密层层的立体流线围裹，那是地层深处原本平行叠摞的岩层，顶出地壳呈现直立的奇观。雅丹山的岩石层线陡峭而粗犷，恢宏而豪放，那破损坍塌的山体，犹如斜插于地的巨型残垣断壁，整个布排在相依相拥的峰峦之上；那灰黑混杂、形若鹰翅的危崖恍若重重相叠的巨大云团，或斜或直地显示着层次分明的断痕，在云空里呲裂成犬牙般的豁口；那城堡般巍巍堆聚的峻岭，宛如千百重屋宇累摞，无数条横斜的"屋檐""台阶"，恰似海水退潮冲刷出的印迹……一幅幅状如坍塌的、危纵的和沉积的山象，实实在在凝铸了远古时代地层深处那惊心动魄的大裂变、大动荡、大升沉和大组合的浩壮气势。

如果说矮小的斜纹土丘记录了当初地质变动的舒缓，那么，苍奇诡雄的雅丹山体则凝定了岩层腾翻的剧猛。这一切，都无不雄辩地宣示：平静之下往往有灼热的活力。在雅丹地带，原有的组合断裂移位，原有的横平直立倒斜，原有的平衡被冲破，原有的秩序被打乱——当初是怎样一派轰轰烈烈、腾簸大地的热与力的突奔啊！

库车的雅丹，无论是倾斜的层痕，还是垂直的纹理，都不过是大自然一段古老历史的凝定记录。用地质学的眼光看，这里是地层断折后的露头，是地质学家评说地层结构的难得的天然解剖处。现在，视野里那无数条斜向凝固的奇异的走纹，似乎显示着雅丹山的歪斜，其实，这是错觉。雅丹山实则是正正地站着，巍然地挺立着胸膛，保持着裂变后的造型，显示着不可抗拒的内在之力……

喀纳斯写夏

　　山峦起伏，林木葱秀，草地如毯，溪流清幽。一湾深广的湖泊镶嵌在群山怀抱之中，依山傍岭，清波泱泱，漫长的湖面状如巨型弯月，山湖林草、物物景景组成一轴轴秀美诱人的画图。自然佳境喀纳斯优美的景色，秀丽的宁静，氤氲着迷人的魅力。

　　喀纳斯的山无峻傲之高、纤柔之秀，却因林海而奇，奇在幽静、肃穆。落叶松漫山挺拔，五针松遍野苍劲，阴坡冷杉若美女身段，谷地云杉借佛塔造型。山山岭岭，沟沟岔岔，浓枝密叶遮光蔽日，境界深幽，清凉森森，处处笼罩着原始的阴凉。林荫里，腐殖表土松松软软，倒地的枯木斜斜横横；秃裸的岩层间，苔藓滑润，纤草杂糅。有奇鸟扑棱棱戏飞，嘎喳喳鸣叫，愈显山林清幽静谧。崖头远望，坡坡洼洼，尽是一抹一抹近乎墨色的浓绿，斜斜地由山脚漫上山脊。飞鹰在岭头悠然翱翔，水鸟在林梢翩翩振翅。温凉的山风中，松涛的浩音博声威严神圣，弥漫野空，仿佛山脉雄壮的呼吸。山有林木笼盖掩映，山便倍增活力活气。粗犷的壮美，苍莽的静穆，气势莽莽，气象苍苍，这就是喀纳斯的林海。

奇处便是美处，喀纳斯的林海就美在幽静、肃穆了。山岚与林海的穆静，其实是一种氛围的纯净。纯净的神秀天布地设，浩浩茫茫，消释了人间的一切喧嚣，这是一种何样伟大的造化！

林海郁郁，自成景观，而山林低处的空阔坡地和沟川里断断续续的平台草甸，则像涂了绿色的颜料，漫漫远远，清清鲜鲜，那是山外人难得一见的山地草原了。宽阔的草地里，一个个羊群像白云落地，低头食草的马匹悠闲自得。宁静的草地不只是绿得舒服，绿得醉人，绿得养眼养心，绿色里那一顶顶缀着花边，冒着烟柱的白色毡房，一座座斜檐尖顶，横木做墙的玲珑木屋，一圈圈横木搭架，夜宿牛羊的围栏，在郁郁苍苍的密林背景里，呈现图瓦人畜牧生活的浓郁情调，更使山外来客感之新颖、鲜奇，必欲兴致勃勃地将自个儿拍摄其中，缱缱绻绻地带走一帧帧清新境界的流连。更有花草繁密的山坡，金钱花、金老梅、黄刺蔷薇、大花龙胆等花种，葱茏怒放在密茸茸的碧草丛中，姹紫嫣红，娇艳争辉，生机烂漫，清香怡人。

这远山里的夏牧场，艳阳明丽，空气清爽，处处都是新丽秀美的油画，随意取景拍照，都会是精美的佳作。翠绿的牧场，妖娆的百花，山峦怀抱之，林木映衬之，云雨润泽之，山气培育之，才有这清秀的旖旎，清雅的圣洁。

喀纳斯有湖，以水色变幻多彩为奇。春秋时节，色分晴阴，晴则一湖深蓝，阴则波光暗绿。夏日暑气炎炎，湖水仿佛掺了奶汁，微蓝微绿里显眼的是汪汪的乳白；蓝天里若白云浮动，白云倒映湖中，水色里便成粉红的霞霓。林荫小径尽处，有萋萋水草秀于岸边，湖畔浅水灰石兀立，淌水坐于秃石，背湖摄张倩影，便是一宗身依奇异湖光的永久记忆了。乘飞艇射入湖泊深处，人在乳蓝的水波里飞驰，两厢山坡沟壑，密林悠悠后移，山象水色便与人融而合一。外人不知湖水何以发白，图瓦人舵手只说，上游有携带矿物质的源流侵入，问是什么物质，却说并不懂得。一个急速打弯，飞艇在一处山湾靠岸，岸上石隙有清流白浪从林

荫山石间溅溅而下，入湖处水清透底，可见大小卵石历历在目，清凌凌的水面与湖中微蓝的乳色明显地截然两样。年轻的舵手俯身艇外，捞一把清水便喝，言说这才是真正的矿泉水哩。方知喀纳斯湖水，多彩之外，又有层次。

纯净易于着色，着色的纯净更易于显现迷人的斑斓。多色的喀纳斯湖自有化学光学的原理，而远离浑浊的纯净当是斑斓多彩的本原的品质。

借宿喀纳斯湖畔小巧的木屋，或者圆形的毡包，与蒙古族、图瓦人同餐同饮，共歌共舞，享受的尽是淳朴的民风民俗。棉茸茸的地毯上，胸前挂着相机的山外来客与蓝袍宽袖的图瓦人长者喜气洋洋，围坐一圈，诚心诚意地互敬鲜马奶酿成的马奶子酒，礼貌客气地招呼着品尝泡了炒米、奶皮子的奶茶，蘸着佐料吃着不腻不膻、鲜嫩味美的手抓肉和外皮亮黄、脆嫩柔绵的烤全羊，奶酒奶茶令人醉心醉神，喷香的羊肉鲜味深长，图瓦人的热心热肠满当当充盈木屋、毡房。阔面健壮的图瓦老人讲说图瓦人古老的历史，山里岩刻岩画的神秘，以及强壮男子善骑善射的传奇；又捧起马头琴，亲自弹奏悠扬的蒙古族乐曲，招呼年轻的孙女孙儿与客人欢跳豪放的蒙古族歌舞，民族的浓情浓意就绵绵长长地飘绕在喀纳斯湖畔的林间草地。

优美的喀纳斯啊，宁静鲜纯的山林水气，养育了古朴醇厚的美风美俗，山、水、林、草之美，又熏陶了特有的人文之美、人的心灵之美。真是应了一句话：山水有灵气，人间存秀洁。

喀纳斯有一种大美。

灵魂伫立

在塔克拉玛干沙漠腹地，我造访了一处完全死去的胡杨林。

乘坐沙漠车，我在无边无际的沙海里，孤零零地跋涉了整整一天。日近黄昏的时候，才赶到这荒枯的人迹罕至的神秘地带。

初夏的残阳斜映沙漠，失去生命的老胡杨们，奇诡怪异，惊心动魄。初临此地，翻上心头的第一感慨就是：太震撼人心了。

低矮连绵的沙丘上，遍布着望不到头的胡杨树的躯干，又粗又大，无枝无杈，如若千百根突兀的木桩，直直地或斜斜地插在漫漫的沙野，望不到边际，不知其深广，莽莽苍苍，雄浑浩阔。

渺渺沙海里，这不被人知晓的物景，是一种非文字的荒凉意味的记载吧。我却说不清是记载了生的繁荣与强大，还是记载了死的壮烈与庄严。

距此地数百千米之远，我来的时候，途经了一处仍然茂密的真正的胡杨林。那里的景象与这里反差甚远。一株株胡杨，天柱般矗立，密匝匝挡住了视野，树冠仿佛绿色的云团，在阔远的天空里堆聚，连成一抹非凡的壮观。那真是壮美得不能不令人赞叹的荒漠景致啊。

我曾经数次沿公路从那片胡杨林里往返，每次穿行，总要停车流连一个时辰。那里丝毫没有我在牡丹江林海里看到的树草杂聚，林荫湿润的清爽，也没有我在海南五指山区看到的树俊叶秀、藤萝缠绕的柔媚，更没有我在秦巴山脉看到的绿笼山石、峰碧岭翠的秀美。而那里，展示在眼前的，除了胡杨碧绿的树冠横布深空以外，林间地面尽是干燥赤裸的沙土，仿佛经过洪水的洗劫；不论巨树，不论幼木，躯干均呈土赭颜色，且布满条网状的粗糙裂口，整个是一脉原始的荒凉和野性的寂寥，与我惯常想象的森林或树林的柔和风景相去甚远。生命旺盛的胡杨林，完全充满一种不可撼动的苍古豪硬之势，完全是一种西部独具的雄性挺强气魄。

如果说依然繁茂的胡杨林是大自然赐给荒漠的恩惠，那么，眼前不知死去多少年的胡杨林遗址，就是漫漫岁月留给沙海的雕像。干旱如此残酷地把这块曾经盖满绿色的地域，摧毁得满目荒芜，而遍地依然伫立的原始胡杨树的躯干，又是这般不屈服荒毁的命运，依然死而不倒，倒而不朽，挺直抗争的傲然骨气，令我拊膺嗟叹。

这完全死去的胡杨林，灵魂依然伫立。

塔克拉玛干风物

胡杨写意

望不透的戈壁沙漠上，胡杨树苍老的身躯粗粝沉厚，仿佛扭裂一般；枝干蜿蜒细瘦，曲折如虬龙横空；叶冠疏朗，枯枝突兀；一株株遒劲苍奇，古雄老重。每一株胡杨树，都挺立着磅礴的气势。

大海里有长寿的乌龟，水泽边有长寿的仙鹤，而荒漠里的长寿树是胡杨。那流传广远的说法像首诗：活着碧绿一千年，死后不倒一千年，倒地不烂一千年。胡杨树是植物世界里的生命奇观。

在干旱的荒野上傲立，在严酷的环境里生长，依伴绵延数百里的塔里木河的，是世界上保存完好的胡杨林。胡杨是宣示顽强精神的榜样，被喻为生命绝域里的灵魂树，被称为茫茫大漠里的英雄树。

塔里木河流淌着西部的苍凉，而充满宏浩气派的原始胡杨林，蕴聚着一首不朽的生命赞美诗。

胡杨树是荒漠里的绿色生命之王，顽强、坚韧，不避环境的恶劣与寂寞，敢于与风沙、与干旱抗争。每一寸枝干的延伸，每一枚叶片的轮回，无不经过不屈不挠的奋斗。

胡杨树抛弃了一切脆弱和纤柔，不因为缺失温和润泽而失意，不因为身处寂寞而悲叹。它有坚定的信念和坚不可摧的强悍。它的阳刚气度，壮烈风格，令人震撼而景慕。

胡杨树选择了西部这广袤辽阔而充满雄性的土地，而西部这浩渺壮远的沙漠荒野，又慷慨地赋予它以昭示奋争的厚土。荒漠和胡杨共同创造了轰轰烈烈的生命价值之歌。

苍古遗雕

在荒枯的沙漠深处，在死寂的沙丘沙窝，失去生命的胡杨树，形状怪异，景象奇诡。

像兽，像龙，如禽，如犬。无枝无杈，躯干突兀，成桩成团，若石若铁。生前是挺拔的植株，死后呈动物的形态。

死而不僵，倒而不瘫，依然崛立，依然凌空。多么惊心动魄！

干枯了，断裂了，扭折了，萎缩了；生命的修炼，留存于世的是不朽不烂的遗雕。

上百年？上千年？上万年？上亿年？苍老如百岁寿星的手臂，糙砺若高龄老人的面庞。

岁月遥遥，时光苍苍……

历史漫漫，古意茫茫……

面对古胡杨的遗雕，谁人不千惊万叹！

死去的古胡杨，能不令人震撼吗？

绿色生命

沙漠是奇异的，沙漠里的生命也是奇异的。

柽柳，是沙漠的骄子。它枝干暗红，花瓣艳红，又名红柳。夏秋之交，是柽柳的盛花时月，一丛丛浓密的翠绿托举着一团团粉红的花冠，仿佛云霞散落。有一种三春柽柳，一年竟几番开花，在干旱少雨的严酷环境里，勃勃的生机令人感动。

肉苁蓉，是沙漠里的瑰宝。无枝无叶，形如丝瓜，生如棒槌。它能抗御风湿，强筋壮肾，是上好的稀有药材。

那合掌草单株生长，形若指掌，成丛成蓬，夏绿秋黄，自成风景，虽然矮小，却顽强异常。那罗布麻连片聚生，植株繁密，枝条墨绿，顶花如锦。它纤维绵长，极具韧性。那沙拐枣枝条稀疏细瘦，每临秋光，竟有艳红枣果点缀。那猪毛草，那骆驼蓬，皆如堆如块，匍匐生长，以旺盛的精力宣示着蓬勃的生命。

沙漠里的生命是强悍的。风沙干旱铸造着沙漠生命不屈不挠的灵魂。

风蚀城

谁为它起了如此美妙的名字——雅丹？

其实，它荒凉得寸草不生，是一处又一处裸露着灰褐的土堆、土丘或土梁。

有趣而奇异的是，那土堆，那土丘，那土梁，总像颓废的城堡、坍塌的土塔或破败的楼房，顶部总矗立着突兀的"柱子"、高高的"烟

囟"或天鹅的"脖颈"。

是报废了的建筑群？还是废弃了的古村落？

地理学家说，它们是风蚀的杰作——亿万斯年，风在这里过往，风在这里掏挖，风在这里雕刻，一切浮泛之物，都被远远地扬弃而去，留下的是沉稳、坚定和实在……

风是一位年老的哲学家吗？

还有漠地里的风雕小景，那形态憨笨的小物小件——像出壳的鸡鹅，像蹲伏的山狗，像卧波的水鸭，像凝视的苍鹰，像拙憨的乌龟，像反刍的绵羊……零零落落，散散漫漫，各自独立，各具情态，布排在渺无人踪的大荒大野。

风的雕刻作品，格调古朴，独具魅力，可以观摩，可以欣赏，可以品评，可以指点。

这荒漠里的鸟兽群雕，相映成趣，兴味盎然。风的技艺可谓高超。

可是，它并不因此而炫耀，总是缄口不语，岁岁如常。

风是一位精巧的雕刻艺术家。

沙丘群

沙丘大起大落，起者为梁，成弧成环，棱线分明；落者深凹，如盆如锅，圆滑舒展。光线斜映，明暗分明，造型仿佛是巨勺掏挖的痕迹。

沙漠远眺——视野空阔，寥廓苍茫，沙丘毗连，如波似浪。感觉这里根本不是沙漠，而是躁动不安的大海。

沙漠之夜——弧形沙丘流线舒畅，错落依连，柔和丰满如健壮人体。那石油钻探喷出的地火，把沙丘映照得通体透亮，仿佛是裸露着肌肤的睡美人！

沙漠雪景——黄沙消失，重叠的沙丘好像万顷纱绸堆积，那么恬

静，那么温柔，那么细腻！

沙漠荒凉，沙漠死寂——这是沙漠性格的一方面。而沙漠的景象，多姿多彩，瑰丽壮美——这是沙漠气质的另一面。

谁说沙漠里没有美呢？

假若你去细心地觅寻，那沙丘上千姿百态的沙波纹，犹如绝妙的图案，会使你惊叹不已。

你就尽情地观赏吧——有的像莲藕排列，有的像人参摆放，有的像专意镂雕，有的像精心染塑，一条又一条，一道又一道，一垄又一垄，一拐又一拐，皆紧密地均匀地排布，华丽典雅，是规则的几何，是独特的奇观。

可谓形态万千，变幻无穷。

莫以为是画家的意象画，莫以为是雕塑家的现代派。

它们是风的技艺展，是风的风景画。

绿 洲 歌 韵

绿洲城佩戴一条翡翠项链

    高空俯瞰这座城市，更能体味那优美景观所展现的美感。这是西部荒漠地带的一座绿洲城：远处的山岚下，一湾宽阔的碧水纵贯画面中央，水面平静安详，蓝幽幽仿若绸缎，这是一条河；两岸鳞次栉比的楼房与一片片林木、一块块绿地，穿错相间，互映互衬；一群群高层建筑天柱般耸立其间，是立体的壮观，是豪放的气魄。多像一幅精致的锦彩刺绣，透露出和谐的幽静和柔媚！

> 水若碧绸城若绣，
> 仙境谁遣一片幽？
> 客来兴说天山外，
> 梨城错看认杭州。

    绿洲城就是库尔勒。这诗，描绘的就是这座绿洲城。

    那一湾碧水是孔雀河。一河两岸，水色天光，景色秀美，宛若苏杭。如果把城市比作仙子，那河就是仙子佩戴的翡翠项链。有此翡翠项链，城市更加妩媚，仿佛有江南水乡的味道。一位从南方来库尔勒旅游的客人说："库尔勒的孔雀河风景，与苏杭简直没有两样！"

城市新美靓丽，孔雀河风景带酷如城市之美的点睛之笔。

城市高贵典雅，孔雀河风景带显示的是城市的高雅灵性。

人们说，库尔勒的孔雀河是一篇精致的散文，文笔清秀，意境优美，是大手笔创作的精品。

城市有此天然资源，城市聪敏的灵感使一条古老的野性河流时尚起来，灵动起来。

许多人探询这精美之作的灵感所在，原来出自为民造福的切实思路。多少年了，流经城市的孔雀河，不过是一条再平常不过的普通水流，像一件穿旧了的衣服摔在那里，没有人把它与城市建设联系起来。为民造福的思路使人们的眼睛一亮：城市时尚了，何不利用这份天然资源，辟造一处可以游览，可以划船，可以观赏，可以纳凉，可以健身的休闲、消夏的好去处？城市美丽了，何不让流经城市的孔雀河，变成一条色彩鲜亮的翡翠项链，美化装点城市秀美的姿容？

于是，孔雀河的新便踏上了城市腾飞的步伐。

我日日在孔雀河边行走，孔雀河城市河段容颜的一点一滴变化，都深深地印在我的心里。

有一天，老旧的河道突然断了水流，河水已从上游闸口向东西大渠分流而去，自然的卵石河床全部裸露出来。听说空出河床是要大规模改造了。

果然，就有挖掘机、装载机、推土机、自动装卸车开进河道，好些时日的隆隆轰鸣，叮嗒衬砌，河道拓宽了一倍还多，全部河底铺砌了石块，两岸重新修筑了精致的条石护堤，护堤敷设了美观的护栏。经过一个秋冬，来年草绿花开的时节，改造河道的工作就大部分就绪了。

难忘拓新的河道重新放水的日子——

海潮一般的水头齐刷刷从上游欢快地奔腾而来，转瞬之间，河面宽阔得有了视野，一道开怀畅胸的风景顿时展现眼前。新河道上游，一段

台阶式倾斜的河床，滚滚涌动的湍流滑然而下，斜坡下便冲溅出一排雪白的激浪。下游处又是一道人造的跌坎，宽平的水面在这里陡然跌落而下，又是一处生动的看点。上下游横卧的两架公路大桥遥遥相望。这两座桥梁、两处台阶和三个层次宽平水面构成的景象，引得好多市民都来观看，像钱塘江观潮一样，人们好不动心。

西部荒漠地域里，这样宽展的水域，这样独特的景观，难得一见啊。

接下来就是两岸的精心绿化美化了——

多种样式的廊榭，多种风格的雕塑，色彩缤纷的花样灯饰，老少咸宜的健身设施，还有伸向水面的临空看台，隐于草丛的地面音响，富有韵律的音乐喷泉，风帆装饰的休闲广场，两岸顿显风景回廊的美景。

新颖的孔雀河城市河段，天蓝水阔，清波悠悠，两岸高层建筑耸立，碧草绿树衬映。

华灯灿放的夜晚，灯染水波，华彩浮动，休闲的人群络绎不绝，游船快艇渲染戏水的欢快，岸边花园升腾富丽的音乐喷泉，南北两岸的景色璀璨得玲珑剔透。

流经城市的孔雀河，披锦凝绣，韵致动人。

人们常把城市比作水泥垒成的森林，形容的是拥挤、单调和枯燥。这座城市恰恰有一条温顺的河流依伴，这是这座城市天赐的条件。大自然的造化与人的灵智的结合，造就的便是一份秀丽和妩媚。这条河流变得年轻美丽了，真的成了绿洲城佩戴的一条剔透的翡翠项链。

翡翠项链——可心舒目的风光长廊！风光长廊里风光诱人，又镶嵌着精美的文化长廊。无论什么时候，临河的大型浮雕地段，都是游人驻足时间最长的地方。

那是石油基地一侧的一段特别景观，房屋般高大，几十米之长，被称为孔雀河风景带的浮雕墙。

一幅幅大写意的石雕，线条粗犷，神韵灵动，凸显石油勘探开发

和原油外输的基本流程，把人们的思绪带进塔里木石油开发的雄壮境界——

层层叠叠的山崖前，石油地质调查队员手举地质铁锤，探取裸露古地层的岩石标本，山地荒凉的氛围，执着探询的神态，直是扑面而来；

茫茫沙海里，井架耸立云天，沙漠车队行进沙山之间，运送石油钻井的物资，沙漠石油勘探的场景宏大壮阔；

钻井平台上，身着工服的钻井工人手持卡钳，正在钻盘上紧固钻杆，人物的动态充满强劲的力度，逼肖得展示了石油人奋战井场，向荒漠要油的决心；

密如织网的架空管线下，测量人员专注地瞄视着水平仪，那是新开油田集油站的建设场面；

一位面戴罩具的女工，屈身于大口径的管道前，焊接输送原油的管线，焊花闪闪，形态逼真……

穿插在这些画面中间的另一重景象的浮雕，是塔里木石油探区所在地域的著名自然景观、民族和谐团结和工农共建家园的写意表现。这些用坚石凝定了的地域风情画刻，透露出石油开发与当地社会融合发展的浓郁氛围——

巴音布鲁克的天鹅湖曲曲绕绕，草原上的白天鹅展翅翱翔；

塔克拉玛干的沙山上，一支驼队顶风行进，仿佛听得见叮当作响的驼铃声声；

须髯飘拂的维吾尔族老人弹奏着都塔尔、手鼓，美丽活泼的维吾尔族少女欢跳着麦西来甫；

天山深处的牧羊图云落碧海，西部蒙古族人的赛马图气势豪壮；

民族装饰的地方群众，将香梨果盘捧送石油工人，石油工人与真诚慰问的人们，亲密的双手紧紧相握……

浮雕墙的中央，代表党和国家声音的多幅题词，赤底金字，放大雕刻，成为浮雕墙最有分量，最为醒目的核心内容。浮雕墙把石油城的品

性，灼目地铸立了，显现了。

城市化，城市的现代化和城市景观的美学创造，是当今社会发展和提升社会生活质量的重要标志。绿洲城库尔勒的新变，库尔勒新城的翡翠项链般的孔雀河，充溢着可人的神韵之美。这美，蕴涵的正是一种为民造福的阳光关爱。

水韵之城

　　窗外一条河，是孔雀河。从高层楼房的窗口看河，目光要直直下垂，河水平静碧透，两岸风光旖旎。南北窗口远眺，视野辽阔通透，城市的老区、新区尽收眼底，鳞次栉比的楼宇像海一样扑进胸怀；城区以外，这一边山影迷蒙，那一边旷野辽远。

　　这是库尔勒。二十多年前我初居这里时，已经由县改市，但我还是把它看作普通的小城。仅仅几个春秋，它就渐现市的容貌，市的气质，脱变得实至名归了。城市街域又不断向外延伸，凸显视野的新城区宏阔景观，明朗在孔雀河南岸以远。我最初看作小城的原有街市，就叫老城区了。

　　在库尔勒的巨变中，流经市区数千米的孔雀河，是较早焕然一新的地段。那是孔雀河风景带。有风帆广场，白帆如银，廊亭笼碧。有孔雀公园，草深木秀，轻舟戏波。葱郁花木掩映茵茵绿地，观景平台伸向河面上空，颇富美感的著名艺术雕像面河而立，新疆风情与石油开发的石墙浮雕，同水色天光互映互衬。我一直记着一句蛮有意味的比喻：孔雀河风景带是一篇精致的美文，文笔清秀，意境优雅，是大手笔的精品之

作。在风景带的河滨甬道漫步时，江浙口音游客说的一句话，也一直保留在我的记忆中：孔雀河风景有苏杭风景的味道哎。南方旅游观光者在孔雀河大桥兴致勃勃留影，最是感叹河水的清幽。

夏日里，库尔勒市区的孔雀河风景带，河水幽蓝如若绸缎，绿地碧树风光隽永，锦彩刺绣一般幽静柔媚。有幸居住河滨，日日与风景带依伴，也有感于南方游人的言说，我曾经用一首小诗抒写这座崭新的城市：

> 水若碧绸城若绣，
> 仙境谁遣一片幽？
> 客来兴说天山外，
> 梨城错看认杭州。

孔雀河流出霍拉山山口，从库尔勒老城边缘流过，多少年只是绿洲一条纯粹的灌溉河。适逢时代新变，它作为一种美的筹划，纳入了焕发城市新容的构思。那"大手笔精品之作"的评说，就是基于老城的面貌新变，对建树美好的欣然赞语。其实，孔雀河风景带只是库尔勒旧貌换新颜巨变中较早的一个章节，随同崭新城市的崛起，更为生动的篇章又在城市新区的美丽中灵动起来。那就是人工开凿的杜鹃河与白露河的诞生。

相距孔雀河数千米的杜鹃河，横贯南市区商务文化中心的街市，河面比拓宽了的孔雀河更加宽广，名曰河，又像湖泊，岸边通道与护栏相依，精美小亭与水色呼应；一尊色彩醒目的奥运火炬雕塑，擎天柱般耸立于水面廊道平台，一尊赭红色彭加木雕像，醒目地巍立岸畔通道一侧，那是杜鹃河风景带的领衔人文物景了。白鹭河呢，穿越毗邻南市区的经济产业开发新区，水面宽窄相偕，河湾静流曲绕；岸畔竟是一片颇有规模的园林风光，草坪郁郁，佳木秀丽，宽敞场地布设景观风帆，园林之内开辟悠悠小湖，曲径流连环绕，景色清丽怡人；名曰白鹭广场，

灯柱顶头就装饰临空展翅的鹭鸟。白鹭河岸畔的景观，与孔雀河、杜鹃河不相雷同，别有一番韵味。

人们莫不向往"在水一方"的人居境界。杜鹃河与白鹭河横卧高楼林立的新辟市区，又为库尔勒增添了水的灵性、水的韵味。孔雀河、杜鹃河、白鹭河像系在美丽库尔勒腰身上的碧绿飘带，城市的姿容就如若风姿绰约的少女，越发逦迤妩媚了。某博客这样描写杜鹃河："过去是平常的塔干渠，如今是美丽的风景地，高楼倒影在河面婆婆跃动，新建大桥卧碧波犹如蓝带，家乡有秦淮河的烂漫韵味，有江南水乡的柔软气息。"本地博客"一池翠萍"也用诗作表达对白鹭河的钟爱：

> 风爽清晨六月天，
> 石阶柳岸好垂竿。
> 一水霓虹沿岸走，
> 神思引动鹊桥仙。

还有出人意料的大手笔精彩——在水韵城市的构思中，优化人居环境、更多造福百姓的"三河贯通"工程，又呈现在宏美城市的蓝图中。连通孔雀河、杜鹃河、白鹭河的天鹅河，将成为城市的一道新亮景观，城市的倩美容颜又将增添新的靓丽姿彩。

天鹅河近五千米流域的效果图令人遐想，引人向往：舒展的河面有收有放，收则或直或绕，放则宽阔成湖；十余处木质码头造型相异，十多座大小廊桥自成风景；一河两岸，斜坡绿地联袂伸展，乔灌花木多姿多彩；游人划小船，行河面，穿桥洞，过埠头，看楼舍如林，观城市斑斓，在荡漾的碧波中品赏天籁，于悠悠的涟漪里身心舒逸。两岸的景观区里，更有天鹅故乡、水韵梨城、东归故里、古韵楼兰这些本土历史文化和地域文化的景观展示。天鹅河倩丽水景与城市的文化特质融于一轴，是生态的和谐，是灵智的孕育。

库尔勒地处塔里木荒漠边缘，打造亲水的城市人居环境，是孔雀河

赋予的娇美灵感，更是创新思维激活的大智大慧。富有诗意的"实力库尔勒、活力库尔勒、魅力库尔勒、和谐库尔勒"话语，像一面精神的旗帜，处处举目可见，人们耳熟能详，那是一个切实的目标，又是一种激发的动力。塔里木油气资源的开发带动了库尔勒的深刻巨变，新型工业化、库尉一体化、企业集团化生机勃发，石油石化产业、棉花产品加工、特色农产品酿制以及矿业与绿色能源充满跃跃活力。这些城市的经济成分都与"以水为脉，以桥为缀，以绿为基，以文为魂"的城市生态和人文环境相佐相谐，构成了城市文明的特有品性。连冠全国文明城市，库尔勒人又焕发新的热情新的智慧，百姓越来越多地享受花园城市、生态城市、亲水城市、水韵城市这些扑面而来文明成果的滋润。

我身居美丽的孔雀河畔，亲历了库尔勒一重又一重喜人的蜕变。库尔勒地气灵秀，人气俊杰，活气旺盛，福气深厚。有感于此，我也曾吟诗一首，抒发对美好家园的感受：

> 梨城飞来吉祥鸟，
> 一鸟一河化神妙，
> 波动天光生水韵，
> 城贯灵气著妖娆。

香梨，香梨，绿洲的圣果

　　纺锤形的一疙瘩碧翠，一侧氤氲着些微的紫红。不是翠玉，不是玛瑙，却是甜透肺腑的地产果品——库尔勒香梨。咬一口，满嘴脆、甜、酥、绵，才知道那并不怎么细密的翠绿色果皮，也薄嫩得脆生生的。外形平朴，内质优佳，这是香梨超凡的品性。餐桌上一盘、两盘，会议厅的圆桌上十盘、八盘——香梨，让家庭来客备感做客的尊贵，使公务接待顿显氛围的香浓。是独有的地产，是当地的骄傲。

　　人们喜欢用水、用山来象征某一个具有特殊地理意义的地方，也喜欢用花、用果来标志某一个城市、某一块地域的特征。库尔勒绿洲便被称为香梨之洲，库尔勒这个年轻的城市也就有了"梨城"的美称。在库尔勒绿洲，每年最醒目、最有兴味的林果风景线，当属具有特产意义的梨树、梨园了。

　　清明过后，就是梨花盛开的时节。梨树上，阳春暖气沐浴后的花蕾丰满得鼓囊囊的，一两天、两三天之间就雪团一样绽放开来，满枝满杈地罩满了树冠，开得那么洁白，那么清雅。展开不久的新鲜嫩叶成了繁密梨花的陪衬。住宅小区的道路旁，维吾尔族人家的宅院内，宅院之间

的果林里，到处都是一行行、一片片漫白，白得简直像晴朗的云团漂浮眼前。至于几百几千，甚至上万亩面积的颇有规模的梨园，梨花繁盛的景象就更加令人惊心动魄了，白得漫天漫地，厚厚实实，真是一处处梨花的海洋了。远远望去，绿盖四野的大地上，冰雕玉砌般的梨花阵势，美得像神话境界一般，令人醉心醉意，无限神往。

如此美丽的景观，情意浓浓地宣示着香梨之洲和梨城的独有特色。踏春的人们格外珍惜这段美妙的时光，莫不到梨园去尽情观赏，留影作念。作为背景的梨花洁净繁茂，衬托着人们五颜六色的着装，咔嚓一声，留存下的照片就春意盎然，诗画兼得。

香梨的成熟是以白露为界。在这个节气里，梨农们便着手采摘香梨了。熟透了的香梨一嘟噜一嘟噜垂弯枝条，梨园的林地间飘散着甜腻腻的梨香。一副副架梯撑在枝干之间，男男女女臂挽条筐，踏上架梯，喜滋滋地采摘一只只绿森森的果实。梨子皮薄如纸，是千万碰不得的，一碰极容易伤烂，采摘的时候就需要格外地小心翼翼，轻摘轻放。摘满一筐，就在林间的空地上集中堆放，一个一个码排成规规整整的立方，码放的时候同样必须手轻且仔细。农户的私家梨园，往往数亩、数十亩，需要连续采摘数天；以香梨为主的专业化园艺场，梨树林则广大得像汪洋一般，数千名职工家属像进行一场重大的战役，闹闹腾腾地酣战十天半月，方能"颗粒归仓"。然后就是装箱，而后梨子就被千万里之外的客商销运口内，甚至香港、国外。库尔勒香梨独具佳誉，名满天下。作为香梨生产基地的专业化园艺场，主要是库尔楚园艺场、沙依东园艺场和农二师团场的大梨园，栽植总面积都达数万亩之多。

相传唐代一位仙老漫游铁门关时，在幽静的山水间驻足休息，食用自带的仙梨解渴，无意间遗留了仙梨的果核。后来，风尘掩埋的果核在孔雀河畔湿润的地气中，萌发长芽，发育成树，开出棉团似的花朵，结出扁卵形的甜脆梨子。农人颇以为奇，又广为培植，遂成遐迩闻名的名果。传说当然属于对此地特产的神话般的美丽赞誉，透露出的实在意义

则是香梨起源的悠久。

西汉或晋代留存下来的著作《西京杂记》有这样的记载："有瀚海梨，出瀚海北，耐寒不枯。"瀚海当指塔里木盆地的沙漠戈壁。《西京杂记》有此专句，足见"瀚海梨"的历史久远和品质独异。《大唐西域记》也有"阿耆尼国……土宜……香枣、葡萄、梨、柰诸果"的记叙。专家考证，中国梨与西洋梨的杂交培育，就是库尔勒香梨的起源。发源古老，中西嫁接的栽培史，都说明优质特异的库尔勒香梨，从梨树种系中合理培育，脱颖而出的不凡。

我在库尔勒生活了十多个年头，隔行如隔山的原因，当初只觉得香梨特别好吃，却并不了解香梨的栽培耕作多费工夫。梨园选址对地下水位、土层深厚、有机质含量的高低和灌溉排水的方便与否，都有较高的要求；如何采用杜梨做嫁接砧木培育优良品种就大有讲究；采用砀山梨作为受粉树的试验研究，就进行了好多年；土壤的耕作培肥、定植的最佳密度、灌溉的科学规律、整枝修剪的技术要领，以及灾情病害的防治、优良品系的选育，还有收获的香梨如何包装、如何储藏、如何保鲜等，都是一门系列性的学问。

前些年，一则梨树技术革命的消息风传库尔勒绿洲。恰尔巴克乡的维吾尔族农民吐尔地·艾白，把自家梨园的一棵梨树从一米多高的地方拦腰锯断，截断的树干上长出了新芽，新芽长成了横枝，横枝上结出了梨子，梨子结的又密又沉，重得让树枝直往下坠。这棵梨树活了八十多年，活力大减，老气横秋，结的梨子稀稀拉拉，梨子的味道也明显淡寡。吐尔地·艾白将它拦腰一锯，竟然锯出了返老还童的奇迹。

吐尔地·艾白把自家梨园的树都这样锯了，新结的梨子都是又大又密，他喜不自胜。他只读过初中，跟农艺、技术并不沾边。但成功的事实里头自有理论。他没有按照定型的传统技术，顺着梨树的长势，分三层在修剪树枝上做文章，而是这样想：树枝历来都是向上长的，但是梨树的树枝就不能改头换面，让它横向长吗？有专家评判吐尔地·艾白是

成功在逆向思维上，敢于突破传统观念，往新处想。

　　技术层面之外，这件十分典型的成功事例，提示我，香梨的培植学问，天地多么广阔！平时，自家需要香梨，只知道香梨来自集市水果市场，从梨园的梨树上摘来，却忽略了它精细的培植过程，更不甚知晓它的培育、进化历史。我曾经拜访农科所的农艺专家，曾经到香梨园艺场参观访问，我对香梨的更多认知，就是从农艺专家和园艺场辛勤的农工那里得到的。培植香梨竟有那么多的学问内涵，给予我的是一种生活的哲理。

　　清代诗人萧雄在《西疆杂述诗》中这样描述库尔勒地产香梨："果树成林万果垂，瑶池分种最相宜。焉耆城外梨千树，不让哀家独擅奇。""哀家"指的是名产"哀家梨"。诗后还有评说香梨"皮薄、肉丰、心细，甜而多汁，入口消融……当品为第一"的注释。清代《西域竹枝词》中还有吟诵库尔勒香梨的另一首七言诗存今："垒苛堆盘手自擎，色香与味过柑橙。齿牙脆嚼无渣滓，错认波梨是永平。""波梨"即今谓库尔勒香梨，"永平"也是一种名产梨。今人吟咏香梨的诗作也常常见诸报刊。一首吟咏铁门关的诗中就有这样的句子："民族协和伟业兴，汉唐陈迹换新颜。绿洲万顷梨千树，头白岑参刮目看。"另一首题为《铁门关之春》的自由体诗写："在原野芬芳的色彩里／来自铁门关的历史之音／铿然鸣响在今日的春光中／每天都将传奇写入黎明／摄入梨花飞雪的季节"。还有一位楹联家拟出"雄关漫道真如铁，一湾流水，万树梨花"的下联，另一楹联家对出"丝路行来尽是诗，深夜驼铃，几声朔雁"的上联。我曾经也不吝粗陋，拙墨笨笔涂鸦一首咏颂库尔勒香梨的小诗："四海驰名果中仙，地产香梨倍甘甜。天子一口不舍味，百姓千筐易贾钱。春头剪枝夏末肥，清明绽苞中秋啖。林园青碧荫万亩，新品幼树叶茂繁。"从这些香梨诗的品位中，我感悟到，生活在香梨特产地的库尔勒绿洲，最近距离直接享受到的，不只是香梨的酥脆甜蜜，还有一重香梨文化的浓汁蜜味。

一方水土养育一方圣杰。香梨，就是库尔勒大绿洲的水土地气培育的杰产圣果。孔雀河流域因为土壤、气候和光照的特殊条件，是最适宜香梨培植和生产的地区，这是香梨栽培农艺书上的定论，也是栽培实践验证了的结论。孔雀河是养育绿洲的母乳，自然也是香梨圣果的母乳。库尔勒绿洲的特殊地气，时时刻刻都浸润着孔雀河水的爱恋；库尔勒绿洲的特殊气候，日日夜夜都弥漫着孔雀河的水气；库尔勒绿洲的阳光，丝丝缕缕都依偎着孔雀河水气的温存。孔雀河，母性的孔雀河，你的馨香的甜乳，与香梨这绿洲名贵特产的皮薄、质细、肉丰、汁满的品性，脆、甜、酥、绵的口感，入口即化、沁喉浸肺的神奇，是那么奇妙地化为一体！难道这纺锤形的一疙瘩碧翠，一侧氤氲着些微紫红的果品，真是携带着那位唐代仙老的仙气吗？

孔雀河上的仙鸟

北方的许多河流，冬天里冻结的河面能人走车行，而孔雀河却像春秋夏季一样，总是清波粼粼。这条从浩瀚的博斯腾湖溢流出来的河流，冲出霍拉山口，穿越库尔勒市区，向罗布泊荒漠蜿蜒而去。

在数九寒天的日子里，孔雀河流经库尔勒市区的河段，河道清亮透底，水面仍然映应着天光岸景。已经连续几个冬天了，城市披雪盖银，寒气袭人，每天却有多种水鸟在河面觅食、嬉游，蔚成景观。白雪酷寒包裹天地人间，一拨又一拨流连孔雀河的水鸟，在渗肌刺骨的冰水里自由自在畅游，引得过桥的人、岸边行走的人，无不喜悦地驻足观赏。

常常是一对相伴而飞，有时是单只独飞的鹰鸥，头颅、身躯都洁白圆润，如若勇敢的骑士。翱翔时，一对外沿呈现黑斑的翅膀像对称的波浪，强劲而优美地扇动，有时又平展不动，像漂浮天空的风筝，轻盈地回旋滑翔。斜斜地落进水面时，一圈涟漪之中，宽大的双翅顿然一收，立即快速游动起来。无论飞翔，无论凫水，鹰鸥都体态洒脱，轻盈劲捷。

灰头鸭、斑嘴鸭总是群体飞翔，群体落水。飞翔时，翅膀像颤动似的扑棱，前伸的脖颈、头颅与短小的后尾优美地伸展开来。河面上，两种野鸭有时各自、有时混在一起凫水，在微动的碧波里游动得轻快敏捷。它们似乎是在水面以下觅食，一只只不时尾巴一翘，钻进水面，没了身影，隔一会儿，四五米之外，又突然冒出身来。灰头鸭背部有一片尖桃形的黑色羽毛，前胸和身体两侧都呈白色，凫在水里，一圈鲜白的羽毛像托着身体的游泳圈。灰头鸭的样子酷似朴实、端庄的男子汉。斑嘴鸭就华丽漂亮多了，橘喙褐身，头部褐红，后脑一撮棕色的羽毛，犹如身着霓裳的公主。有意思的是，灰头鸭喜欢逆着水流，一只跟着一只排成一行，静静地卧在清波，像操练队列的士兵。有时，两种水鸭聚在一起，纹丝不动，任凭流动的河水载浮着漂向下游。

更令人神往的是，珍贵的天鹅也飞临河面，悠闲地觅食、嬉游。天鹅长颈卓立，羽毛洁白，体格硕大，凫在水里，煞是高贵，站在河边的冰面，细长的高腿亭亭玉立，美若仙子。环保部门每天都有人从大桥、从河边抛洒小鱼、苞谷，每天都有七八对天鹅从天外翩翩而来，落在宽阔的水面，平稳洁净的清波里，就立显一道不平常的景象。天鹅喜临孔雀河的时日，常常恰逢春节，满街红灯、春联，一派喜庆气氛，但一河两岸，少了许多鞭炮的噼啪声，谁也不愿惊扰天外来客，大桥和河岸的栏杆后，总是伫立众多的人，向水面上凫的、冰面上站的天鹅凝神注目，也总有人架着、举着照相机拍摄那新奇的景致。观赏天鹅，拍摄天鹅倩美的姿态，就成了库尔勒祥和春节里一道情味浓郁的视觉盛宴了。每年前来孔雀河观赏天鹅的游客中，也总有几百千米、数千千米之外的旅游者，在库尔勒美丽市区里就能近距离欣赏心愿中尊贵的天外贵客，游客们也总是言说：这是非常幸运的野趣眼福啊。

天鹅是圣洁之鸟，体态优美，贤淑灵秀，很得人们喜爱。孔雀河的冬天，有美丽高洁的天鹅降临，自然是一种吉祥了。唐代诗人骆宾王有《咏鹅》诗："鹅、鹅、鹅，曲项向天歌。白毛浮绿水，红掌拨清波。"大书法家王羲之也有鹅的故事：一位道士多次求王羲之写经，王羲之不

写。道士知道王羲之特别喜欢鹅，就抱来几只好看的鹅，说，你想要鹅，就写《黄庭经》来换。王羲之果然想要，最终为道士书写了《黄庭经》。骆宾王写的鹅和王羲之用书法换得的鹅，自然是家养鹅，但野生的天鹅俊秀靓美，有仙鹤之象，更具天然的艺术美感。野生天鹅光临孔雀河，人们从心底里爱怜，津津乐道地谈论诉说。观赏孔雀河上的吉祥仙鸟，有人就随口吟咏起骆宾王的《咏鹅》诗。

飞临孔雀河的水鸟还有苍鹭、白鹭，多种鸟类与孔雀河日日依恋，为冬日空漠的河道平添了一道生命的气象。飞鸟恋水，本是自然属性，幽静的自然环境，总是水生鸟类的乐园。天鹅是圣洁之鸟，体态优美，贤淑灵秀，很得人们喜爱。库尔勒市区里的孔雀河水域，平时很难一见的天鹅竟放心地安详落足，人们说这是这座城市的魅力，是城市自然生态的喜兆。人们悦意看山、看水、看花、看草，其实欣赏珍贵、稀有的鸟类世界，比观赏山水花草更有难度。冬日的孔雀河里，有那么众多、那么少见的美丽水鸟与人们相亲相近，这是这座城市的吉祥和福气了。

胡杨人家

　　胡杨是荒漠一奇。荒漠土地贫瘠，盐碱浓厚，风袭沙裹，天干物燥，常见的乔木植物销形遁迹，只有胡杨，在酷烈的自然环境里，傲然生存，蔚成景观。

　　人们的意念中，胡杨是抵御困境，坚强无畏的英雄树。选择邈远荒凉的地域生发成长，适宜耕植的人居环境总是难得一见。这就尤显神秘珍奇。观赏胡杨，是人们的一桩热愿，胡杨给予人们心灵的滋养，怎么也味之不尽。

　　塔里木河沿岸地域的原始胡杨林，森森然气势浩大，是景观奇特的荒漠森林。散见于山壑沟岔的胡杨树，则十分显眼地卓然在目，给人以别具意味的感受。人们热爱胡杨，珍惜胡杨，无论生活里心灵里，胡杨总是英雄的骑士，不朽的崇高。

　　多年看到的都是野地胡杨。而维吾尔族乔巴汗的家庭院落里，简朴的屋舍中间，一棵 1500 年高龄的老胡杨，傲然雄立于梨树、桑树、杨树和葡萄蔓子的葱绿中，却是一重颇为引人注目的奇异风景。这株古胡杨，异常粗壮的躯干，高耸云霄的枝梢，充满沧桑的刚劲，蕴聚的是体

味不尽的苍苍古意。

这里是尉犁县城的边缘，城外田畴如画，农桑繁茂。这株胡杨借助优越的天时地利，巍然成为胡杨家族中的长寿者。它为大地树立了一尊俯视茫茫岁月的绿碑，充满灵性的神圣令人敬仰。

观赏这株古胡杨，不能不令人肃然起敬。

粗莽的躯干四人才能合抱，树围竟有6米。躯干墩墩然仿佛厚重的雕塑，挺举着两根同样厚重的股枝。股枝上又叉出若干状似鹿角，宛若苍龙的分枝，分枝上又有分枝，披盖着密密浓浓的细枝小叶，高高地漫在空中。测量的高度竟达38米。这是1500年高龄的古树啊！算算它起根发苗、植根成活的年代，当在中国历史上的南北朝时期。这是园林专家的科学推算。如此漫长的阅世履历，经过了多少次急雷暴风的畏难，闯过了多少回烈日酷旱的煎熬，如今依然活力勃勃，生机蔚然。能不肃然起敬吗？它被园林部门列为重点保护名木。后人赋予它以至尊地位和至高荣誉，理所当然。

这株胡杨又不能不给人以心灵的震撼。

那若虎若象，坚如磐石的厚墩墩的躯干、股枝，怎么由细若箭杆的弱小，吸纳地气天光，顽强生发博大，发展成如此壮观的景象？表皮粗粝，如若古铜，突兀着一条条硬铮铮的纹路，从中不难想象它搏斗风沙寒暑，抗拒盐碱侵蚀，支撑生命里程的韧性气质。躯干和股枝上凝结着疙疙瘩瘩的木瘤，股枝分岔处有股条断裂的痕迹，都在印证它年代的古老和生命的沧桑。胡杨的生命里程里，苗期叶长如线，幼树叶形如柳，15龄以后的叶子便酷似蒲扇。而这株胡杨，叶子浓郁郁地覆盖云天，密密重重地一树精小蒲扇。1500年的叶生叶落，叶绿叶黄，树冠在1500年岁月里由小而大，由低而高，它定型的老成竟是那么持久！瞻仰这株古胡杨，心灵能不震撼吗？

因为这株胡杨，乔巴汗家被称为"胡杨人家"。维吾尔族人家家院里有葡萄架，称之为"葡萄人家"实属平常。而乔巴汗家被称为"胡

杨人家", 就别具一番意味了。

称为胡杨人家, 不只是因为院中一棵颇有岁月的老胡杨。看了树, 又问人, 问的就是胡杨人家的乔巴汗大妈。62岁的乔巴汗, 是现今胡杨人家的最高长者。她的丈夫司马依·巴吾东早年去世。乔巴汗只会说一点点汉语, 就由她40来岁的大儿子吐尔逊讲。留着小胡子的吐尔逊, 脸膛黝黑, 活泼精干, 滔滔不绝地讲说里透露着自豪。

原来, 他们一家人的名字后面, 都带着"托克拉克", 就是胡杨树的名字。早年的司马依·巴吾东, 就喜欢人们叫他司马依·巴吾东托克拉克。乔巴汗呢, 人们也往往叫她乔巴汗托克拉克。乔巴汗有六个子女, 老大吐尔逊、老二艾尼瓦、三女文且末、老四买买提、五女沙尔古丽、老六巴吾东, 口头说名字的时候, 一般在名字后面都愿意加上托克拉克。维吾尔族人重名很多, 他们家的人名字后面缀个托克拉克, 就很容易分辨是这户有古胡杨的那家里的人。熟悉他们的人, 当然知道这些。邻居啦亲戚啦, 当面喊名儿或说话中提到他们家的哪一个, 也总是愿意串上那个托克拉克。一家人的名字都这样, 可有意思啦。连他们家的孩子名, 外人也自自然然愿意加上托克拉克。这是多么特别的事!

家人的名字和胡杨连在一起, 听来让人觉得饶有味道。

这株古胡杨, 是这个家庭的标志。家人名字连上胡杨, 更是他们一家对古胡杨的珍爱。吐尔逊在讲说古胡杨履历和他们胡杨人家生动故事的时候, 说是他们这个家族, 到他们兄妹的孩子这一代, 家谱记载已经八代人氏。对于这株古胡杨, 祖祖辈辈都是珍爱有加, 着意保护。他们的家族, 为如今, 为后人, 维护、保存了一笔宝贵的财富。正因为如此, 古胡杨今存自家院落, 已经不单单是一种植物, 又是一种生命和精神的写照了。

这笔财富不只是属于他们自己的家庭, 已经成为社会公众所敬仰、所爱惜的古树。尉犁县里把这株古胡杨列为重点保护名树, 挂了牌, 建了档, 还命名了"胡杨人家"的名称。乔巴汗家的院落, 本来就像一

个果园，林木葱茏，环境幽雅。"胡杨人家"的命名一传开，他们趁势新修屋舍，装点环境，甚至还增添珍禽异鸟，增设风味餐饮，普通的民居院落就成了观光休闲的民间风情园。自然，古胡杨就是风情园里主打的奇异景观。

不光是尉犁县里，远远近近的人们，都知道尉犁县有个胡杨人家，年年月月来观赏的人总是络绎不绝，来这里参观瞻仰古胡杨。我曾经数次来这里拜访，竟然发现这株令人叹服的古胡杨还有一重奇异的景象。旭日升临时，从东面看，树冠浓密得像一片亮绿的云；太阳正南时，从南面看，整个树冠却淡淡地氤氲着粉红的光气；夕阳西下时，从西面看，密密层层的小蒲扇叶子，透露出的又是一团苍劲的淡白。至于深秋十月，那傲耸云天的硕大树冠，就更是一抹金色的辉煌了。

根与土地拥抱

　　本是回族马姓，终生却改姓为"洪"。身上却浸润着汉族、蒙古族、维吾尔族的文化因子。对土尔扈特、和硕特蒙古族人的历史文化非常了解，俨然如同"两特"的后裔。壮年时代站立如塔，行走步健，后来的几十年间，却被残瘫束困，但不失生活信念的支撑。

　　洪永祥，有名望的地方史志工作者、土生土长的作家。几十年几案上的文字成绩，广为人知，年逾七旬，依然是和静县里史志和文联的参与者、谋划者。他的故土焉耆县一个村子叫"八棵树"，生长着八棵翘曲的榆树，黑乎乎的躯干庞大粗粝，树身上一疙瘩一疙瘩结疤，虬枝遒劲如龙，葱茏的树冠遮蔽半空。他在一篇文章中说，八棵古榆古意盎然，留给他许多美好的回忆和生命的感慨。

　　夏日里，我随同手拄拐杖的洪永祥走访八棵树村，看那八棵森森然庞大的古榆，形态壮观，气象蔚然，本地人因之自豪，外地人识之惊叹。我心中油然生出一重感慨，洪永祥就是一棵老而苍郁的古榆啊……

　　要是两岁上母亲不会病故，远在伊犁任报社总编的父亲马俊德能够管养，他就不会跟着外祖父洪长福生活，因感恩而改了姓氏。要是没有

麦场失火，麦场旁的家舍被烧得净尽，外祖父就不会带他从焉耆县投奔和静县的朋友，他就可能与和静县永无关系了。年少时的生活际遇往往铺就一个人的人生之路，从童年开始，他的生活之根就扎在和静县了。

影响他童年心灵的两件事，他一辈子也忘不了。

在和静县，洪长福靠租种蒙古族达瓦的地，再砍些红柳枝，做蒙古包架子出售，维持一家人生计。洪长福人缘很好，蒙古族人、维吾尔族人都称他"洪爷爷"，那是循着洪永祥响亮的"爷爷"直呼而叫的。六岁那年，洪永祥跟爷爷去达瓦家，看见一位年轻女子坐在蒙古包门外吃饭，问爷爷：咋不让她进来吃？爷爷告诉他，蒙古族人从红苗子那里回来，打仗死了好多人；人口少，风俗就是女儿嫁出去要是不生养，回娘家吃饭就在外面吃。从此第一次有了"从红苗子那里打仗回来"那样的模糊印象。

爷爷蒙古语说得好，交的蒙古族朋友也多，有一位就是在巴仑台黄庙干杂活的巴生。洪永祥七岁时，爷爷带他骑驴去黄庙过节。那晚，他和爷爷就住在巴生家的蒙古包里。卡盆（一种大铁盆）盛着大块羊肉，皮袋子装着奶酒，爷爷和巴生一边吃喝，一边讲故事。巴生讲一个回族人的故事，爷爷就喝三碗奶酒，爷爷讲一个蒙古族人的故事，巴生也喝三碗奶酒。俩人都用蒙古语说话，巴生叫爷爷"洪木沙子"（蒙语：洪兄弟），爷爷也称巴生"巴生木沙子"。故事悲痛时俩人抱头痛哭，讲得高兴时又哈哈大笑。轮到爷爷喝酒时，巴生和老婆就为他唱歌，巴生喝酒时爷爷也为他唱。歌的调子都拉得很长，洪永祥后来才知道那就是蒙古族长调。第二天临别时，巴生送爷爷一葫芦"纳斯"（蒙语：掺了榆树皮渣子的烟末），送洪永祥一个小"秀登"（蒙语：小毡子）。爷爷就说："木沙子巴生，你的蒙古包架子不好了，我给你做副新的吧。"麦收后一副新做的架子就送到巴生家。

从巴仑台回来，洪永祥问爷爷：你和巴生爷爷为啥一会儿哭一会儿笑？爷爷说：我讲蒙古族人回来时和红苗子一路打仗，死了好多人好多

羊，俩人难过，就哭。巴生讲的却是一个男人变女人，女人又变男人的笑话，惹得俩人哈哈大笑。

洪永祥后来从事史志工作，文学创作也有了名气。回顾留在心里的这些记忆，他在文章里写："这对我以后的成长和成才是多么的重要啊。"知道了他忘不了的这些记忆，我约略感知到最早影响他文化气质的某些痕迹。他感恩外祖父而改姓氏为洪，主要是因为外祖父对他的生命养育，也不无外祖父的人际交往和他跟随外祖父的生活，渗透在意识里的不可言说的潜移默化。能够初记物事的语言环境，有汉语、有回族语、有蒙古语、有维吾尔语，耳听心感口说，焉能不受语言、习俗的影响？上了三年初小，两次跳级达到小学程度，学校是汉语、蒙古语、维吾尔语共同授课的复式教育，三个语种的学校生活，语言熏陶自是一种天然。县里表彰劳模，汉语老师为学生编唱一支汉语、维吾尔语、蒙古语三种语混交的歌子："劳动模范真光荣，亚克西，亚克西！辛辛苦苦搞生产，散拜乃，散拜乃！亚克西啊散拜乃，呀儿吆喔依儿吆，民族团结跟党走，亚克西啊散拜乃！""亚克西"和"散拜乃"分别是维吾尔语、蒙古语言中的"好"。三语混于一体的歌子，洪永祥至今吟唱如初。

在和静县，会多种语言，甚至会三语的人其实很多。而洪永祥有所不同，不同在他对土尔扈特蒙古族人的历史文化、宗教信仰的熟识和县志工作的担当。十四岁时他羡慕和他同龄的一个蒙古族伙伴能在县政府干事，玩耍中说他也想参加工作，蒙古族伙伴就带他去给组织部说。组织部了解后愿意要他，让他当县委通信员。他写的保证书中竟有"名低责重"这样出乎人意料的词儿，县委干部说"这个娃娃行。"此后，他干基层，被抽调下乡，给广播站写稿，成了人物。土尔扈特人的历史真正进入他的心灵，是在他被调任宣传部干事，参与编写《和静概况》，查找档案的时候。土尔扈特人苦难、英勇的历史，蒙古族人的宗教、习俗，英雄史诗《江格尔》、长调短调等文化流传，在他心里明

晰、丰富起来。他才意识到，六七岁随爷爷听到的"从红苗子那里打仗回来""死了好多人好多羊"的事情，原来就是说的土尔扈特蒙古族人的东归壮举啊。他受派主持《和静县志》的编撰，带领同人"十年如一日，潜心求索"（《和静县志》序二），"大胆破沿袭，鼎力创新"（方志专家语），是和静文史成果的重要贡献者。县志编修中，洪永祥亲历并撰写的数万言《千里追宝——和静王府时代珍藏的清皇敕书追回纪实》，情节曲折，叙事动人，堪为补充史志记载的经典文字。通会"三语"，汉语、蒙古语、维吾尔语之间具口译之才，会唱许多蒙古族、维吾尔族、回族的歌调，说话做事有亲和力，年逾50以后熟识他的人常常呼他"洪爷"或"洪老爷子"。只有小学文化程度，能够修炼成德高望重的史志编撰者，盖因几十年的人生积淀与和静县人文历史、人文环境的熏陶和滋养。

《和静县志》里渗透着洪永祥的血骨之痛。他搭乘拉运材料的卡车，外出办事不幸从车上跌落，股骨颈断折。辗转医治，右腿骨短了三厘米许，他是不该属于残疾人的残疾者。血流不畅，肌肉萎缩，皮肤皱干，他遭逢过必须锯掉伤腿的痛苦。那痛苦是一段窗外有月只见光，窗台有花只见叶的迷茫，也是一段心灰意冷，生不如死的伤感。但是治疗有了转机，终于能够跛腿行走以后，他仍在致残的心灵隐痛中修志不辍，"尽管艰难，却从未放弃"，修志为他以后的创作"做了深厚的铺垫"——这是他在叙写自己文学创作的文章中的话。

县志成就了众人，也成就了洪永祥自己的愿望，他的文学笔墨的果实也郁郁有香。和静县文友常有聚首，聊说和静县文学社的兴旺，和静县文联的实绩，那一串本土作家、诗人的名字，他们有影响的小说、散文、诗歌作品，听来让人颇有兴味。而洪永祥就是早先自发组织的文学社的社长，后来又任和静县文联常务副主席，他是和静县文学活动的领军者。洪永祥的散文集《悠悠开都河》《清清淡水河》都以本土河流作名，意在表明他文学创作的土壤，就是广阔、美丽、丰厚的和静大地。

他的文学创作同他编撰县志一样，都浸润着和静县山水草原的水分和养料。洪永祥有两支笔，一支史志之笔，一支文学之笔。史志之笔成于生身养身的厚土，文学之笔成于对厚土的情思。他无傲气，不狂狷，置自己于平常，成绩归为热土的培育，人格赢得了自身。

盛夏时节，我进入克尔古提河谷，曾经默想，是哪一块石头剥夺了洪永祥的健壮？又和洪永祥同行巴音布鲁克草原，在河谷林间的蒙古包前，谈说土尔扈特蒙古族人的过去和现在。他手拄木杖，精神硬朗，气色充盈有活力。从巴音布鲁克回来，我再次拜望了"八棵树"村的古榆。古榆苍然在目，根须之深，从茂密的枝叶便可感知。岁月如树，古榆不老。从古榆我想到岁月，想到人生，想到人的作为。人应如树，不虚岁月，根与土地拥抱，生则青葱，长则如榆……

诗性老人

　　报刊上常常看到他的诗、词、曲作品，书写现实题材，表达时代感慨，诗章意句氤氲着浓厚的古典韵味。那些作品的署名由两段构成，中间加一个圆点，作者显然是少数民族了。所用的词牌曲牌，也不是现今诗词作者多所使用的"清平乐""沁园春"一类，而是"玉芙蓉""捣练子"等，很是少见。这个人的作品看到得多了，我就记住了他的名字：道·李加拉。

　　道·李加拉是谁？我生活在巴音郭楞蒙古自治州，知道蒙古族人名的汉语称呼，与汉语人名的书写有明显区别，判断他是蒙古族人。在一次文化界人士的会议上，主持人介绍到会人员，指到一位眉毛浓重，面皮粗粝的中等个儿老者，说"这位是道·李加拉，知名的蒙古族诗人"。我就定睛多看了他一眼，记住了这位擅长诗、词、曲创作的人。会后，我和他的双手就握在一起了。他用不很流利的汉语和我说话，听起来有些吐字不真，听不明白的地方，他就用汉字写在纸上。他写的汉字有些笨拙，也须得仔细辨认。寒暄中他说："我喜欢汉民族的古典诗词曲赋，以那样的形式搞自己的创作，真是太难了。"

　　结识道·李加拉，我多了一位蒙古族文学朋友，也生出一个意念，想知道他何以喜欢汉语言古典诗词，痴情于以汉语言古典诗词的形式进行创作。这当然不啻是因为他许多很有水平的诗词曲作品留在我的印象中，还是因为和他初次遇见时，他汉语说得有些磕绊，汉字写得并不十分顺畅——他自小生长在天山深处的巴音布鲁克草原，受的是蒙古族人的生活和文化的熏陶，说的是蒙古族语言，后来才逐渐学会汉语说、写，但说话、写字的水平远不如汉族朋友——我所知所见所闻的这些，都促使我想走进他的心灵世界……

　　那天我去拜访道·李加拉。

　　走进他家客厅，我一眼瞥见一侧的小房子里有书架，心想该是他的书房了，就随他径直进去参观。一副写字台，一张单人床，窗户两边和对面门旁的墙壁上竖立着三副小书架，满当当地置放着书籍，只看书脊，就知道大都是汉文图书。我思忖：道·李加拉日常生活中多以蒙古语为交流工具，收存、使用的却多半是汉文书籍，联想到他的诗词创作，我似乎明白了一些缘由。——细看那些汉文书脊，有《楚辞》《古文观止》《先秦文学作品选》《诗词例话》《词曲概论》等，全是著名学者的论著。

　　他的蒙古文图书只占一部分。我问："你的蒙古文图书，有诗词创作方面的吗？"他说："没有。框架上部两层蒙古文图书，有的是政治读物，有的是文学作品。"又问："你的汉文藏书大概占几成？"他扫视了一下书架，说："八成以上吧，我的汉文书，就是我的本钱。"我理解，他说的"本钱"，是指诗词创作的参考用书。

　　介绍他的汉文图书，他好热情。我随意抽出几本一一翻看，每本的许多内页里都有划了线的句段，有的或上下页边，或左右页边，还有提示性的短语，或打勾、画圈的标志。想到他许多词曲作品的词牌曲牌都很少见，我又问他怎么把握词牌曲牌的格律。他打手势说："词牌曲牌知识的书，我有好几本，就是根据那里头说的琢磨。"即从书架上搜索

着拿出几本,有《实用词谱》《诗词韵律合编》《快速填词手册》《快速制曲手册》《元曲解读与创作》多种。我又随手翻阅,每一本都纸色发黄,封面、书页有明显的污渍,几本词曲工具书的硬壳封皮和内书也已开裂、脱离。可以想见,这些外观陈旧的书,他翻阅了无数遍。

他的家人已经沏好茶水,我们坐在客厅里聊说。

道·李加拉是土尔扈特蒙古族人的后裔,在巴音郭楞蒙古自治州二中上蒙文班时,就有汉语课。后来在焉耆县第四中学当校长,考入新疆维吾尔自治区党校干部培训班专门学汉语三年,汉语课中有古典文学的知识课和阅读课。他喜欢诗歌,用蒙古文创作时受著名诗人艾青诗歌的影响,就尝试用汉文写诗。他那时候写汉文诗,诗句直白,缺少诗意,就从托尔斯泰和毛泽东诗词里揣摩形象思维。接触了毛泽东诗词,那磅礴的气势,浓郁的诗味,很让他钦佩向往,又学着用诗词的形式抒发自己的感受。他最早仿写的律诗是《庆祝党的十六大》,四段三十二句,有点七律的味儿;还有一首《忆秦娥·神舟歌二首》,写的是中国神舟五号飞船首次载人成功飞行的题材。

说到这儿,我就想看看他这两首诗词处女作。他从沙发上起身,又走进书房,拿来一本《神州颂诗词书画集》,说:"写神舟的那首选到这本书里了。"

这是著名的古典文学学者霍松林主编,中国文联出版社出版的一部大型图书。道·李加拉替我查找出《忆秦娥·神舟歌二首》,我当即仔细读了,觉得很好,就随手抄录下来:"追玉兔,神舟射破千层雾。千层雾,红霞染透,暖风吹度。/巡天勇士游云路,长空万里凯歌赋。凯歌赋,人舟同返,风雨无阻。//神舟发,万山含笑人欢悦。人欢悦,大鹏开宇,彩虹追月。/愚公志气坚如铁,斩尽荆棘重攀越。重攀越,天晴日丽,史歌新页。"构思立意,选字遣词,成句用韵,融凝练、典雅、明朗、流畅于一体,自是不俗,堪称好词。

看一个人的创作,只读他一两篇作品,便可窥知"全豹"。道·李

加拉的这首神舟词，起点不低，与我读过的他的其他诗词作品比较，都具一种"雅"的感觉，同属好作品之列。也看出他的诗词创作，从开始到如今，水平一直保持在稳定的界面上。一位少数民族同志，一位土尔扈特蒙古族人的后裔，虽然汉语的口头表达并不那么顺畅明晰，说话时总借助大幅度的手势传达尚不到位的意思，但他对汉文字意词味的领悟把握，创作中汉语词汇的诗性运用，作品中透露出来的辞章修养，都渗透在了精细的思维里。他出手的诗词作品，诗意清朗，韵味隽美，他把汉语诗词的创作修炼到这样的程度，很少见，很难得。当地一位叫作潘天庆的老诗人写他"蒙文汉语本殊途，敢向苍龙夺骊珠。不恋乌纱恋风雅，巴音布鲁一龙驹"，很是恰当。

拜访时，应我愿望，道·李加拉把他收存在 U 盘里的诗词作品发送到我的电子邮箱里。2003 年以来的好些年时间里，他在乌鲁木齐、北京、广州以及巴音郭楞蒙古自治州的多家报刊，发表诗词曲作品 200 多首。词曲《一枝花·抒怀》概括了草原土尔扈特蒙古族人的生活变革与民族干部永远心贴群众和祖国的情怀："草原马背儿，生存的红运朝阳送，成长的锦帆风雨中，绮美的春梦架飞虹，永远对党精忠。大千万象虚怀总，时时心向东。甘同百姓生死偕同，誓与祖国兴亡与共。"在另一首词曲作品《叨叨令·迁居驰思》的最后一节，他在"儿时冷冻何曾忘，戗风冒雪迁毡帐""少年成长山村广，蓬门土屋眠温炕""中年潇洒青云上，安居公寓心胸亮"的回忆中，倾吐了自己的人生感慨和热衷诗词创作的痴情："鹤龄堪显风流况，投闲养老云楼敞。清吟朗咏童心痒，苍髯拂晓精神爽。尔雅的也么哥，尔雅的也么哥，痴情游览诗词网。"品读七律《巴音布鲁大草原做客》，使人真切地感受到巴音布鲁克草原民族风情的醇美，有如甘露沁心："天蓝水白树森森，牧草青青接雪岑。玉碗金杯雪莲酒，狂歌劲舞马头琴。奶茶野果香穹室，抓饭烤肉暖客心。绿野风光无限好，敖包相会友情深。"《东归赞》一诗写得大气傲天，很不寻常，其中的《安家欢》一节可谓震人心魄："可汗

— 144 —

东驰气慑熊，千军万马胜山洪。貔貅挡道魔烟毒，将士攻城战戟红。剑拔弩张还故国，月明焰熄绣穹窿。归程悲壮垂青史，忠义雄风荡碧空。"更有《念奴娇·渥巴锡汗塑像前》写得荡气回肠："挺身昂立，又横眉暗记，伏河遗恨。通察东归忠烈史，何惧熊罴凶狼！血浴冰川，颅抛绝地，英烈重堪问。天山遥屹，莫愁途远粮尽。/追溯三百年前，征腾铁骑，惊见寒山震。故国思儿明月朗，更促鬃扬蹄奋。牧草荣荣，天河漾漾，鬼杰雄心顺。马头琴响，永承先祖豪韵。"作为土尔扈特蒙古族人的后裔，道·李加拉"东归"题材的诗词颇具震撼人心的诗韵。他的诗词曲作品，更多的是对巴音郭楞蒙古自治州山水风情的赞颂，是热爱祖国、热爱人民心灵志向的抒发，其中许多美辞佳句，如珠似玉，令人爱怜。

诗词是人格的外化，道·李加拉的诗作折射了他的精神境界、文化素养、汉语能力和词艺才华。古人论诗，有"有韵则生，无韵则死；有韵则雅，无韵则俗；有韵则响，无韵则沉；有韵则远，无韵则局"之识。这里所说的韵，是气韵、神韵、意韵之谓。道·李加拉词律的韵味，无不飘逸从容，山河气象。从小学教师、中学校长到乡政府乡长、县政府副县长，再到局党组书记、州人大常委会副主任，道·李加拉历任多种领导职务，自有干部的政治素养在身，加上他退休前后数年间，倾心研习诗词曲赋养成的汉语文字功底，胸中翰墨便化为人生浓情，一首首耐读的古风古味的好作品就从笔下风生而出。他现在还担任巴音郭楞蒙古自治州老年作家协会副主席，仍然诗兴不减，常有新作。

道·李加拉也创作、发表了不少蒙古文自由诗，获得过"金马镫"蒙古文文学奖，而总体上仍是以诗词创作知名。熟知了道·李加拉的人生轨迹和创作，我再次与他交谈。说到他诗词创作最深刻的感受时，他说：这不但提升了自己蒙古文自由诗创作的形象性，增强了蒙古文诗作的诗化意境，更重要的是，自己在蒙古族、汉族文化的融合上做了一些实实在在的努力，他为此而备感欣慰。

道·李加拉的这句话说得好，也深深地印在了我的心扉里。

做客尼玛才仁家

我有一篇谈及土尔扈特蒙古族人文历史的文章，有一段评说土尔扈特蒙古族人东归事件的话语："和静县境土尔扈特部后裔聚居的山湖草原，因为这些丰厚的人文遗产，而显现出特别的历史分量。这种历史分量用'和静''新疆'都不足以称量，它是属于中华民族的，是世界级的人文遗产，只有用'中华民族'和'世界级'这样的砝码才能称量。"土尔扈特蒙古族人的后裔尼玛才仁看了，就一定约我去他家里做客。他说，那篇文章里对土尔扈特的蒙古族人文历史的评价，使他非常感动。

尼玛才仁是一位英俊的中年男子，偏分的头发很厚，脸庞清秀白皙，明显透露着蒙古族人的气质和特征。他不是天山草原上的牧人，而是巴音郭楞蒙古自治州人大办公室的副译审。他的名字挺有意思，尼玛的蒙古语意思是太阳，才仁的意思是永恒。永恒的太阳，多么吉祥美好！

那天，我是尼玛才仁家的主客。尼玛才仁还请来另外一对夫妻相陪，丈夫叫才仁加吾，是巴音郭楞蒙古自治州日报社的蒙古文记者，

妻子叫孟开，是巴音郭楞蒙古自治州师范学校的蒙古文老师。我心里说：都是土尔扈特蒙古族知识分子啊。进门刚刚入座，从里间步出一位精干秀气的女人，双手躬身递给我一碗浓茶，说："茶吾腾（请喝茶）！"尼玛才仁介绍说这是他的爱人，在巴州畜牧科研所做档案工作，名字叫欧云格尔乐。欧云格尔乐可人的微笑里散发着浓郁的贤惠气息。

在尼玛才仁家，我被当作尊贵的客人，深切地感受了这些土尔扈特蒙古族后裔们深重的情谊。

便宴就座，主人安排我坐的是正对门口的至尊位置。我不善饮酒，尼玛才仁说，无论如何要浅酌两杯的，不然他无法表达一怀盛情；他把第一杯迎宾酒尊敬又庄重地献给了我。手扒羊肉端上来了，盘中心那块最珍贵的胸叉肉是正对着我的，只有我才能首先享用；我用小刀削下一块用了，然后示意大家品尝。土尔扈特蒙古族人是善歌善舞的民族，餐厅里无法跳舞，大家就轮流给我唱歌：欧云格尔乐、孟开、才仁加吾分别唱了，唱的全是蒙古族民歌，唱一曲，就献我一杯酒；最后一曲是尼玛才仁和孟开并肩合唱的蒙古族长调，那悠扬、深情的旋律，不禁激起我对高山草原美丽风光和蒙古族牧人放牧歌谣的想象……

尼玛才仁的家庭便宴，完全是蒙古族人的礼仪风俗，两对蒙古族夫妻热心热肠，喜形于色，伴随着佳肴美酒，笑语阵阵，春风荡漾。酒是好酒，情意比酒更浓，菜是好菜，友谊比菜更香。同来的回族作家洪永祥禁不住也献上两首"回族花儿"。我是汉族，也不吝俗陋，唱了一曲不久前才学会的蒙古族的歌。

我在巴音郭楞蒙古自治州首府库尔勒居住多年，却是头一次在蒙古族人的家里做客。尼玛才仁夫妇和他们的朋友才仁加吾夫妇的衷肠，令我感动非常。在座的有蒙古族、有回族、有汉族，三个民族的新朋旧友，热乎乎地把酒说论，陶醉于蒙古族人文化风俗的氛围，我

觉得，这普普通通的家庭便宴，洋溢的是一股浓郁的民族友爱的情谊。

从大家且饮且叙的畅谈中，我知道了才仁加吾和孟开夫妇，以及欧云格尔乐在各自的宣传、教育、档案工作中，维护民族团结的意识是那么强烈。尤其是尼玛才仁，在他的蒙古语、汉语翻译工作中，合译了20多万字的汉文版《新疆农村干部"三个代表"重要思想学习教育读本》等多种政治教育文本，还独立翻译了《遥远的牧歌》《阿凡提》《白魂灵》等20多篇文学作品、歌剧剧本，其中，《阿凡提》《白魂灵》分别获得全国蒙古语电视节目译制作品一等奖、三等奖，并发表了多篇业务论文，在新疆维吾尔自治区民族翻译论文评选中多次获奖。他的翻译工作对于沟通汉族、蒙古族、维吾尔族等民族的思想文化成果，促进多民族的共同发展是多么重要，他的工作业绩又是那么丰富。两对蒙古族夫妇的工作虽然平凡，但他们都在勤勤恳恳的工作中，继承、发扬着土尔扈特蒙古族先祖们那种坚定不屈的追求民族向心力的精神。

在尼玛才仁家做客，尼玛才仁一句闲聊式的话语，深刻地冲击了我的心扉。当谈到蒙古族歌手腾格尔演唱的那首著名的《蒙古人》的时候，尼玛才仁说："那首歌我们蒙古人人人爱唱，越唱越觉得好。那首歌唱的是一种安宁、平静，把蒙古人的心都唱在一起了。"

尼玛才仁的话深深地触动了我，使我想起年轻的土尔扈特蒙古族东归领袖渥巴锡临终前的遗言："安分度日，勤奋耕田，繁衍牲畜，勿生事端，至盼至祷。"尼玛才仁闲聊式的话语与渥巴锡郑重的遗言一脉相承，灵魂同一。渥巴锡的心灵、精神，深邃地渗透在他的后裔的血脉中，后裔们如此忠诚地信守着他的恳切遗嘱，土尔扈特蒙古族人了不起啊！

这天在尼玛才仁家的闲聊说唱，不知不觉全都串在土尔扈特蒙古族人深厚的历史文化上，尼玛才仁家布设的虽然是一桌普通的便宴，

我却从中获得了更为充实的心灵滋养。也许正因如此，在便宴结束的时候，尼玛才仁和欧云格尔乐夫妇，终以蒙古族人最重最高的礼仪待我：从里屋间捧出一条洁白的哈达，恭敬地佩挂在我的肩身，给予我以纯洁、高贵、至尊、至美的祝福。这是我万万不曾料到的至遇。这天的至尊至遇，不啻是出于尼玛才仁个人和他的一家，我觉得那是土尔扈特蒙古族后裔们，对于热爱他们民族历史文化的一切人们的真情表露。我不禁吟咏出这样的诗句："身佩高洁圣丝条，汉客蒙家共妖娆。我欲因兹赋歌韵，天湖幽幽涌碧潮。"

来自圣彼得堡的维拉妈妈

　　我写的一组关于新疆绿洲的散文在报纸上连载，80 岁的维拉·米哈诺维娜·哈赫洛娃一篇不落地读。她收存了载有那些散文的报纸，又打听作者想见一见。原先，我并不知道库尔勒还有一位原名叫维拉·米哈诺维娜·哈赫洛娃，中国名字叫王月兰的老妈妈，不知道她为什么竟看重我的那些文字。她的故乡远在圣彼得堡，又是中国籍俄罗斯族公民，有此兴趣和愿望，我怎么能不主动看望老人呢？

　　在维拉·米哈诺维娜·哈赫洛娃的家里，老人拿出一个比杂志大些的相框让我看。那是她年轻时代的一帧黑白照片，相貌文静质朴，一条粗长的波纹辫子搭过前胸垂到腰部，另一条隐没在左肩的后面；身着无领短袖绸衫，胸前竖一排看似珠玉的白圆纽扣，纽扣上部挽一朵显眼的胸花，是典型的俄罗斯人特征。老妈妈年轻时很漂亮。

　　这是她唯一一张青年照，当时 26 岁。如今的维拉·米哈诺维娜·哈赫洛娃已满头白发，面部、脖颈皱纹如网，面容慈祥和善，神态雍容亲切。她是老了，但面庞却不失润白，蓝色的眼睛富有神采，言谈举止的开朗、干练出乎我的预料。

　　最初见面，老妈妈合手与我相握，十分热情地告诉我，她很喜欢我的那些文章，每一篇都一字一句读，读得很慢，一篇要读差不多一个小时。我也坦率地谈了我写那些文字的初衷，那是我对生活了多年的开都河和孔雀河流域广大绿洲上，人文历史、民族风情、社会风貌的深切情感的书写。

　　听我简单的叙说，老人十分动情，又好像触动了心事。她双手按在我的臂膀，凑近深情的面庞，在我左颊、右颊、额头亲切地轻轻相吻。这样的礼仪表示我是第一次遇到，看出老人对开都河和孔雀河流域的绿洲怀有一种别样的情结，她一时难以用语言表达，才用俄罗斯人的礼节对于写出了她的情结的作者表示感谢和厚爱。

　　老妈妈迎我走进她家的时候，丰盛的酒菜已经摆上圆桌。刚刚落座，老妈妈就用流利、标准的汉语问我："你能说维吾尔语、哈萨克语、蒙古语吗？能说的话，我可以随便用哪一种和你对话。"我说："涅特涅特，奥钦哈拉少妈妈！"（俄语：不会不会，妈妈真好）我说我都不会，但会一点儿俄语。老妈妈笑得脸像一朵花，改用俄语说："奥钦哈拉少！奥钦哈拉少！"（很好，很好）同座的人也都乐呵呵地笑了，大家都觉得非常有趣。

　　老妈妈不喝酒，只喝茶，却在在座的各人面前，各放了一小瓶北京二锅头。她端起茶碗，说一句开场的吉祥话，示意大家喝酒。直接端起小酒瓶喝酒，我有点迟疑，老妈妈就说："我们家就这样的习惯，这样挺好。"我很高兴，端起酒瓶说："老妈妈是俄罗斯人，我就用俄语唱一首歌吧！"我唱的是《我的祖国》。我的歌唱得不好，但在俄罗斯老妈妈面前用俄语唱，气氛就不一样了，大家一阵欢乐。我用俄语唱，引出了老妈妈的浓厚兴趣，她也说："你用俄语唱了，我也用俄语唱一首。"就站起身来，挪开椅子，唱著名的俄罗斯歌曲《喀秋莎》，边唱边舞，唱得非常纯熟地道。大家又是一阵欢呼。

　　席间，老妈妈畅谈她小时候在伊犁上汉语学校和与哈萨克人的交往

故事，畅谈她在焉耆参加土改和合作化运动时，向维吾尔族和蒙古族同事学习维吾尔语和蒙古语的故事。我这才明白了她汉语和中国多种少数民族语言说得非常熟练的因由。老妈妈出生九个多月的时候，父亲因病去世，母亲再嫁给在苏联的一位中国东北义勇军王姓战士。八岁时随继父和母亲经霍尔果斯移居伊犁，19岁时在焉耆县与山东人阎效华结婚。阎效华曾经在黄埔军校学工兵，抗日战争时期先后担任营长、团长，率部参加娘子关、台儿庄、忻口等战役，抗击日本侵略者。解放军进疆时他所在的国民党部队起义，新疆解放后受部队委派，参加新疆的地方工程建设。她也先后在焉耆县参加土改和合作化工作，在石河子市和焉耆县担任中学和幼儿园老师，直至54岁退休。成为中国籍公民，与中国人结婚成家，参加中国的社会主义建设，在中国成就她的生命里程，维拉·米哈诺维娜·哈赫洛娃对中国，对新疆，对她生活、工作过的地方，充满了挚爱之情。

老妈妈还谈土尔扈特部和和硕特部蒙古族人的东归，谈楼兰的消失、罗布人的迁徙、胡杨林的保护，谈开都河和孔雀河流域的水利建设和农业发展，谈库尔勒、焉耆等市县的城镇变革，谈北京、上海、承德、大连……都让我很感动，很感慨。老妈妈说，她的俄罗斯名字维拉·米哈诺维娜·哈赫洛娃叫起来太长，就按照中国人的姓名习惯，依据"维拉"的读音，起了一个"王月兰"的中国名字。一个俄罗斯人把自己的异国人生融于中国的土地山水，把自己的生命履历融于中国的建设事业，把自己的情感精神融于中国的人文自然，都让我真切感到老妈妈浓厚的中国情结。

谈起去世的丈夫阎效华，老妈妈满含深情，眼睛湿了。老阎曾经在乌库公路（乌鲁木齐至库尔勒）、铁门关水库、大西海子水库等工程建设中，担任行政领导，很有社会声誉。在维拉妈妈的卧室，她的床铺上方的墙壁上，依次悬挂着老阎与她携手在林间散步和其他场景的放大照片；房间另一头老阎生前的卧床，仍然保持原样，只是在床铺靠墙的中

央位置，增添了一个装有彩色放大照片的相框，是老妈妈在旅顺口海边石碑前的留影。老妈妈把这个相框置放在这里，床铺一头又叠摞着每天读过的《库尔勒晚报》，意思是自己总是在陪伴着老阎，总让老阎每天都能看到新到的《库尔勒晚报》。房间的一物一件依然保留她和丈夫共同生活的原貌。老妈妈一直怀恋着老阎，怀恋着老阎生前在新疆这块热土上热诚工作的岁月和建设边疆的情愫。

"中国是我的第二故乡，库尔勒是我第二故乡的家。"在和老妈妈的叙谈中，她这句凝结了几十年心灵情思的话语深深地镌刻在我的心里了。老妈妈听说结集我那组散文的新书即将出版，兴奋地说："你的书印出来了我一定要去新华书店买上一本，以后再读就方便多了。"我说："维拉妈妈，到时候我一定赠送你一本！"

聆听维吾尔族的赛乃姆

身居绿洲城市，居室之外就是孔雀河平静安详的水色波光。静下心来的时候，喜欢一边欣赏孔雀河的风光，一边欣赏以著名的《十二木卡姆》为基本旋律的多种维吾尔族的乐曲。这些仿佛附着新疆山河与民族风情的美乐，是拨动我心灵之弦的艺术天籁，是滋养我心灵情绪的琼浆玉液，总给我一种情绪的陶醉，让我的灵魂在空灵的艺术境界里飘扬起来。

可惜的是，很长时间我对钟爱的维吾尔族的音乐，只是停留在一般的欣赏层次，未能走出一步，走进维吾尔人的音乐情怀。当我意识到养育我的新疆大地同时养育着维吾尔族人的音乐文化的时候，我就决意要将我的心灵情绪的小溪，汇入维吾尔族音乐的大河，去感知维吾尔族人博大的心灵世界和丰美的情感之海。

我把库尔勒绿洲整个儿装在心里，把哺育库尔勒绿洲的孔雀河整个儿装在心里，也把绿洲一样丰茂、孔雀河一样流动不息的一河两岸的维吾尔族的"赛乃姆"装在了心里……

引领我走近赛乃姆的，是对当地维吾尔族的民间音乐怀有一腔痴情

的文化艺术工作者买买提·乃孜尔。他的足迹遍布库尔勒绿洲的农村，熟知每一位有名气的维吾尔族民间赛乃姆歌手。

买买提·乃孜尔精瘦健朗，鼻梁高挺，面目和善，是典型的维吾尔族相貌。60多岁的老人看上去仿佛50开外。我猜想他年轻的时候一定是一位英俊帅气的小伙子。谈起维吾尔族民间音乐，他胸有成竹的言语里透露出一股执着的深情。他俯身桌上，给我留下他的姓名和电话号码。他的姓名用维吾尔文书写，点点弯弯的笔画从右到左，写得流畅、工整，平直的一行文字像印刷体一样。电话号码那阿拉伯数字落笔即来，均匀刚劲，像美术字一样极富个性。只看他的简单书写，我大致判知，他是一位干练利索、颇有素养的知识型人才。

我随他在他书房翻检资料的所见所感，果然证实了我的判断。厚厚的几摞牛皮纸档案袋里，装满手写的各种民间音乐资料，几本纸色发黄的笔记本全是他整理的维吾尔文赛乃姆，一个附有目录页的报刊文章剪贴本，规规整整地粘贴着70多篇文章，全是他撰写的关于当地维吾尔族民间音乐的论文和其他文章。这些精心收存的原始音乐文化资料，足以证明买买提·乃孜尔是一位了不起的维吾尔族民间音乐人。

在详细的交谈中，我得知买买提·乃孜尔在歌舞团工作了40个年头。当演员的时候，他参加演出的话剧、歌舞等大小节目500多个，创作、上演的话剧、歌舞剧等大小作品20多个。后来转为专业创作，潜心挖掘、整理维吾尔族民间音乐，走遍了库尔勒、尉犁、轮台等地的村村镇镇。他熟知库尔勒地区13代52位、轮台地区7代35位赛乃姆民间艺人，录音搜集的民间赛乃姆，光库尔勒地区就有35个套曲，140个单曲，800多段歌词。我实在庆幸能够结识买买提·乃孜尔，庆幸他当我的向导和翻译，带领我去维吾尔族居住的农村，拜访有名气的民间歌手。

随从买买提·乃孜尔的引导和介绍，我有幸观赏了库尔勒地区的赛乃姆演唱和轮台地区群众性的麦西来甫活动。"赛乃姆"就是歌谣、歌

曲的意思，而麦西来甫则是众多的人且歌且舞的一种集体歌舞娱乐活动。

和什力克乡的83岁维吾尔族民间歌手热西丁·吐尔迪，在乡文化站专门为我演唱了这样一曲赛乃姆：

> 哈吆哎咳，哈吆哎咳，/我的歌该唱给谁听？/我的歌该唱给阿依古丽，/阿依古丽捂着嘴脑腆微笑。//你的牙齿白得像羊脂玉，/你的眼睛水灵灵像黑宝石，/你的歌声比丝弦声还滑润，/你的美丽像火燃烧我的心。

显然这是一段爱情歌。热西丁·吐尔迪戴一顶浅绿色纹路的小花帽，脸庞古铜色一般，额头上雕刻一样布排着均匀的皱纹，眼睛明亮有神，喉音浑厚纯净。他坐在四方木椅上，粗厚的手举起手鼓，先是无伴奏地清唱几句，似乎是序歌，接着，咚咚、咚咚地开始伴奏，暴着青筋的大手打起节奏来又灵活又敏捷。他唱得娴熟自然，我感觉那歌词、曲调像说话一样随口而出，显然是早已融化在心。我仔细分辨他独唱的节奏，先是4/4的节拍，再是2/4的节拍，最后是1/4的节拍。仅此一曲，我已经感觉到了维吾尔族民间赛乃姆韵律的多变和丰富。

在和什力克乡采风，我知道了这里有名的维吾尔族民间歌手有12位，9位都是上了年纪的老人，比较年轻的有3人。而口头记忆赛乃姆最多、唱得最好的老歌手，是79岁的哈力克·艾依提老人。哈力克·艾依提身躯高大，面容慈祥，因为我和买买提·乃孜尔的到来，高兴得像过节一样，一定要在院子的葡萄架下举行一个小型的家庭赛乃姆演唱会。哈力克·艾依提招呼来他的72岁洋杠子（老婆）以及他们的儿媳妇和五六岁的小孙女，热情地展臂旋转，相互逗趣，跳起了维吾尔族舞。哈力克·艾依提坐在院子的凉床上，手持长秆子的都塔尔（双弦琴），一边弹奏一边唱：

> 绿洲相连，瀚海宽广，/这里是祖祖辈辈生活的地方。/白杨相

连，原野宽广，/这里是维吾尔族生活的地方。/小伙子塔依尔一样俊美强壮，/姑娘们佐赫拉一样美丽漂亮。/雄鹰展翅驾着吉祥飞来，/百灵鸣啭乘着幸福飞来，/家乡建设得繁荣兴旺，/同心携手装点绿洲天堂。

我也情不自禁地加入了舞蹈的行列，我的维吾尔族舞动作生疏笨拙，引得众人咧嘴嬉笑。哈力克·艾依提的洋杠子，活泼不减当年，很是开朗大方，笑容可掬地专意同我对舞，葡萄架下的歌舞演唱就平添了一阵热闹。她叫阿瓦罕，22 岁时和哈力克·艾依提结婚，喜欢的就是哈力克·艾依提的唱歌才能。哈力克·艾依提唱的这首歌，后来翻译出来我才知道，是他从新编的一本歌曲集里学会的。

库尔勒地区维吾尔族赛乃姆已经传唱了 13 代，和什力克乡传唱了7 代，大约有七八百年历史。哈力克·艾依提、热西丁·吐尔迪是和什力克乡的第六代传唱人。他们演唱的库尔勒赛乃姆，是整个新疆赛乃姆形式中具有"库尔勒特色"的一种，大致有两种母体：一种是以十二木卡姆曲调中的某些片段为母本演变而成，一种是本地民间歌手的自由创作被大家接受、认可而流传下来。两种母本派生的库尔勒赛乃姆在长期的流传中，形成 35 种套曲，每一种套曲有三至六个变异曲调，总起来所有曲调大约就有一百四五十种。每一种唱法的歌词都有一些变化，或者六段、八段、十段，合起来就有 1000 多段。这样的赛乃姆段子，一般配以都塔尔、弹拨尔（五弦琴）、达甫（手鼓）演唱，有条件的也配以扬琴演唱。

赛乃姆，维吾尔语是漂亮公主、美女、偶像的意思。维吾尔族民间将歌谣以"赛乃姆"命名，意思是这是最动听的音乐。库尔勒赛乃姆歌词，在旧社会有诉苦、爱情、道德、友善、反抗压迫、希望幸福等内容；在新社会，随着时代的发展、变迁，又产生了许多歌颂共产党、歌颂社会主义、歌颂好政策、歌颂致富劳动、歌颂团结友爱等新内容。

对比赛乃姆演唱，这里地域特色的麦西来甫更加热闹，更有意思。

从买买提·乃孜尔的介绍中，我知道这里的麦西来甫共有 11 种形式，合计 200 多段歌词。我也有幸观赏了其中的麦苗麦西来甫和苞谷麦西来甫。

麦苗麦西来甫是冬天里的家庭娱乐。冬天里绿色凋零，维吾尔族人家喜欢用盛水的小盘小碟养育麦苗、蒜苗，置于屋内窗台、茶几，那葱郁嫩绿的苗子就为干枯单调的冬天，增添了几分盎然的春意。冬天是农闲时节，主人往往邀来左邻右舍，以一两盘翠生生的麦苗、蒜苗作道具，用麦苗麦西来甫的形式享受生活的温馨。首先备一大盘，盘用布料铺衬，一头置放盛着麦苗或蒜苗的碟盘，一头置放一碗新泡的浓茶。这特别的娱乐道具充盈着庄重、喜悦、热烈的味道。客人到齐以后，确定好弹奏都塔尔、弹拨尔、达甫的乐手，男主人或女主人热情地说几句诗歌一样的开场白，就双手端起那盛着绿苗和香茶的盘子，自己先唱一曲赛乃姆，歌唱中恭敬地将盘子托向在座的某一位——往往是男对女，或者女对男——示意对方接过盘子继续接唱。这时候，对方往往故意不接，随机应变地唱一两句提问式的赛乃姆歌词，示意托盘的主人用歌唱对答。主人就得随机应变地也用赛乃姆对唱回答。比如，就有这样的唱词：

> 我们家乡连小鸟都迷恋不舍，/你要是能回答我就为你牵马回家！//我们家乡香梨脆得像一包水，/青紫葡萄年年结成牛奶头串儿。

> 你知道我最喜欢看的是什么？/你知道我最喜欢听的是什么？//我知道你最喜欢看的是年轻姑娘，/我知道你最喜欢听的是她的歌声。

几番对唱之后，被邀请的对象才接过盘子，然后开始新一轮演唱，第二位演唱者在演唱中又把目标盯在另一位身上。如此类推，一段赛乃姆对唱又一段赛乃姆对唱，烧着火炉、弥漫着都塔尔、弹拨尔、达甫热

烈乐声的屋子，就喜气洋洋，热闹非凡。

苞谷麦西来甫也是冬天里进行的一种麦西来甫娱乐。主家邀来远远近近几十位甚至上百位男女乡亲，或院子或里屋选一个场子，众人围坐一圈，身后堆一圈带皮的苞谷棒子，中间空出一块跳舞的地方，苞谷麦西来甫就可以举行。主人约定一位能说会道的主持人，说几句临时发挥的逗人发笑的开场白，苞谷麦西来甫就开始了。有人奏乐，有人跳舞，跳舞的总是一对又一对自个儿相互约请的男女，年老年轻不论，各人尽现自个儿或庄或谐的舞蹈动作。围坐一圈的人则是笑呵呵地一边观赏、逗趣，一边手里剥苞谷不停。苞谷麦西来甫是一种将剥苞谷劳动寓于赛乃姆演唱和麦西来甫表演的双重性质的娱乐，一个家庭秋天里收获的全部苞谷棒子，一场苞谷麦西来甫就剥得一个不剩。一家苞谷麦西来甫接一家苞谷麦西来甫，整个冬天里家家收获的苞谷棒子，就这样在欢欢乐乐的赛乃姆演唱和麦西来甫表演中，不知不觉地全部剥完，装了麻袋装了屯。维吾尔族人的劳动如此富有趣味地融入欢乐的歌舞娱乐中，维吾尔族人的乐观风趣，维吾尔族农村的祥和生活，充溢着浓郁的音乐文化氛围。

维吾尔族音乐文化令我深深地钟爱了。我虽然没有唱歌的才能，没有奏乐的技艺，但维吾尔民族乡土音乐的优美旋律，馥郁芬芳地在我的心海里飞荡，在我的血液里奔流。我经常能够聆听到具有库尔勒特点的赛乃姆，经常能够接触到富有这块绿洲特色的麦西来甫。在我的体悟里，流经绿洲的孔雀河养育了绿洲的粮棉瓜果菜，养育了绿洲的人畜鸡鸭羊，孔雀河托起了绿洲的物质生活，也托起了绿洲的精神文化。库尔勒赛乃姆和库尔勒麦西来甫是绿洲众多的维吾尔族人的精神之河，文化之河。

维吾尔族人多彩的地域性赛乃姆和麦西来甫，千百年来口传身授，如此丰富绚丽，大量以原生态方式在民间流传。这是这些年来我在孔雀河畔，在库尔勒绿洲生活的深切感受。

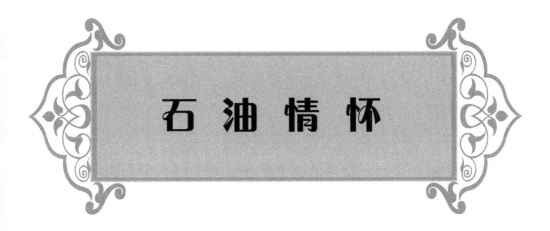

石油情怀

墓碑挺立着希冀

  天山南麓面临塔里木盆地的库鲁克达山，像一条顶天横亘的巨蟒，灰幽幽矗立着我缱绻于心的思念。来到库鲁克达山下的吐格尔明沟，我抑制不住感情的律动，一声声切切呼唤：鲁——晶！鲁——晶！

  绵延不绝的山崖，空空地震荡着我的回音——不，那是山崖同我一起的呼喊呀！可是鲁晶不应，只有巍峨深幽的山峦同我默默相对。那从地层深处隆起，而凝定在蓝天之下的每一座山头，显示着久远年代古老地层累摞压叠的纹理，犹如老人布满皱纹的额头；虽然风剥雨蚀，山裂石断，而横横斜斜、曲曲折折的地质层线，依然清楚地勾勒着山体的奇诡苍雄。呼唤鲁晶，鲁晶不应，我却发现，那一座座显示着地层纹理的山峦原来都是"鲁晶"两字的立体凝固！

  是的，吐格尔明沟的重重山峦，就是那个平凡而令人怀恋的石油人的化身——他默默地注视着塔里木广袤的大戈壁，和塔里木怀抱的塔克拉玛干无际的大沙海……

  带着一个铺盖卷，一包地质书，还有一颗自愿奔赴塔里木的赤子心——他来到渺无人迹、山石破落的库鲁克达山区，在山坳里支起帐篷，在峰岭间日夜奔波。手中的地质锤叩遍每一处山岩，各色的岩块盛满了标本箱，一页页蘸着风尘，和着汗水写成的地质记录，装订起他年轻的人生和蓬勃的志向。酷暑七月，烈日喷射毒火，山岩烫似烙铁，又一次远征山野的考察即将完成，却惊喜地发现了一带令人振奋的地质露头。"再干一天，带回一个实实在在的考察成果！"他在心里默默地下着决心。可是，水壶已经见底，又没有可以咀嚼的半根草茎，他一口口吞咽着干燥的热气，依然在山窝里奔波巡查。他想摔掉那个斜挎肩头的无用的行军水壶，忽然又珍重起来——用它收取自己的尿液！闭上双眼，凝固所有的感觉，他分次吞咽着偌大的山壑里独有的一点淡黄的液体——虽然苦涩至极，然而腹腔里毕竟有了些许的湿润……后来，他便在自己拼过劲、喝过尿，也因此而获得发现的吐格尔明沟，在吐格尔明沟令他兴奋得跌过跤的山坡头，在山坡头那条断裂了的非常重要的岩缝里，牢牢地插上了背篓里汗水浸湿了的小红旗；后来，吐格尔明沟一带便发现了伊奇克里克油矿，伊奇克里克的钻机声和黑石油散发的芳香味，日日夜夜缭绕着那面不起眼的三角旗；再后来……

在吐格尔明沟探访，我听到一桩鲁晶当年令人心酸的轶事——远在美国的哥哥出差归京城，鲁晶告假借钱，赴京会见。哥哥问他生活怎样，他闭口不谈政治上的重压，心里挺立着吐格尔明沟岩峰上的小红旗，只说"我很好"；哥哥问他缺少什么？他绝口不说借钱赴京，心里浮动着辽阔的塔里木和塔里木怀抱的塔克拉玛干，只说"我什么都有"。咀嚼着苦涩的泪水，他告别哥哥，回到他甘心地拼过劲、喝过尿，兴奋地跌过跤、插过旗，也酸楚地挨过批、受过屈的吐格尔明沟，陪伴着那面不曾歪倒的小红旗……历史的浊尘散去的时候，担任油矿地质职务的鲁晶，带着新一批学生去吐格尔明沟实习。20年的寒暑风雨，那面与历史同在的小红旗褪色发白，历历在目，残破的旗角依然深情地依抚着坍塌的山石。百感交集，情思绵绵，他抖颤着双手，和泪收取依然浸透着汗渍的旗帜，把那段难以忘怀的岁月和不曾泯灭的追求永存心

灵，永志不忘……

回味往事，我心潮难平。想在吐格尔明沟寻觅鲁晶走过的足迹，可是，除了伊奇克里克的遗貌，一切都被历史的风沙掩埋。我只在"老石油"的心碑上，看到了鲁晶没有来得及论证的轮南和东河塘地区可能储存油藏的地质论文——他是带着未竟的夙愿和不忍割舍的向往走的。在库鲁克达山前的戈壁上，我找到了一块荒冢和墓碑，荒冢覆盖着鲁晶的骨灰，墓碑挺立着鲁晶的希冀——绝症夺去了鲁晶灼灼燃烧的生命，鲁晶只说：把我的骨灰带回塔里木，我要看到塔里木升起"黑太阳"的未来……

吐格尔明沟归来，我的心头久久飘拂着鲁晶插在山坡头的那面三角形的小红旗……

西部凹陷地

　　我伫立在凹凸版中国地图前，凝视着天山山脉和昆仑山山脉框围着的巨大的沙漠盆地。塔里木，这片赭黄色的西部凹陷地，那环绕它的连接且末、和田、喀什、库车和库尔勒的公路线，宛若红色的宝石项链，串起我长长的深思……

　　列车负载着庞大的钻具、设备，负载着石油人咚咚跳动的心和闪烁光亮的梦，向塔里木开进。

　　我的同伴来自四川盆地，来自山东半岛，来自华北，来自中原。一支支队伍，一支支强悍的劲旅，浩浩荡荡，风尘仆仆，云集塔里木，汇聚成气势磅礴的石油会战大军，向塔克拉玛干沙海进军——

　　沙海里，我们向新的井位进发。在灼烫的沙地上，推土机的大轮胎发出火辣辣的橡胶味，一寸寸铲平沙丘，翻越一座座高峻的沙山，我们一寸寸向前挺进。恶魔般的灼热拖得我们筋疲力尽，我们的脚下却劈开一条通向"死亡之海"腹地的通道。突然，沙暴迎面扑来，飞卷而起的沙粒暴雨般倾盆而下，干热的沙尘呛得我们难以呼吸。昏黄包围了我们，四五步以外看不清同伴的身影，看不清负载着飞机跑道钢板的特种车。我们爬在沙地，用不屈的脊梁抵御着狂风的击打和飞沙的扑压……

沙暴过后我们每个人的身躯都变成了沙丘。我们像埋伏的士兵纷纷窜地而起，抖翻背上的沙堆，诙谐地互相嬉笑："看你这个沙鬼！"

我们又迈开铁脚前进了，用满是血泡的双手和肩膀，把飞机跑道钢板卸在沙海深处的井场。当双水獭飞机神鹰般在钢板跑道上徐徐降落的时候，我们来不及爬出鸭绒睡袋，像皮球一样，囫囵地跳跃着，欢呼我们艰难的胜利……

而今，在荒漠莽原，在沙漠腹地，井位广布，钻塔耸天，一架架雄伟的钻机压在上千平方千米的含油构造上，开始震撼沙海、震撼地层的隆隆钻探。

毫无遮掩、无限辽阔的沙漠旷野上，巨人般的井架群，巍巍挺立着我们雄壮的追求，波涛般的沙丘，像盖着臃肿的黄色棉被，纹丝不动地匍匐着，失去了亿万年孤独的高傲。

我站在钻井平台上，操持着刹把。直刺蓝天的钻塔，像高高宣誓的巨大手臂，"死亡之海"毫无生气的寂寞气氛，在隆隆轰鸣的钻探声中逃遁了，代之而起的是热气腾腾、忙碌喧闹的现代化钻探的壮阔阵容。

钻机飞旋，旋转着我手中凝重的催促……

泥浆涌动，涌流着我浑身不尽的张力……

一条平伸的喷油管，连接在钻机腹腔下的封井器上，像长长的臂膀，昭示着心灵深处的关注——这是沙海数千米地层下的石油冲破厚重的地壳，沐浴阳光的大地之门。

钻塔微微震动着，钻头已进入目的层。突然，一股黑色的油箭从封井器的平管刺射而出，我们一下子惊呆了，随即泪花涌流，呼喊起来，欢跳起来！

喷射的黑色原油在清新的空气里，在明丽的阳光下，轻捷地自由自

在地呼吼着，聚成黑色的瀑布，跌落在土油池里，染黑了滋润了苍白而干涸的塔克拉玛干的沙丘。

或许是朝阳初升的时刻，霞光映照下，油流红盈盈的好看。这位让我们企盼已久的贵妇人，一露面就是一身彩虹般的打扮！

一口口超深井，就是这样喷出了我们石油城的构思……

梦寻胡杨

这是一帧放大了的加塑彩照：两株粗壮而挺直的胡杨，天柱般并立沙梁，浅黄色的沙地上，裸露着形如钢筋的根杈和断裂着杈口的残枝；胡杨躯干的大特写雄踞画面中央，极富力度地擎举着繁密茂盛的树冠。你，乌黑的秀发披散在信号服着装的肩头，洋溢着青春活力，满含兴致地依偎着胡杨，清丽的面庞充溢着自豪与满足。你说，彩照是你梦寻历程的小结，跨入新天地的记载。

这刚柔相济的情照，胡杨的古老与人物的崭新，是那么和谐地融为一体。听罢你的叙说，我才幡然明悟，它并非一般的西部荒漠风情的留念，而是深含着主人挚著寻觅的情愿！

当你把朝霞一般追求未来的憧憬，播植在石油大学院圃的时候，你就立志做一株真正的"胡杨"。胡杨是荒漠里的绿色生命之王，顽强、坚韧，不避环境的恶劣与寂寞，敢与风沙和干旱抗争，每一寸枝干的延伸，每一枚叶片的轮回，无不经过不屈不挠的奋斗。它抛弃了一切脆弱与纤柔，用坚不可摧的强悍，铸造令人景慕的阳刚气度。它选择西部这广袤而烈性十足的土地，而西部寥廓壮远的漠野，又慷慨地赋予它以昭示奋争与奉献的热土——这壮怀激烈的双向选择，就创造了轰轰烈烈的生命价值之歌。而今，从梦寻到获得，你终于与胡杨拥抱了，终于与养育胡杨的厚土拥抱了。

求索路漫漫，而获得一瞬间。千里跋涉之后，日思夜想的梦幻竟如此快地变为现实——呈现在你面前的是如火如荼，激荡人心的大场面：望不尽的戈壁沙丘上，广布着望不尽的胡杨群，苍老的身躯粗肥沉厚，仿佛扭裂一般粗糙；枝干蜿蜒细瘦，曲折如虬龙横空；而叶冠疏谨，股枝突兀；一株株遒劲苍奇，古雄老重，连成气势磅礴的阵容。就在这古意苍茫的地方，一挺挺钻塔刺破寂寥的夜空，气度昂然地兀立着，钻杆飞旋，机声隆隆，一场旷古未有的石油大会战闹腾着一个极为诱人的远景。

在这样的雄壮里，你发现胡杨与钻塔那么相似地挺立着你所追求的性格与精神。你扑进这古今融合，新旧交织的氛围，颇感历史与现实的厚重，开拓与创造的急迫。你穿越胡杨林，来到这宏伟的石油钻探的井场。黄的盔帽，红的信号服，黑的筒靴——登上钻井平台，你加入会战者英武拼斗的行列，把理想、信念交给钻头，在三叠系、石炭系，甚至更深的奥陶系执着地探求。

多么幸运啊，在你开启新的人生的第一个黎明，探井就奉献出凝聚着希望的含油岩芯；不久，强大的油气流就涌涌喷泻，酣畅地冲射出你从未有过的兴奋与喜悦。意念里，曾经设计的似乎清晰却又朦胧的人生价值，在这里变得实实在在、真真切切。在遥远、苍凉、渺无人踪的天涯之地，用汗水、心血，用知识、智慧雕塑现代化大石油的立体蓝图，犹如勇敢的胡杨建树荒漠生命的奇迹，你才真正懂得了崇高、伟大、骄傲与幸福！

从"老地质"那儿，你听到了30年前，为这一带地质勘探献出生命的年轻大学生感人肺腑的故事，和30年后穿越塔克拉玛干沙漠的地质勇士的奇迹。历史与现实的触发，自然与人生的联想，竟使你诗情涌

动，你吟诵着一首充满鲜活生气的"胡杨诗"："活着，一千年葱绿，死后，一千年挺立，纵然倒下，一千年不朽!"

你把这铿锵如钢的诗句，写在那张照片上，作为画面的注脚。你说：两株胡杨并立，一株象征人生，一株象征事业。

哦，这塔里木大地上灼灼燃烧的诗情啊……

古荒漠地的裂变

坦荡的塔克拉玛干大沙漠，静静地躺在塔里木的怀抱，硕大而神秘。传说在沙海深处，有一个用金砖银砖砌成城墙，用珍珠宝石装扮屋舍，树结金果银果，地铺金银元宝的城堡。忽然一天，黑风骤起，连刮七七四十九天，这座珠宝城被黄沙掩埋。从此，沙海深处成了人们梦寐以求的希望之地。可是，黄沙茫茫，恶风暴戾，期求希望的人们每每被风沙酷旱所困，寻求财宝终难如愿。漫漫沙海留给人们的是一个充满诱惑的美丽之谜。

1989 年春天，石油钻探的主力队伍风风火火地开进塔里木，把一挺挺雄伟的钻塔从盆地北缘延伸到塔克拉玛干沙漠腹地，塔里木和它的塔克拉玛干闹腾起红红火火的石油勘探开发大会战，一个又一个新的油气田，生机勃勃地崛起在苍苍茫茫的古荒漠地。

广袤的塔里木升腾起一团团映红天宇的地心之火！

英雄的石油汉子，用穿透地层的钢钻，破译了塔克拉玛干真正诱人的希望之谜！

地球的造山运动，铸造了塔里木和它的塔克拉玛干。塔里木和它的

塔克拉玛干又孕育了贵比金银的石油天然气资源。我们这片古老的国土，默默地积攒着一笔丰厚的民族遗产，执着地守候着华夏文明的振翅奋飞。塔里木的戈壁是荒凉的，它的塔克拉玛干沙漠更为严酷。正因为荒凉、严酷，才会有人们希冀的诱人之谜，也才更需要用智慧和奋斗去搏击艰难和险阻。而这片还保持着原始面目的土地，终于期盼到了洋溢着勃勃生机的改革开放新时代，期盼到了民族创造现代化大业的拼搏精神得以尽情发挥的好时期。

塔里木是一个大磁场，吸引有志之士大展宏图，尽显其能。塔克拉玛干有一轮找油人的太阳，找油人的心灵之花向着这轮太阳绽放。

找油人说：塔里木只有荒凉的沙漠，没有荒凉的人生，奋战和进击是我们生命的力度，我们在最荒凉的地方创造最丰满的事业；我们扛在肩上的钻杆，横起来，是破折号，把开拓对准荒凉，竖起来，是惊叹号，把地层下的油海引渡给蓝天。

一位平台经理在井场上用针灸消除繁重的强体力劳顿，夜以继日、舍身忘己地猛干。一位司钻搬运钻机时意外砸断一截手指，却嫌断肢再植太浪费时间，横心将盛着断指的药瓶摔掉，只做缝合包扎，尽快重返井场。一位患鼻咽癌的钻井助理工程师，执意舍家别妻，奔赴塔里木的戈壁大漠——别人来到这里，是为了轰轰烈烈地活，他到这里，却为了轰轰烈烈地死；死神扼住他的咽喉，他却不松手对事业的追求，以此来实现人生壮丽的诀别，来称量有限生命的最大值，来造就一份洗涤灵魂的遗产……

石油是热，是力，是能，石油人的心灵境界何尝不是另一种热，另一种力，另一种能——我们的民族精神，在塔里木和它的塔克拉玛干，在古荒漠地这样自然生命的绝域里，发生了惊人的裂变。塔里木和它的塔克拉玛干不光有石油；一踏上这块土地，你就会被一种久违了的东西所包围，那是一种气氛、一种情绪、一种秩序、一种魅力、一种最美好的感情、一种最崇高的精神……

荒凉的塔里木不荒凉了，寂寞的塔克拉玛干不寂寞了。一幅幅挺入云霄的钻塔，从盆地北缘广阔的戈壁，向浩浩渺渺的塔克拉玛干腹地大踏步迈进。石油勘探开发者被称为大漠巨人、瀚海精魂，这位巨人，这个精魂，在亿万斯年的生命绝域里，开掘出一眼眼喷涌油气、洋溢生命活力的财富之泉——英买一井、轮南二井、塔中四井……千百口油井起名了；轮南油田、东河塘油田、塔中四油田……一个个新型的油田诞生了；集输站、油罐群、沙漠路……看不尽石油城的恢宏壮观，描不尽开拓者的高昂气概！每一个油田，每一口油井，每一个工作点，都以其活生生的面目获得了活生生的名字。石油人在这片亘古荒凉的原始空白里，建造出了新时代的辉煌。

塔里木和它的塔克拉玛干不再神秘。这片苍凉的古海，正在变成新时代的壮美油田。英勇的石油人在这里描绘着希望的蓝图，也进行着一场华夏精神的造山运动——这里崛起的壮丽蓝图和精神巅峰，其实才是真正的金银财宝，真正的希望所在。

探访克拉尔

从茫茫的大戈壁远远望去，顶着蓝天的天山雪峰下，一抹灰蒙蒙的山恋横在大戈壁的尽头，那里就是克拉尔。

克拉尔流淌着一条河，维吾尔族人叫它"克拉河"。"克拉"就是黑油。河不甚大，有黑色的涓涓溪流注入，小河名字便是"黑色的河"了。维吾尔族人叫它时，那个"拉"字的发音响亮，后音拖得稍长，像带着"尔"字的卷舌音。

这块没有名字的地域，荒凉得没有一根草，没有一棵树，没有飞鸟的影子，没有野兽的踪迹。一年又一年只有烈日的暴晒与酷寒的浇袭随季节转换，除此而外就是恶风恶雨年复一年地席卷冲刷，侵蚀劫掠。

终于有了"克拉尔"的地名，是后来的事。山里有黑色的油水溢流，透露了地下的信息。开来钻探队伍，进行超深钻探，就探出了高产天然气。原来，这里是一个大气田啊，大气田的名声大震，就用"克拉尔"命名了。

我来探访克拉尔，穿越寂寥的大戈壁，走到的竟是昔日的无人区。

克拉尔，你为什么生在这里？

走近你，原来用"荒凉"二字，还不足以描述你的地理面貌。

这里的山壑沟岔，怪丘连绵，断崖诡危，岭峰山头犹如虎视眈眈的雄狮虎豹，层层叠叠仿佛神话中的鬼蜮世界。描述你处身的环境，用"险恶"这样的字眼甚是恰切。

你是多么宝贵的财富啊，然而你默默无语，甘于寂寞，在厚重的地层深处修炼自身，保持自身。现在，你终于被发现，终于有了一个辉煌的名字，你熬过了多么漫长的岁月！

我猜度遥远时代的你……

一定是地层的剧烈腾簸，使岩浆横溢，气浪灼空，山崩地裂，恶山突起。那异常的地质骤变，将你隐埋在数千米地层的深处。或许那是一瞬间的事情，大地突然开裂旋转，地下的岩浆大面积顶破地面，夹裹着破裂的岩层升腾起来。被抬升的岩层怪模怪样地忽悠悠耸立于地，而地面上苍苍浓郁的森林般的生命，却陷落进开裂的巨大豁口，被深深地挤压在地层之下。

当这地质的腾簸平静下来的时候，新的制造就固定了，蕴涵着巨大生命力的你，就被阻绝了阳光的照耀，曾经郁郁苍苍的生命再也见不到星月变换和云彩霞霓，你与这个充满生机的世界就绝对地隔阻了。

而地表上山秃岭怪，野风肆虐，没有生命的气息，只有沉沉的死寂。

谁也不知道你在地层下的情景。其实地层下的你不是柔弱的小草，不是易于腐烂的肉体，你并没有死亡，你也不会死亡。

虽然地层的裂变将你翻倒在深渊似的地下，但你的躯体是特殊物质的存在，封锁和重压反倒利于你多种成分的新的聚合和新的生发，而聚合和生发使你获得重大的质变，最终你成为聚集巨大能量的天然气。

你是安于地层的封压吗？那携带着你黑色的血液，沿着岩体的缝隙，冒出地表的被称作"克拉"的小溪，不就是你气息的密码吗？

这神奇的密码表明了你的期待，期待着献身充满阳光、绿意葱葱的

世界。阳光和绿意是多么富有魅力的感召！

时光漫漫，历史漫漫。当人类的文明和科学的辉光循着"克拉小溪"示意的密码，问讯这怪丘连绵、断崖诡危的荒绝地域的时候，勘探人的地震炮和隆隆钻探的钻机声，终于打破漫漫岁月的死寂，要把地下的天然气提引到活生生的世界来。

多么勇敢，又是多么壮观！勘探人开进荒山野岭，风餐露宿，越沟攀岩，在这诡危狰狞的险恶环境里，布设测线，放炮地震，苦苦寻找你被深埋地下的身影。地震炮的震波终于得到了你的信息，于是设立井架，开动钻机，要为你打开走向阳光，与这灿烂的世界热情拥抱的通道……

当一口口超深井的井口喷吐映天映地的地火时，这荒绝地带亿万年的死寂，就被彻底打破了，欢呼声撼山震地，日月云霞都为之动容。那灼灼翻卷的地火就是你的酣畅发言啊。

你感激英雄的勘探人，是他们撕开了封盖你的桎梏，使你获得重见天光的喜悦！

探访克拉尔，我听见了，听见了你向诡怪险戾的山野自豪地宣布：我是天然气田！我的名字叫克拉尔！那遍布断崖怪丘的地域里，震荡着你这雷鸣电闪般的回声。

地质的运动和自然的演化，总是毁灭与再生同在。而真正顽强的生命永远不会毁灭，顽强的生命因为有不屈的生发，即使千阻万隔，再生必势不可挡。

克拉尔，你是地球生命的奇迹，你是悠悠自然的骄子！

塔克拉玛干之路

    塔克拉玛干大沙漠，漫漫渺渺，33万平方千米之大，久远的荒凉和浩大的寂寥，迷迷蒙蒙地包笼着一方广远的神秘。世世代代，人类生息交往的足迹难以企及此方地域。古时的骡马驿道和现代的公路交通，也只能环绕，而不能深入。地图上，别处的公路红线密如蛛网，而这里只是一个空阔的扭歪了的大圆。从北边天山脚下的轮台、库车到南面阿尔金山下的皮山、和田，要东行或西走，再绕向南，又拐西折东地跋涉数日才到，那南北直接的沟通到达，只是意识中的渺渺向往。有人竟出此异想：塔克拉玛干再来一次天翻地覆般的剧烈骤变，像当年汪洋退走那样，亿万顷堆积如海的沉沙统统消失净尽，代之以坦荡如砥的平原，可筑高速公路，便捷南来北往……

    在这里，考古学家曾经策马踏荒，极尽苦辛，探寻古代人类的踪迹。中国的考古史因此增添了新的一页。外国探险家也曾经借助驼力，企图进入腹地搜奇觅胜，留下的却是一桩桩失败的故事。考古者、探险者都不曾在塔克拉玛干踏出一条路来。那条著称于世的古丝绸之路，虽然并没有横穿塔克拉玛干，但毕竟与它擦身而过，是古代先民们对外交

流、贸易之举的伟大产物。

而今，平平展展地横亘在塔克拉玛干大漠上的，竟然是一条真真实实充满现代气息的柏油大道。

那是一幅何等壮观的图景——起起伏伏的沙丘重叠着单调的赭黄，阳光下明明暗暗地展示着清晰的层次，仿佛大海上望不尽的波涛，汹汹涌涌地腾跃着无边的浑浊；而黑色的沙漠公路笔直笔直地穿沙海而去，把那似乎涌腾荡动的沙涛沙浪死死地压在身下，犹如紧勒在沙漠的铁带。这是一条前无古人之路，开天辟地之路。它把塔克拉玛干从远古的沉睡中唤醒，也为人类探求它的荒古之谜架起了金桥。

你不能不感佩石油巨人的无畏，不能不为塔克拉玛干石油黑金的勘探开发备受鼓舞。塔克拉玛干用它默默的执着珍存着丰厚的石油遗产。这里，一个8200平方千米之广的巨型含油构造举世瞩目，一个一亿多吨油藏的整装油田历历在目，一个大油田的未来蕴聚着浓浓的诱惑。国家领导人为在塔里木实现石油产业的战略接替翘首期盼，国家建设需要更多的能源加快改革马达的飞转。这一切，无不切切地呼唤着一条沙漠公路的诞生。而现在，这条横穿整个塔克拉玛干的柏油大道，已经赫然标画在中国的地图上。沙漠公路是系挂在苏醒了的塔克拉玛干胸膛上的一条至贵至尊的绶带。

行进在沙漠公路，望着两旁浩浩渺渺的弧环形沙丘纠缠着数不尽的漩涡，望着平展舒畅的沙漠公路宛若架在浊黄波涛上的长桥，你不能不心摇神荡，感慨系之。沙漠公路用它的坦荡平展，也用它的坚毅刚强连接起沙漠石油勘探者的昨天和明天。

我们的沙漠地震队，依靠现代化沙漠专用机动车辆，长年累月地含辛茹苦，驰骋沙海，用19条横穿塔克拉玛干区域地震大剖面的杰出成果，奏响了塔里木石油会战的前奏曲。手头有一串很有意思的数字：1978~1989年，沙漠石油地震队在整个塔里木盆地放炮967500余次，完成地震测线62600多千米，地质家据此获得的信息，弄清了盆地三大隆起、四大凹陷的基本地质构造格局，其中，在塔克拉玛干沙海下发现了最有希望的巨型油气构造带。数字是枯燥的，但是足以说明勘探者在沙海、戈壁的足迹是多么的艰辛——他们是沙漠公路的最早酝酿者。

我们的沙漠钻井队，在专用推土机的先导下，穿沙山，越沙丘，把一台台钻机，一副副井架，一座座野营房运进沙漠腹地，摆开了隆隆钻探的战场。而引导推土机开路的修筑沙漠便道的指挥者手执红旗，肩背水壶，用他的双脚，一步一步从沙海边缘走向沙海腹地。细沙钻进鞋窝，鳖挤掉了脚指甲，他依然走啊走。他是用带血的脚板踏出了一条通向希望的沙漠之路。那条堪称创举的沙漠便道，却埋设着历数不尽的艰难，载运钻井物资的沙漠车常常被沙暴阻隔沙海，被沙窝吞陷车轮。我们唯有用飞机保证沙漠井队的生活供应。当著名的"塔中1井""塔中4井"等一批探井，相继喷出高产强大油气流的时候，沙漠公路便在找油人的心中夯实了坚固的路基。于是，石油人心中的沙海大动脉便进入了实施性的选线踏勘和修筑试验。在塔里木河以南40千米的沙漠边缘处，一座沙漠公路"零公里"的路碑庄严地树起来了。从"零公里"开始，多种方案的修筑设计付诸试验施工。接着，就是神话般的沙漠柏油大道直挺挺向塔克拉玛干腹地逼进了。沙漠公路两侧，连片的方格固沙带也如佛人的百衲袈裟，纺织着启人遐想的诗意，伴沙漠公路延伸而去。

我曾数次来到沙漠公路的"前沿阵地"，目睹了筑路人的百般艰辛。先要打通从国道至沙漠边缘"零公里"处的百里戈壁，其间，裸露着苍白的盐碱地段和遍布枯木朽枝的胡杨林地段，尽是细粉的浮土，筑路人其实是在土尘的笼裹之中延长着长堤似的路基。推土机手的活儿最苦最脏。炎阳之下，燠热难耐，便敞开驾驶室，一任尘粉扑面飞扬。人如土鬼，只有两颗眼珠清亮干净。电视台的记者要为他录像，他说："脏苦劳累咱倒不怕，只怕老婆娃娃看见咱这鬼样，心里难受，在人面前脸上无光。"还要在浑流浊波滚滚而下的塔里木河上架设钢铁浮桥。

架桥人争抢季节，在夏日雪山消融前，趁河水细瘦，忍受刺骨的彻寒，赤裸腿脚，下水组接那庞大的钢铁浮桥。岸上看去，河水似乎平稳温柔，及至下到水里，却顿感激流汹涌，寒彻骨髓。湍流之中，缆索护桥，一泡竟是两三个小时。关节受损，却内心畅然。直到路基延伸到真正的沙漠，则沙地如烙铁般滚烫，天空像下火一样灼热，路基工光膀露体，反倒没有汗了。汗液即时被干燥的热气吸走，只有频繁大量地饮水。距后方越来越远，拉运料石的路程更加漫长。那自动卸落的料石，哗啦啦倒在路面，便弥漫起一阵阵土雾；刺耳的响声似乎也带着酷热的凶狠。而推土机、刮路机和碾压机，依然用不停息的隆隆呼吼，一寸寸地加长着坑坑洼洼的毛边路基和压了柏油的平坦路面……

找油人把全身心的赤诚和钢铁般的意志，全都铸进了久已向往的沙漠通衢，英雄的沙漠公路像一把劈风斩沙的巨剑，直指沙海腹地，横贯整个大沙漠。塔克拉玛干神秘世界的黑色太阳，就是这样沿着沙漠公路的轨道，冉冉升起在中国西部的天空。

大荒漠的春天

  春天是希望的季节。在塔里木，在沉睡了千万年的戈壁沙海，石油人呼唤而来的春天，绚丽灿烂，激荡人心。

  石油人心中的春天，就是塔里木油田的雄伟崛起，就是戈壁沙海里石油事业的壮阔图景……

  塔里木，56万平方千米的漫大地域，怀抱着一片广袤的神秘的大荒漠。在这里，前辈石油人为了寻找石油资源，苦苦求索，几经艰辛，奋战了将近半个世纪。改革开放开启了塔里木的希望之门，人们披霞着彩，用欢庆的锣鼓，迎来举世瞩目的塔里木石油大会战。

  塔里木和它的塔克拉玛干，曾经有过尼雅、楼兰、精绝等古代文明，那一处处被黄沙吞蚀的古城废墟上，依然挺立着古代民居的屋柱、门扉和佛塔。著名的丝绸之路曾经贯穿过古代先民的垦殖与放牧，承载过中外商贾的繁荣和发达。然而，这些古代文明却被历史的风沙所湮没。这块地域的大自然对于人类的灭顶打击何其残酷！

  而现在，在这被漫漫戈壁和茫茫沙海覆盖的苍凉地域，地质家预示给人们的丰厚的石油蕴藏，显示了它有最大的活力和积蓄——塔里木和

它的塔克拉玛干并非僵死之地，它的大自然的极其严酷和恶劣，昭示世人的，是必须以现代科学的思维和无坚不摧的勇敢，在严酷和恶劣的环境里，去创造新时代的辉煌。

塔里木石油大会战正是唤醒这方大地生命活力的春天。戈壁和沙海裸露的是空无和贫乏，而空无和贫乏的深处，蕴含的却是充实和富有。最荒凉的地方有最大的能量，最恶劣的环境有最坚强的信念。塔里木石油大会战是大荒漠里开天辟地式的创造，塔里木的石油人是盘古式的英雄汉。

"稳定东部，发展西部"，石油人远征西部，奔赴荒漠，怀着澎湃的思慕和执着的追求，扑向塔里木的怀抱。塔里木，望不透的沙海堆积着漫长的企盼，这里是寻找大油田的广阔战场，也是展示大抱负的人生舞台。找油人勇敢地把钢铁浮桥架设在塔里木河，继而又把举世闻名的沙漠公路，镶嵌在绵延数百千米的沙海，为塔克拉玛干铺筑了一条通向希望的大道。雄伟的钻塔巨人般屹立在荒原、沙海，仿佛石油人高高宣誓的手臂，而钻机的隆隆轰鸣震撼地层，犹如石油人向莽原要油的呼吼。

最激动人心的是一次又一次的喷油测试——每当井架侧旁呼啸刺射的油气流，被点燃成巨大火团而凌空翻卷、映红天地的时候，找油人禁不住欢呼腾跃，热泪涌流。塔里木的石油人总为一次次的油气发现激动得彻夜不眠，从中感受到的总是奋斗的快慰和幸福。在艰苦的地震测线，在忙碌的钻井平台，在颠簸的沙漠运输征途，在漫长的管道铺设工地，大家无不为一个个探井的喷油，一个个油气田的发现而振奋，而鼓舞。塔里木石油会战的每一个日子，找油人都沉浸在拼搏的酣畅和发现的兴奋之中。

历数一串令人感奋的名字吧——轮南、桑塔木、吉拉克、东河塘、塔中四……几十个油气田的新鲜名字赫然标在了昔日空裸秃无的荒野之地，十几个油气田的恢宏景观崛起在找油人曾经日夜鏖战的火热战场。

读一读找油人写在戈壁沙海上的庄重描述吧——轮南油气田群、东河塘油气田群、塔中油气田群、塔北北部的克拉2号和依南2号大型天然气田……这些浸染着浓郁地质色彩，充溢着决战与决胜情味的赫赫战果的描绘，浓浓地蕴聚着找油人述说不尽的忠诚奉献和重比天山的深沉挚爱。这里是"西气东输"的源头，横贯神州直达珠江三角洲的长达4200千米的"西气东输"管道，就从这里的轮南油田启程。找油人用自己深情的双手托出了一条腾飞的石油龙！

塔里木的大地荒古而辽远。作为跨世纪石油会战的战场，它又是石油人追求崇高人生价值的一片新热土。

曾经，多少胸怀志向的儿女，恳切地写申请、打报告，要在塔里木石油勘探开发的战场上，为新的创业奉献灼灼的年华！多少立志报国的英才，决意辞别繁华的城市，抛舍温馨的家庭，甘愿投身严酷恶劣的大荒野，为共同的事业谱写崭新的篇章！找油人把人生履历中有一段塔里木的奋斗史，看成丰富生命意义的自豪和幸福。

党的总书记、共和国主席曾经在塔里木的井场视察，钻塔的平台上依然萦绕着首长满含希望的鼓舞和激励。政治局和国务院的诸多领导人，曾经来到塔里木的石油人中间，把殷切的希望传递给地质家的思维，传递给地层深处的钻头和漠漠荒原上的每一棵采油树。塔里木石油会战的分量很重，塔里木石油人的责任很大。找油人的人生价值因此而愈显光华，每一位开发建设者都肩负着光荣而崇高的使命。

胸怀祖国和人民的厚望，塔里木石油人不仅用火热的拼搏铸造着大油田的壮美，而且用韧性的开拓探索着高效益的方略。走过的道路是曲折的，未来的求索更艰巨。在前进的征途上，仍然要搏击一次次沙暴和山洪；解剖地层深处的油藏潜山，仍然要付出百倍的艰辛和努力。在国际石油烽火的冲击中，油田的战略重组已经放射出灼灼的光华，在市场经济的竞争中，油田的经营效益正在发挥着勃勃的活力。追求闪烁光彩的人生，并不是一句廉价的誓言，石油人的人生重量，聚合着多重意味

的成本付出。

在塔里木的大地上，传扬着一句铿锵响亮的哲言："这里只有荒凉的沙漠，没有荒凉的人生。"塔里木石油人充实而明丽的人生蕴含，就是搏击自然、擒拿油藏、改革奋进和创造效益的多重组合。在这里，你可以获得高价值的人生定位和人生设计，你为寻找大油田而付出的体能、智慧和精神的成本，尽可以达到最大限度，你投放共同事业的生命能量，尽可以上升到最高的利用系数。

塔里木的荒漠莽原有一道震撼心灵的生命风景，就是备受人们赞颂的苍茫浩渺的胡杨林。胡杨的身躯雄劲苍奇，枝干如虬龙横空，虽然缺少雨露滋润，叶冠依然若绿云笼盖。它顽强、坚韧，生命历程充满与风沙和干旱的抗争。在极为艰苦的环境里，它没有丝毫的脆弱，铸造而成的是不可摧折的强悍和坚毅。它是荒漠里的英雄树。石油人奋战荒漠，总与胡杨相伴，胡杨给予人们的是英豪品格的启示。胡杨的精神颇具永恒之美。胡杨生命的价值就是石油人奋斗精神的象征。

塔里木石油会战开启了大荒漠宏伟事业的春天，而石油人胡杨一般的精神正是这宏伟事业的灵魂。

石油情怀

荒漠地平线

一

荒漠的辽阔漫远，真令人惊叹！行进荒漠，天空蓝得无限深幽，地面空得一览无余，地平线远远渺渺，好像永远走不到尽头。

想起"天似穹庐，笼盖四野"的诗句。荒漠恰如穹庐笼盖，却没有风吹草低，更没有牛羊踪迹。苍茫无垠，空旷寂寥，总是走不透的沉寂，空寂和悠远之感充溢视野，令人不由得感叹这绝域之地的苍凉。

荒漠地平线横亘远方，隐藏着无限神秘。眼前、左右，是平展展的砾石滩，灰黑色的砾石无遮无拦，延伸天边。除此而外，就是一溜车辙。这样的地貌，就是平常说的大戈壁吧，大戈壁竟是如此令人不可思议的平阔漫远。

戈壁空寥，心境宽阔。远望前方平野，期盼着地平线的那一边，期盼着心灵的目的地。

二

几十千米的砾石戈壁终于隐在身后，迎面而来的却是另一种景观的大戈壁。生长红柳和杂草的灰黑色土丘，一丘一丘绵绵不断，看不尽的土丘间的平地，白花花泛着盐碱，荒漠的宽广里又空浮着野性的寂寥。压破盐碱地壳的车辙，就在低矮的土丘间弯弯曲曲地延伸。而远方，依然是漫漫地平线，地平线依然隐藏着神秘。

车子沉沉的马达声里，突然，远远的地平线上，显出一个两个，三个四个塔形的尖顶，情绪立即振奋起来——那就是井架，荒漠上钻探石油的井架！

荒漠上的石油勘探区就在大戈壁的深处。不久前，那里就是纯粹的荒漠，除了零零散散的红柳，稀稀疏疏的芦苇，以及戈壁惯见的灰色土丘、白色盐碱，就别无他物，只有四野茫茫，寂寞无限。而现在，林立的钻探井架成了荒漠上伟大的奇景，地层深处的期望在钻机震撼荒原的隆隆吼声中，弥散古老荒漠，弥散寂寥天空，井架的伟岸雄姿和钻机的沉重呼吼，顿然使荒漠生气焕然。

露出井架尖顶的地平线的那一边，就是我此行的心灵目的地。

目的地——依然是戈壁大漠，满眼荒凉。不同的是，高耸的井架已经全部展现眼前，像刺破青天的利剑，矗立着雄伟的身姿。钻塔的梯形钢架中间，是高高的井架平台，浑黑的钻杆从钢架顶部垂直而下，飞速旋转，身着红色信号服的钻井工人手扶刹把，操作卡钳。而轰隆隆的钻机声雷霆似的震撼着大地，一股浓浓的油味混合着泥浆的湿腥，在干燥的空气里弥漫。以井架为中心，四周一圈列车式野营房围出一方宽大院落，固井的桶形套管在井架下的架座上琴弦一般排列，测井的车辆设备呈现一派科技工业的壮观阵势。融入这向地层深处掘进的钻井现场，只觉得这里就是一个繁忙喧闹的工厂！

一方井场就是一个工厂，一点也不夸张。这个工厂的几十号汉子干

着一件事情，就是向地球深处打眼，要把五六千米以下的油气牵引出来。荒漠绝域荒凉逼人，荒凉里却蕴藏巨大的油气财富。用行话来说，向地球深处打井叫作钻井勘探，几十个尖兵式的钻井队、几十挺安置钻机的井架布排荒原，石油队伍又惯称石油大会战。大会战的叫法里包含了集团式攻坚、大战场攻势、大气势夺胜的意味。登上眼前高高耸立的井架上的钻井平台，举目四望，漠漠荒野里，井架如林，气势磅礴，一种大进军、大搏斗的气派立显胸怀，荒漠里的那种荒凉之感便顿然消失。这时候，回味来路，穿越荒漠里那枯燥乏味的渺渺砾石滩、那土丘盐碱地，就感到是一种不同寻常的自豪了，穿行漫漫荒原中，期待融身地平线深处的大会战战场的急切，就是一种心灵回归的激动了。

三

这里是来路上向往的地平线的深处。而身临此处，地平线又悄然消失，不见身影，穹庐笼盖依然，地平线四围的荒漠依然。

距离井场数百米的连片组合的绿色野营房，就是荒漠上依偎钻塔的"村庄"，内室走廊交错，屋舍整洁，俨然一派雅洁的宾馆氛围。在井场上聆听钻井工的故事，在野营房采撷泥浆工的经历，原来这奋战荒原的青年后生们中间，一串串馥郁芬芳的心灵之花，竟是那么令人动情动意……

一位泥浆工曾经押运满载钻机、钻具的列车，千里迢迢，西行荒漠，参加新探区的石油大会战。漫漫铁道上，一个又一个车站，车皮组合、分割，又组合、分割，他望眼欲穿地期盼着的前方地平线的那边，分割中的等待伴随着难熬的焦急和难忍的饥渴。在砾石戈壁的车站，他不得不喝含有铁锈的生水，又强忍腹泻的折磨和饥饿的袭扰，顶着秋风秋雨守护着列车上的物资。十多天的押运，他面容苍苍，已经身无分文，狠心变卖了那件织进妻子情意的崭新毛衣，换得最后几天的吃食。他咀嚼着拌水的干硬干粮，也咀嚼着一种难言的滋味。

一位钻井工在三个月一次的轮休之后，即将告别城市，返回荒漠。临行前在家里睡的最后一宿，幼小的儿子执意要和他一起睡，只为多看一会儿他的脸。他想起在大漠井场展读儿子的来信，问他爸爸在荒漠打井苦不苦？爸爸打的油井有多深？爸爸原油怎么往出冒？还说爸爸在遥远的地方找石油很重要。那是孩子好奇的提问，稚气的理解。那一宿的黎明，他想同儿子道一声再见，可儿子睡得好沉好香，他只轻轻吻了一下儿子的脸，把钻工父亲的爱，默默投给儿子的梦。

就在眼前的荒漠里，一位年轻的平台经理喊出了这样的豪言壮语——"这里只有荒凉的大漠，没有荒凉的人生！"这样的豪言壮语浓缩了荒漠石油人的情怀，凝聚了荒漠石油人的情感，寄托了荒漠石油人的心愿，成了尽人皆知的人生名言。大自然的荒漠荒凉无限，但荒漠石油人的人生奋斗却鲜活茂盛，人生美德郁郁葱葱……

荒漠地平线遥远而深邃，地平线深处的大荒曾经亿万斯年地沉寂，只有风尘的洗劫，狰狞的荒蛮，幽深得似乎隐藏着猜不透的凶险。而今，却是一片热土，蕴涵精神的光彩，创造的活力。

四

从这里举目瞭望，更远处仍然是苍茫的地平线。

如今，钻机唤醒的荒原已经变了模样。柏油大道纵横交织，崭新楼舍拔地而起，路边舍旁，绿树成荫，是真正充溢生活气息的家园了。而最为引人注目的是，一个个大型油罐像山头一样巍巍群立，密如蛛网的庞大油气管网凌空横贯，与连通着的油气处理塔罐，组成一派气象雄浑的工业景观。这是荒漠上崛起的油田，是从昔日的荒凉里冒出的雄壮景象。

荒漠里这傲然崛起的雄壮，不只是一区一片，要是继续向更远的地平线奔去，同样的雄壮景象，依然会惊喜地呈现在眼前。那些渺远的地方，或者是满眼砾石滩的秃无，或者是生长着稀疏胡杨的野林地带，或者就同这里一样，只有红柳、梭梭的散漫生殖。难以想象的是，在更远的沙漠，同样布排着这样新颖瑰丽的油田屋舍和油田设施，在茫茫起伏的赭黄色的沙山、沙丘之间，像海市蜃楼一般展现着别有意味的斑斓。

唐代诗人陈子昂有"前不见古人，后不见来者，念天地之悠悠，独怆然而涕下"的诗吟。在荒漠上行旅，漠漠大荒野的触发，很容易让人想起陈子昂的诗句。不过，那只是对陈诗那种茫然意境、悲切情怀的触景体味，而荒漠上石油开发者创造的如此壮丽的油田家园，恰与陈氏的悲吟相反——当是"前不见古人，后却有来者，念荒漠之苍茫，倍奋然而勇进"！

一代伟人有"雄关漫道真如铁"的名句。行进荒漠，路途遥遥，野风猎猎，不时有浑黄的旋风顶天立地，扬尘流走。虽不见霜晨冷月，雁飞雄关，但漫漫道路却真真切切。天高云远望不断，遥遥行程走不断。任由车轮飞转，前方依然是望不透的地平线，而新的绿洲就在前方，新的奇伟就在前方，萧萧漠风鸣奏的是石油人"不到长城非好汉"的进行曲……

走 迪 那

常常途经轮台县城，往返塔里木荒漠里的油气田。轮台城外有宽阔河道，清凌凌的河水出天山深谷，养育轮台绿洲，那就是迪那河。这次，车行至迪那河大桥时，急切的心情又潮涨起来，因为此行要去的是天山脚下一大片充满魅力的地方，山丘坡台绵延，戈壁冲沟交错，油田人们习惯把那里叫作"山前台地"，那是投产不久的迪那气田。

离开国道，车子奔向一条黑油公路。路面黑得干干净净，如绸如缎，与两边灰蒙蒙的戈壁对照鲜明，恍若铺展大地的黑色飘带。戈壁上残留着一坨一坨白雪，空中迷迷蒙蒙。渐渐高突的台地背靠天山山影，就堵在漫漫戈壁的尽头。猛然间，雾岚笼盖下的山前台地上，三两处晃白远远地浮在视野中，像朦胧的海市蜃楼。哦，迪那气田就在眼前了。

行进中的远眺里，我想到著名的克拉2气田。多次拜访克拉2，一进入库车县城以北的拜城小平原，远远地就瞭见一片酷似神话里玉宇琼楼般的景观。几年以前，克拉2气田在荒无人烟的山前台地上崛立于世，名扬天下，地层深处丰饶的天然气经井口的地面装置，轰隆隆进入输气管道，进入数千里长途里程，被输送到珠江三角洲和京城的千家万户。那时候一个气魄宏大，举国皆知的工程，就进入国家的建设阵容，进入人们的日常生活，那是"西气东输"。现在，迪那气田又崛起在克拉2以东的天山山前的坡台丘陵地带，迪那天然气与克拉2天然气会合于轮南荒漠上的西气东输首站，之后出戈壁，行东南，遥遥数千里越山跨河，直通京沪——克拉2、迪那，同是西气东输管线上塔里木这头的两颗闪闪发光、辉耀天地的能源明珠。

行至迪那气田地面，宏伟雄壮的景观新崭崭横布眼前——一大片天然气处理设施犹如一个化工厂，那是中央处理厂。架在空中的银灰色管线，形状各异的罐形容器，密封的轻烃氮气装置，环绕各种装置的巡查平台，交错连缀成复杂的庞大整体，铺排在新辟出来的斜坡台地上，阳光下一片明丽的壮观。这景象令人产生神奇的惊异，喟叹古老的山前戈壁，竟有如此开天辟地式的伟大创造！距离中央处理厂两三千米的生活区，宾馆式公寓楼和园林式院落呈现一派雅致文明的生活氛围，直使人感觉仿佛身在城市的某一个地方。这就是远处的视野里看到的"海市蜃楼"了，壮美的气象历历在目，是荒野地域里真真切切的现代化工业景观，是荒凉山地上生机勃勃的城市化生活气息。

迪那气田宣示着一种雄阔的气象。在漫远的山前戈壁地带，当我怀着朝拜的意念，体味这壮阔气象的丰饶含义的时候，突然天地间另一种自然的物象撞入眼帘——迪那气田的一口又一口天然气井，散布在坡台沟梁之间，山前斜坡形台地上的气田区域，背靠高耸云空的天山雪峰；奇异的是，面对天山山脉，从迪那工业区、生活区向北透视过去，天山背景里气田区域的左右两厢，几乎对称地凸立着一对乳头一样的高峰。我不禁脱口出言："迪那气田依山脉雄居，中有河水涌涌而出，这样的地势地像，风水真好！"就有西气东输项目管理部门的朋友随即回应："迪那厂址选在哪里建设，我们一拨人踏勘了整个气田区域，最后才选在这块地方，这里开阔适中，可避山洪，有利交通。"对，石油人拥有科技的力量，群体的智慧，再加上奋斗的精神和实在的拼打，这才是他

们打造恢宏事业的根本。迪那气田背依天山，两峰护持，一河穿流，那是地理地貌上的巧合。这里的山景水象，原本就是在气田本身的壮观之美中，增添的一重依山傍水的自然之美。

在迪那气田的东缘，两山夹持着一条深谷，峭崖壁立，如斧削刀劈，谷底奔涌着迪那河碧幽幽的水流。向上游瞭望，河谷隐没于天山群峰，山势巍峨，岚气缥缈；向南远眺山口，出山的迪那河曲曲绕绕，消失在漫漫戈壁的苍茫之中。山崖浑莽，谷涧寂寥，这是历久以来的无人区，久远岁月遗留到现在的苍凉气息，和着山风弥漫在冰凉的视野，扑打出冷飕飕的感觉。拐出一道坡弯，一种豁然开朗的新颖景观，顿然又烘热了我们的胸臆：崭新的钢筋水泥大桥横亘在河谷山崖，三四十米高的桥柱从狭窄的谷底擎天矗立，那是完工不久的一座气田桥梁；近旁粗莽如龙的银灰色管道与大桥悬空并行，河岸那边山地里出井的天然气，通过架设在河谷上的这条管道，汇集到中央处理厂去了。

距离迪那河大桥十多千米的另一井区的桥梁工地，山壑连绵，冲沟横布，梳篦一般的深沟隔阻着设计里的道路，从山崖上望去，一道道爆破出来的壑口下，桥墩列队并立，尚未架桥，因为正逢冬季，暂停施工。风从冲沟刮过，冲沟两厢的杂石崖壁峻立着原始的塌毁景象，搭眼一望，就知道这未完成的桥梁工程，何其艰难！在河谷、冲沟上筑造桥梁、架设管道，连同修筑输气管线的伴行道路，同是气田建设的重要工程。建设天然气中央处理厂，安装处理厂众多复杂的管罐装置，埋设井口通达处理厂的集输管道，修筑连接井口和伴随管道的气田公路，架设河谷、沟壑上的高架桥梁和横空管道……数千名建设者用艰苦奋战攻坚克难、如火如荼的建设会战，凝定、铸造的就是迪那新气田的壮观。像著名的克拉2一样，迪那气田是气势豪迈的又一首英雄之歌，是凝结石油人理想的又一座精神丰碑。

以往是寂寂荒野，如今是泱泱热土；过去是风走沙砾飞，现在是富气腾长龙；昔日里人类生活的弃离之地，变成了建树事业的创业舞

台——这就是现在的迪那。迪那，曾经是一个未知的地质之谜，物探队员用隆隆的地震炮，探知了她地层深处的生命脉搏。迪那2井曾经在强烈的井喷中浴火重生，迪那气田拥入勘探者的怀抱，是呼啸着震天的呐喊轰轰烈烈而来。迪那气田崛起在西气东输的麾帜之下，成了掀动祖国现代化巨轮的一只能源手臂，是西部石油人用创新的巨手承托给祖国的灿烂星座。在中央处理厂闪烁着控制数据的电子化、图像化生产指挥中心，在井口装置抖动着指针的仪表前面，身着"中国红"工服的英气勃勃的年轻人，不仅是气田控制自动化工艺的具有大学毕业生身份的知识工人，更是高科技采气输气的充满青春活力的生产管理者。

塔里木荒漠里的石油人担当着为国找油找气的事业，他们在荒凉的绝域里奔走，在大地的空白处探索。在迪那气田热乎乎的土地上，我的思绪飞向整个塔里木的东南西北中——在塔北的荒漠，在塔中的沙海，在临近帕米尔高原的山墅，在天山南麓的山地，一处处景象璀璨的油气田像光辉灿烂的群星，油气勘探者、开发的足迹里耸起的是油气田的辉煌，也是人生中驰骋的英雄气概……

金声玉振听荒漠

    未曾进入荒漠，我在繁华喧闹的街市，一任思绪飞扬，遥想那渺远的天涯之地。没有人迹鸟踪，绝少草木形影，定然是死寂一般的绝域，那就是意念里的荒漠。

    当初的想象不能说就是谬误。荒漠，确是漫漫岁月遗留给那一方大地的荒凉。

    投身荒漠，是因为勘探石油的庄严召唤。

    最初奔赴塔里木的荒漠地域，被称作轮南的地块已经打成了高产出油的超深探井，新上钻的数口探井，井架傲然巍立，展示着新颖的神奇。那里，稀疏的戈壁植物并没有外形的美感可言，泛着碱白的赤裸地面太容易令人心情冰凉，只是那气象森然的胡杨倒叫人眼睛一亮，生出新奇的感叹。

    然而，这古老的荒凉之地却成了气势恢宏的石油大会战的热土。

    大会战的步伐很快，仅仅数月，更遥远的沙漠深处，呼啸的原油混合着浓郁的天然气，又强劲地喷射而出。在广阔漫远的荒漠，像"轮南"的诞生一样，沙漠深处也新生了一个富有魅力的地方：塔中。伴随轮南、塔中的产生，在辽阔的油气勘探的荒漠地域，出现了更多名为开发作业区的吸引人们目光，也吸引人们心灵的热乎乎的地方，像家族兄弟起名一样，它们的名字里都有两个分量很重的字：某某油田或某某气田。

荒漠沉寂得太久太久，而今，一个个高耸云天的石油钻塔，使秃裸寂寥、一览无余的荒野有了令人仰望的高度，那是从沉寂的荒凉中挺立起来的一种新高。在石油勘探和油田发展的雄壮景观里，尽管满眼是没有尽头的砾石平漠，是起伏连绵的灰色土包，是凝定在目、如若海波的沙丘沙垄，然而，一踏上这方热乎乎的荒漠，你就被一种久违了的什么所包围，那是一种气氛，一种情绪，一种昂扬，一种激奋，抑或是一种新的机制，新的秩序，新的创业姿态，新的勇敢追求。

寂寞的荒漠喧闹了，生机顿现，活力勃发。我听到荒漠的声音了，那不只是钻机的隆隆震响，更像是漫漫荒漠高歌式的鸣唱，那震撼心灵的宏声大音，厚重恢宏，雄浑如山，亘古未有。

荒漠的声音该是一种雄浑宏阔的金声玉振。那不只是执着钻探的强大轰鸣，还是一种心灵意念的慷慨抒发——那是人人心中都共同怀抱的一种目标，一种力量。那目标因为属于国家而崇高，那力量因为属于集体而强大。荒漠的声音就是脚下大地的脉搏跃动，就是心灵情感的大潮涌流……

追随物探者的足迹，我常常聆听一条又一条地震测线的震波之音。在许久以来无人涉足的戈壁沙漠，那神奇波音的瞬间脉动，传递给石油事业的是一座座古潜山的轮廓，是被地质勘探人称为"石油圈闭"的地层构造新发现。用科技叩问，用智慧求索，勘探人就有了穿透地层的眼力，一根根无坚不摧的钻头，就随着震波的引领向地层深处挺进。震波之音，那是勘探人为一个个新发现的油气田奏响的优美前奏。

在奇特诡异的雅丹山地，在遍布冲沟的丘陵地带，密集的架空管道龙蟒一般延伸回环，组合构设的罐、阀、塔、台布排着金属设施的神

秘——壮美的现代化工业景观如诗如画，卓然呈现在古老的灰褐色苍茫里。在大沙海的深处，在巍巍莽莽赭黄色沙山的山脚，鲜亮地矗立着同样雄壮的令人感叹的奇观。这是油气田原油和天然气处理厂的阵容。就在处理厂周遭的山壑野地或沙山侧旁，油气井井口的管道里，正轰隆隆冲射着从地层深处喷涌上来的油气流，要是靠近管壁贴耳聆听，你一定会被那夹带着巨大冲力的雷鸣般的呼啸嘶吼所震惊。那正是荒漠自身存储了千年万载而终于破地而出的惊天动地的宏荡之声。

荒漠焕发了生命，新生的荒漠，其声雄壮，其韵昂扬——荒漠并非死寂之地，绝荒是它的表象，激扬才是它的本真。在荒漠雄壮昂扬的声韵里，一处处地火喷薄映射，一片片灿烂在荒凉里崛起，那不是虚幻的海市蜃楼，那是真实的人间奇迹。

听听那创业长路上石油人的心声吧——

大漠的寂寞是沉重的，苍凉是沉重的，空旷是沉重的，但是，我们的青春、我们的生命就铆在这儿了；

风沙的磨蚀、岁月的流逝中，我们告别勃发的青春、稳重踏实的中年，但我们青春无悔，生命无悔，因为我们青春的血管里注入了石油之魂的基因，我们生命的年轮里镌刻了追求大油田的书写；

石油天然气如血液般珍贵，现代文明一刻也离不开它，但是它总是藏匿在人迹罕至的荒原沙漠的深处，这就注定了开采它的我们生存环境的恶劣，注定了我们必得舍弃个人更多的天伦之乐和胜景与繁华的怡然享受；

"只有荒凉的沙漠，没有荒凉的人生"就是我们熔炉炼丹般生自血液，长自心扉的洪壮心声，是我们最显心灵、最有气势的豪迈誓言……

石油人铿锵的脚步应和着时代的节拍，踏出了一条创造大业的长路。融身荒漠上这激越奋进的"石油军团"，我更清晰地听到了这支队伍发自心灵的叱咤风云的喋嗒之声，更真切地感悟到了石油人这些闪烁辉光的心音，霞光般明丽，美玉般剔透。那是大荒漠上最动人心、最具

光彩的人间旋律。

在塔里木石油开发的浓烈氛围里，我常常想起中国古代的那句哲语："大音希声"。这意味深长的哲语正好可以用来写照大荒漠的声音。听之不闻曰希，希声犹言无声。大荒漠不正是如此吗？历久的荒漠可以喻为是一部蕴含深厚哲理的大书，看似寂寂无言，实则是一种大音的极致。它的"大音"既是深久的能源财富的蕴藏，又是唤醒这丰厚财富的群英们，在奉献能源的卓绝奋斗里，生发出来的根植于国家的禅悟般的心灵澎湃。它并不深奥，它极富启示；它考验意志和生命，又塑造意志和生命……

沙山上挺立的巨斧雕像

沙山的最高处，一尊巨大的斧头雕像高高矗立：斧背朝天，斧刃向地，仿佛劈空而下，凝定成一个永久的造型。

巨斧雕像近旁是一口高产井，名为 7 排 H23 井。站在这里举目四望，沙海茫茫，无边无际，却有两重奇异的景观令人振奋——

从著名的塔里木沙漠公路分叉而出的油田公路，在视野里像黑色的巨幅缎带，镶嵌在浑黄的沙梁沙谷，起伏而来，起伏而去，黑得那么醒目；巨斧雕像和油井一侧下方的平缓谷地，巍立的巨型油罐群，油气集输联合站密集的架空管线，新颖多彩的公寓楼建筑，以及衬托其间的茂密的红柳林带和碧绿草坪，宛若飘落沙海的神话美景，鲜明地展现在漫黄的沙漠背景里。

这里是塔克拉玛干大沙漠的腹心地带。奇异景观以及更远处的油井群在这里崛起，就是著名的塔中大油田。

远离城镇乡村，似有世外桃源的味道。

不，世外桃源不过是幻想的幽朴境界，而塔中大油田时时刻刻、分分秒秒都在繁忙着。

这里何以建树一尊挺立沙山的巨斧雕像呢？

曾经被称作"死亡之海"。这竟然成了塔克拉玛干的别名！

据说，"死亡之海"是斯文·赫定的惊叹。

1895年，斯文·赫定雇请驼队，协同他穿越塔克拉玛干探险。20天之后，最后一杯饮水已经殆尽，驼队人畜陷于干渴的绝境，不得不宰羊杀鸡，饮其腥涩黏稠的血液。但羊和鸡脖颈动脉流出的少许血液并不能救命，两位雇员不幸地渴死了。此前两只骆驼也已经渴死。第28天夜里，在他几乎命断沙漠的半昏迷之中，突然遇到林子后面的水潭，他才被清冽的潭水解救了。从麦盖提走到和田河，直线280千米的距离，他的驼队最后只活过来两位雇员和一只骆驼。

斯文·赫定大概是有文字记载的穿越塔克拉玛干的第一位探险家，在他后来追记这次冒险穿越的著作里，对于塔克拉玛干是"死亡之海"的惊叹，就被广为传扬，世人皆知。

在斯文·赫定之前的几个世纪，楼兰、尼雅早已被沙漠吞噬。斯文·赫定之后的近百年里，没有谁能够走进走出塔克拉玛干。可是，中国的石油人走进去又走出来了，而且在塔克拉玛干沙漠里探出了石油天然气，建设了现代化大油田。是壮举，也是奇迹，是现代科技的力量，也是民族奋发力的支撑。凡是亲历"走进又走出"的石油人，谁不为之自豪，为之欣慰？

什么叫开天辟地？挺进千古无人之境，唤醒沉睡亿万年的荒漠绝地，托出中华民族的一方伟大事业，这就是开天辟地。

由此，我便领悟了挺立沙山的巨斧的意蕴。

我想起塔里木石油会战走过的岁月……

塔克拉玛干北部边缘的荒漠里，曾经有一口井，后来被称为功勋井，冲破漠漠荒原千万年的沉寂，喷出了高产油气流。这是塔里木盆地自20世纪50年代以来，石油勘探最新的里程碑式的重大发现。由此，国家决定开展塔里木石油勘探开发大会战。

这口井就是轮南 2 井。

轮南 2 井之后，一批批探井相继在北部荒漠获得油气发现，一个个油田相继在亘古荒原巍然崛起。轮南、桑塔木、解放渠东、东河塘、吉拉克、英买力——这些带着浓厚石油味道的油气田名称，赫然标志在西部石油勘探的地质成果图上。塔里木盆地北缘的大荒漠成了国人瞩目的能源希望地。

这时候，一位地质家说过：石油人在塔里木干出来的是开天辟地的大事业。这句话并不过分——荒凉里创造了伟业，空白里凸显了丰硕，这句话并不过分！

在塔克拉玛干大沙漠腹地，曾经有两口井，后来也被称为里程碑式的发现井，三年之间先后钻探测试，燃起了映红沙海的熊熊地火。这多少年期盼的沙漠地带的油气发现，又一次振奋了切切期待的人们。

由此，塔中大油田向世人展露出它宏伟的大轮廓。

这两口井先是塔中 1 井，后是塔中 4 井。

在此之后，塔克拉玛干在石油钻机的隆隆呼唤中，显示了地层深处的活力。塔中 4、塔中 10、塔中 16、塔中 40、塔中 47、塔中 101——这些用数字起名的油气田，在浩浩渺渺的沙山、沙谷之间诞生了。在中国的地图上，塔克拉玛干沙漠里有了"塔中"的地方名，塔克拉玛干大沙漠再次成为举国瞩目的能源新地域。

这期间，一位领导人说过：塔里木石油人以英雄的气概和科学的胆识，创造了开天辟地的大事业。

多么中肯——沙海里崛起了奇迹，死寂里生发了蓬勃，多么中肯！

在天山南麓的雅丹山地，也曾经有一口井，也被称为英雄井。这口井用它震撼人心的天然气的呼啸，宣布了一个大气田的横空出世。地质家评价它是高丰度、高压力、高产量的特大型整装大气田。它又是一个新的里程碑。

因为它，国家决策了从塔里木轮南到长江三角洲的 4000 多千米的

西气东输大工程。

这口井就是克拉 2 井。

克拉 2 引发了"克拉群",作为西气东输工程雄厚资源基础的克拉 2 大气田,在石油人又一次战役式的科技创新中,以现代化的宏伟景观,靓丽壮观地展布在荒寂狰狞的山地之间,那块本无名字的蛮荒之地,从此有了一个闪烁希望之光的地名:克拉 2。

无上的欣慰里,石油工人说:我们用双手托起了克拉 2,开天辟地的事业中有我们的大喜悦!

大勇之言——蛮荒里建树了辉煌,寂寞里铸造了灿烂,大勇之言!

在塔里木和它怀抱的塔克拉玛干,还有石油人创出的诸多开天辟地的非凡壮举和大气磅礴的豪迈壮歌。那遍布沙漠、戈壁的更多的油气田,那横穿塔克拉玛干的长达 500 多千米举世无双的沙漠公路,那遏制飞沙起空、保护沙漠公路不受沙害侵袭的 300 多千米郁郁葱葱的路旁生态林带,以及这些显赫业绩映射的精神辉光,都在雄辩地阐释着那开天辟地的深邃内涵……

沙山顶上的巨斧雕像如若一个巨大的惊叹号,乍一触目,一种厚重的感觉立刻油然而生。巨斧雕像是一个凝练的隐喻,又是一个深刻的象征,它把那重开天辟地的深重蕴涵形象在后来者的眼前,引人怀想,引人沉思。

它是一种触发,又是一种昭示,触发着人们在记忆的屏幕上影现石油人走进绝地的韧性拼搏,昭示着人们在开拓的事业中披荆斩棘,勇往直前,冲破禁区,创造理想……

山墙上的巨幅画

　　来到库车县城东郊的塔运司（塔里木油田运输公司的简称，下同）大院，我总喜欢欣赏龟兹驿馆前，那面山墙上光彩熠熠的大型瓷砖壁画。

　　这是一帧装饰风格的壁画。画面上方居中的大红太阳下，沙山、荒漠、河流、胡杨的地域背景里，组合了取自克孜尔石窟壁画的金翅祥鸟，畅游于塔克拉玛干远古海洋的古生游鱼，塔里木广袤荒漠上演变而生的桑田麦穗；吹笛的仙女驾乘彩云飘动在浩渺空阔的天际，勇武的骑士驾驭猛虎那是人类与严酷自然的抗争；车轮与管道运送出井的原油展布在远山近树的漠域，山峦下翻卷的火团写照当代大气田的辉煌。画幅右侧"盘古梦想"的画题和"龟兹、运输、沙漠、石油勘探"的题材标注，与画幅上"千秋""惊涛拍岸""自强不息"的三方字印互应互对，是画作意蕴的简要提示。因为采用装饰画的手法和意象式的表达，加上这些简略文字的画龙点睛，这帧巨幅壁画的宏阔想象与繁复物象的景观描绘，让我思绪遥遥。

　　秋日里我再次来到塔运司大院，寓居在晴朗洁雅的龟兹驿馆。驿馆主楼前，我终于见到了《盘古梦想》的作者赵兵，聊说中自然询问了壁画的许多。赵兵言说这幅画的创作，也谈及更早时候他习画的故事。这位个头不高，身形精干的企业领导人，竟对绘画艺术曾经是那么痴迷——

讲台上靠黑板立一把扫帚，他画得最像，小学生们羡慕的目光培养了他绘画的兴趣。上技校学的是汽车修理，分配到敦煌的运输三公司，莫高窟佛洞里的精美壁画又吸引了他。街头一位十五六岁的男孩，玻璃片上画"反弹琵琶"出售，他竟观摩四个小时。听说县城有位篆刻高手，几经打听，买了两瓶香槟做礼物登门求教，篆刻家被他感动，当场刻一枚"赵"字印章赠送……进入美术院校深造，担任油田学校美术老师，又成为报纸杂志版画、装饰画创作的联系作者；从远在胜利油田的运输三公司到塔运司，他是行业美术教育的名人了。

龟兹驿馆主楼前的屋舍空白着一面山墙，远远近近的宾客出进宾馆，那里有一幅壁画多好！他的一组征战"死亡之海"的美术作品《瀚海魂》曾获全国银牌奖，经理就把活儿压给了他。塔运司是塔里木油田的运输支撑，服务遍及戈壁荒漠油气田的东西南北。他心里盛着的正是这个荒漠大油田蓬勃崛起的欣喜，又难忘几代石油人建设荒漠油气田的艰难，便决计把氤氲在心的这份意念，化成一幅意象宏大的艺术图景，坚固地凝定在这面山墙上。

设计草图，他意绪涌动——古游生物不是生成地下油藏的重要物质吗？金翅祥鸟与奏乐仙女不是远古时代文化风情的象征吗？用头戴盔帽的石油人和猎猎腾卷的天然气寄寓新时代的油气开发，用运输车的车轮和输送原油的管道写意油气田的火热……还有塔里木河的波浪与绿洲上的麦穗，可用来写照塔里木沧海桑田的变革……而这一切又以大红太阳所寓意的希望与光明统领……画面容纳古今，空灵寄托深邃，一幅缱绻于心的诗情画意，便以鲜丽的色彩闪动在他的胸臆。就将装饰画制作的概念与彩色画绘制的手法融于一支画笔，把涌动于心的构思显现成新颖

的壁画吧——借用装饰画手法，一幅渗透了远古思绪与当下现实的《盘古梦想》的草图就活现在画纸上了。

恰在此时，中央美术学院教授、著名油画家朱乃正先生旅居龟兹驿馆，要前往考察克孜尔石窟。陪同朱先生考察，他自报家门，呈上草图，征询名家斧正。先生从艺术性、观赏性着眼，点拨了几处画点的细节，希望他再强化一些现代意识的渲染一定会更好。油画大家的评说是一种美感提升，他对草图再做修饰，就付诸瓷砖描绘和厂方烧制了——瓷砖壁画色彩鲜艳，方便清洗，抵御腐蚀，耐时经久，他的筹划得到公司的支持；他将装饰绘画艺术与陶瓷工艺技术融于一体，以152型瓷砖为板基，放大原画，精心绘彩，协同技师施釉、烧制，这幅长达15米、宽幅4米的《盘古梦想》壁画，就绚丽奇目地定格在山墙上了。

至今，《盘古梦想》历经十多年的寒暑风雨，色彩依然鲜亮娇美，画面依然崭新如初。将装饰艺术的审美精神注入悠长的荒漠历史和荒漠石油开发的意象表达，《盘古梦想》屡屡引来无数沉思与遐想的目光。作为一幅环境艺术作品，《盘古梦想》是将塔里木地域文化、石油开发与装饰绘画艺术熔于一炉的成功之作。画面物象的造型是写意式的抽象组合，意境组成的构思具有视觉的审美效应。画面语言的表达呈现一种宏阔的气势，寓含诸多的地域信息，又灌注了创作者赋予画作的丰厚意蕴与浓郁情感。一景一色地观赏，那虚实相生的丰赡意境，物景相衬的复叠况味，启发你联想创世，触动你感悟英雄，你可以起飞想象，又能够怀抱真实。荒漠历史的演变与现实观念的抒发融于深远开阔的轴幅，古韵今律的情思同作者心灵的跃动相融相绕。《盘古梦想》质地上是当代石油开发者的一阕赞歌。

塔运司大院是企业办公和员工家属的生活基地，宽阔的院落大道林荫郁郁，运输和生活服务的机关布设齐全。东部是宽阔的停车场，时时有大型运输车辆出出进进，宏伟新美的指挥大楼就挺立在停车场以北的街市大道一侧。大院中部是龟兹驿馆两个片区的宾客接待区域，优美的

草坪花木笼绕鱼池假山，古典风格的彩色廊道贯穿其间。而西部一大片楼舍则是员工家属的住宅区。30 多年间，这里是塔里木荒漠上石油运输人演绎一桩桩英雄壮歌的龙头之地。生活、忙碌于这个大院的人们，来来往往奔走于石油运输的荒漠站点，充溢着石油运输人"闻油而动、为油大干"的执着情怀。《盘古梦想》的成功创作，其实是石油人心灵情愫的艺术表达。

石油人托举于世的是油气田的壮举，石油人的情爱也创造着色味明丽的文化艺术。而今，赵兵的视野已经由他曾经痴迷的绘画艺术，扩展到创新石油运输企业精神文化的层面，党委书记的职责赋予他以更重要的使命。在寓居龟兹驿馆的日子里，他带我参观企业的文化展馆，漫步草坪叙说依靠文化引领企业持续发展的盘算，厅室灯下共叙企业精神的打造，从他所言的一枝一节，我感受到了一个企业思想文化引领者的素养、怀抱和追求。当年对于绘画的兴趣，是他文化人生的奠基，之后他的画笔乳融了对石油事业的激情，现时的赵兵又以企业管理者的姿态，站在数千名运输员工队伍的面前——人生之路历练了他自觉的文化意识，职责之羽又承载着他前行的拓新之梦……

绝 地 叙 述

西部荒绝地

大山深处竟有这样的绝地！

越野车钻出壁立的秃山垭口，开阔的荒凉滩地上，一片千疮百孔、破败凄怆的断垣残壁，蓦地展现眼底。这是飓风扫荡后的村庄？洪水洗劫过的集镇？地震摇撼后的街市？哦，依奇克里克，这就是你的遗址吗？你原来就在这里！夕阳的辉光里，仿佛弥漫着壮烈，又似乎凝滞着悲怆，那景象真令人惊心透骨！滩地周遭，裸露的山体奇诡怪异，重重叠叠，莽莽的峰岭山岚迷蒙，渐远渐淡。这天山南麓渺远的无人区域，静静地凝定着悠远和苍凉。

此刻，停车伫立，背山俯视，滩地里当年勘探人居住生息的地方，令人禁不住喟叹满怀。这里，曾经是一处振奋人心的山野，曾经有过热情喷发的热闹，有过发现和创造的辉煌。在中国的石油发展史上，这里的山峦、沟壑，这里的乱石滩、山坡地，在岁月演进和萧萧风尘里，曾经矗立起塔里木石油勘探史上的"第一个里程碑"。如今，它苍老了，歇息了，岁月遗留给它的如此地貌，反而刺激我从心底回味它当年在艰难中崛起的历史功绩……

走进依奇克里克遗址，时光仿佛倒退了三四十年，那标志一个狂热时代的伟人像碑，高高地耸立在两厢的语录墙中间，凛冽的山风早已磨蚀了往日的神圣，显得孤孤零零。原有的色彩和笔画早已脱落殆尽，了无痕迹，台基上有破损的壑口，壁面上爬着干裂的斜缝，这一切，都在叙说着它永远被废弃了。依然看得出房屋之间窄小的巷道，碎砖烂石连片堆积，所有的房屋都失去了棚顶，屋墙倾颓，门窗成洞。像碑对应着一块较大的水泥场地，一座戏台式的建筑与像碑遥遥相望，土壁坍塌，空台露天。这是一片荒僻的废墟。当年这深山野滩里的石油村，一律是简陋的平房，走的是土路石径，只有村前一条沙石道路，一头通往山外，一头连着山坳里的油井。

这是大山深处的一个"工人镇"。说它是镇，其实最早的1958年却是一片帐篷和席棚房，后来是地窖、半地窖式住房，再后来才有苇把盖顶的土木、砖木干打垒房。依奇克里克"工人镇"，与山外的国道相距60千米，大半路程是河沟里的乱石滩，那是山外通向这里的唯一通道——我就是穿过这条荒凉得令人有点恐怖的河沟来这里的。它东西方向距离最近的县城是轮台和库车，都在100千米以上，信息闭塞，路途旷远，生活的艰难不能不令人叹息。职业和职责把他们锁定在一个被大山和沟壑，被遥远和荒凉封闭的自然环境，职工家属在乱石滩上移石垫土，自建农场，蔬菜自种自用。这就是他们的生存状态——40多年后的现在，凡是新建油田基地，都往城市靠拢，楼房成林、花草互映的生活小区，备感优美舒适，工人集中半月上油区工作，半月回城市基地休养，时尚生活与城市完全一致，这是当年依奇克里克"工人镇"的人们绝对难以想象的。抚今思往，一股强烈的情感思潮向我涌涌冲击而来……

依奇克里克，因地下的石油而崛起，又因石油的枯竭而败落。石油是地球对于人类的伟大的一次性贮存，不可再生，不会像雪山化水那样永远有雪，永不枯竭。依奇克里克的油藏枯竭了，人们开辟的一块艰难

的生活田园也随之枯萎。它的自然环境有太多的狰狞，山大，沟深，有的山体黑黝黝的冷峻，有的岩崖红刺刺的扎眼，冬天冷得瘆人，夏天早晚离不得棉衣，太不适合人们休养生息，建设家园。群居生存是人的本性，飞禽走兽都有各自的群体生息规律。"工人镇"的居民只有撤离，撤离时的心情却是复杂的，既有高兴，高兴中又缠绕着太多的留恋——这里毕竟是自己为国家的工业化立过钻机，采过原油，熬过荒凉，备受艰辛的地方。他们在这里一二十年，除了采走几千万吨的石油，没有留下什么。他们坐着搬迁的老式解放牌卡车，爬上南面最高的山头，最后瞥一眼朝夕相处的生活基地的时候，禁不住感叹一声："有用的东西都拆迁走了，剩下的只有无用的废墟……"

其实，他们和整个依奇克里克油田留给后人的，却是另外一笔宝贵的遗产。

距眼前这片废墟，不，距当年依奇克里克基地不远的库鲁克达山里，有一条沟，山崖上刻着"健人沟"三个醒目大字。"健人"就是当年女地质副队长戴健和队员李越人简化的合名。1958 年盛夏的一天，戴健和李越人、张怡容在这里进行地质调查，突遇特大山洪，戴健和李越人被洪水卷走，不幸遇难，张怡容抓到一块山岩，坚持到洪水回落，得以幸免。40 多年后，塔里木沙漠、戈壁的油气勘探闹得红火，依奇克里克地区再次挺立起超深井钻探的井架，已经 60 多岁的张怡容老人，来到他们三人被洪水卷走的地方，为戴健、李越人沉重地献上一束用红布系扎的鲜花，是缅怀两位亲密的战友，也是缅怀一段难忘的岁月；是排遣对两位青春年华队友的思念，也是用现在石油事业的兴盛与发展告慰不幸的牺牲者。

戴健，生于湖南长沙，毕业于西北大学石油地质专业。李越人，生于浙江桐乡，毕业于北京石油地质学校。1958 年 8 月 18 日，戴健带领李越人、张怡容在依奇克里克山区进行观测填图作业，发现一处油沙和沥青脉，三人激动得流出了眼泪。张怡容说：来依奇克里克钻探背斜构

造的钻机已从克拉玛依出发啦。李越人说：能亲眼看到依奇克里克打出油来，那该多美！不料，中午时分，山头上一抹凶恶的乌云汹涌而来，刹那间瓢泼暴雨夹裹冰雹劈头盖脸而下，他们紧急返回时山沟里突然洪水骤至，三人被巨浪冲散。遇难后俩人被洪水冲卷到20多千米的山外戈壁滩，戴健年仅24岁，李越人年仅20岁。在他们牺牲后的第53天，依奇克里克1号井喷油，塔里木第一个油田宣告诞生。惊人的喜讯就在他们前头，他们似乎都有一种临近的预感，可是，两人却没有能够品尝到那个惊心的喜悦！

戴健和李越人的牺牲我不想用"壮烈"一词来形容。"壮烈"一词的含义有勇往直前、心甘情愿的意思，可他们不是，在骤然而至的山洪面前，他们想的是快跑，他们不想死。突降的灾难造成他们命运的不幸，他们无力对抗，他们走出大专校门都才不久，都值青春年华，他们死得何其悲惨，不可预料，他们的死令人伤痛，令人惋惜。但是，人们为什么要用他们简化的合名，来命名那条痛失他们生命的野性山沟呢？是寄托哀思，是表达痛惜，是记录依奇克里克自然环境的险恶，是铭刻老一辈石油人苦战依奇克里克严峻自然所付出的艰辛和牺牲——石油人大都知道，开发依奇克里克油田的老一辈人，在"找油恐时迟，汗滴暑天石"（石油人诗句）的地质勘察岁月，不幸意外被严酷的自然力吞噬生命的青年知识分子，还有李乃君（女）、杨秀龙，他们与戴健、李越人一样，是在同一天的特大暴雨中，于另外一处山地，同时被洪水吞淹而死；还有周正淦，也是这一天在另一山区跑表尺，跳下沟坎躲避冰雹恶雨，被凶猛的洪水卷入急流而死。还有诸多因公殉职的钻井员、固井工、电焊工、采油工……是这批人用自己的生命，是更多的人用他们的一生，共同奠基和建设了依奇克里克这"第一个里程碑"！

而今，依奇克里克基地荒废了，但依奇克里克精神没有死——至今，一个刻在石头上的普通人的名字，还在生动地叙说着这"第一个里程碑"的辉光，依然与天山同在，熠熠生辉，依然撼动着人们的

心灵。

在进入依奇克里克基地长达 60 千米的沟口山丘上，高高耸立着一块墓碑，墓碑上刻着"鲁晶之墓"四个大字。1957 年，鲁晶从北京石油学院毕业后，一个铺盖卷，一包地质书，西出阳关，征途漫漫，来到塔里木北缘的依奇克里克油矿。天山莽莽，寒风劲烈，他伴着地质锤、太阳帽、帆布帐篷和地质图纸，在大山里拥抱祖国的石油事业。大山剥蚀，岩层断裂剥离，似乎隐藏着难以诉说的苍凉与雄浑。他穿着一双现在已经很少看见的那种老式解放胶鞋，蹬在被酷暑的阳光烤得发烫的岩石上，和地质队的队友在沉默的群山里观测、填写地质构造图。他曾经忍受断水、干渴的极度煎熬，饮过墨水，吃过牙膏，逮住蜥蜴吸血，接了尿液吞咽，坚持一天一夜，完成任务才返回支撑营地。组织上曾经委任他重要的地质职务，他却被那场疯狂的政治风暴卷入劳动改造的行列，吞咽了四年"牛棚"生活的苦涩。1978 年他得以落实政策，担任依奇克里克油矿地质科长，带领实习生重返当年喝过尿的山地，进行新一轮地质勘查。在这里，他惊奇地发现，20 年前他们插下的用作观测标志的小红旗，依然压在坍塌的石头里，夹在山岩的缝隙里，褪色发白，边角破损，却是那么历历在目，引人心动！他把这富有传奇色彩的小红旗，邮寄给转战大港油田的当年的女地质队长郭蔚红，他们之间，不，在所有知晓此事的石油人中间，便勾起一段动情的回忆和述说……不幸的是，不久他患绝症去世。弥留之际他留下遗言，嘱托妻儿："我死后骨灰埋在塔里木，墓碑面向大漠，我在九泉之下也要看着那里出油……"

这就是石油志上没有记载，却被依奇克里克的荒漠铭刻了姓名的一个普通人的传奇故事。我以为，它的蕴涵就是依奇克里克废墟的深情叙说，就是依奇克里克至今依然闪烁的光辉，就是依然撼动人们心灵的高昂精神！

单从地物上看，依奇克里克基地的遗貌，的确已经失去了鲜活的生

命，但它的意义绝非类同于楼兰废墟、尼雅遗址等诸多古代人类的聚居城，它是新的时代我们民族不懈创造精神的地物见证。从这个意义上说，依奇克里克的确是不朽的，应该珍重，应该保护，应该开发，应该化作一处精神的纪念地，一座思想的永铭碑。

远赴依奇克里克，我是拜访它的基地遗貌和山坳里枯竭了的油井，也是拜访那里重新上钻的钻井队。那里，伴随着塔里木沙漠大油田、塔北克拉2大气田的崛起，已经布设了依南1、依南2等数口新井位。依南1井超深钻探的井架，就在依奇克里克基地遗址的近旁，在千山万岭中高高地耸立，井架顶头红旗猎猎，沉重的钻机声震荡山谷。当我从废弃的依奇克里克基地走近依南1井钻探的井场，我的视线仿佛追逐着跳动的希望，我的思绪仿佛追随着浩浩的长风，我觉得依奇克里克的生命脉搏依然勃勃跃动，石油人正在与依奇克里克荒凉绝地的险峻、嵯峨，合谱着新时代的铮铮鸣奏……

塔里木的胡杨

　　每去塔里木，必看胡杨林。站在大漠边缘放眼望去，那千万株粗大的胡杨接地连天，不知生长了多少年。茫茫的沙丘之上，绵绵的苍凉之间，那粗壮的身躯上竟然还顶着淡淡的一抹绿色。面对这神奇的生命，你不能不被它顽强的生命力所折服。更让人震撼的是，那些已经倒下的胡杨，躯体干裂，形若苍龙，树皮早已脱尽，无枝无叉地半掩在黄沙中，却不肯低头，挺挺地矗立着！难怪说胡杨生而一千年不死，死而一千年不倒，倒而一千年不朽！

　　对胡杨的这种虔诚的敬仰，是因为我们由衷地感受到，长年累月奋战在塔里木的一群群石油人，就是一棵棵参天的胡杨！为在大漠里寻找石油，几代石油人付出了无数艰辛、无数努力，终于将塔里木油田建设成我国最大的天然气产区。如今，绵延几千千米的"西气东输"长途管线，把塔里木的天然气源源不断地输向了上海、南京、北京等地。此后"西气东输"二线南段又相继开工建设，意味着不久的将来，塔里木的天然气还要输送到遥远的广州，给千家万户带来温暖和清洁。油田公司负责人自豪地扳着手指对我们侃侃而谈："经过50

多年的艰苦勘探和 20 年的高效开发，塔里木油田累计发现 30 亿吨的石油天然气，累计生产原油 7270 多万吨、天然气 560 亿立方米，去年油气产量超过 2000 万吨，成为国家重要的石油生产基地。"是啊，会战 20 年来，塔里木可以说是一天一个新成绩，一年一个新面貌，一片片绿洲撑起了一片片蓝天。前不久，油田基地还被授予国家级园林化示范园区称号，成为南疆一道亮丽的风景和璀璨的明珠。

昔日"死亡之海"变成了"希望之海"，一个辉煌的景象在塔克拉玛干横空出世。为了这一天，多少石油人像胡杨一样顽强地坚守着这片大漠，多少石油人像胡杨一样默默地倒下。克拉苏荒漠与库鲁克达山毗连的"健人沟"，就是以年轻的女地质队长戴健和队员李越人的名字命名的。那是 1958 年盛夏的一天，戴健等人在山地进行地质勘探时，突遇山洪暴发，刹那间，戴健和李越人被洪水卷走，不幸遇难。从此，这里就有了一个"健人沟"的新地名了。半个世纪后，有人在"健人沟"的山上用石头摆出"缅怀英灵，继承遗志"的巨型方字。在一个钻井队年轻队员的床头，我们发现挂着一张小伙子在巨型方字前的彩色留影。谈起这张照片，这位石油后生深情地拿出一本《塔里木石油志》激动地说："每次目睹两位英雄的遗像，心里就有一种深重的沧桑感和作为塔里木石油人的神圣感。"塔里木油田 7015 钻井队泥浆工、铁人式共产党员王光荣，18 年如一日，在钻井泥浆池边，默默奉献着人生。在病魔严重威胁生命之际，仍一直坚守在工作岗位，每天至少干 12 个小时。1989 年底病逝后，塔里木指挥部临时党委追认其为优秀共产党员。1991 年，王光荣同志的事迹在中国革命历史博物馆展览……英雄们像胡杨一样倒下去了，英雄的品格和风骨却千年不朽！这些年，塔里木人的精神和使命感，召唤着一批又一批年轻的石油人从繁华的都市到发达的沿海，从白山黑水的东北到青山绿水的江南，意气风发地奔赴塔里木油田，寻找像胡杨一样美好的

人生。

啊，胡杨，生长在荒漠地域却有着顽强的生命力，生长得悲壮热烈却甘愿寂寞，远离繁华却给荒凉带来勃勃生机，朴实无华却敢于和命运抗争。默默奋战在塔里木的石油人呵，就是活着的胡杨，就是永驻我们心中的胡杨！

埋植沙海的英魂

1990年6月的一天，在北京中日友好医院里，刘骥仰卧在雪白的病床上，骨瘦如柴。糖尿病已经折磨他十几年了，没想到，这次病情恶化，不得不住进医院。

病房里显得异常宁静。护士和老伴静静地守护着他。

老伴把早已准备好的录音机放在他的怀里，轻轻按动了录音键。他已经被确诊为低分化腺癌。这次录音也许就是他最后的遗嘱了。

面对录音机，他吃力地、断断续续地讲述着——

"……5月初，王炳诚局长说了，我承担的事情责任很大，要做的事情很多，有的事情还没来得及做。首先要把塔克拉玛干的安全通道搞起来，尽快建立一个共同目标。下半年我争取出院进入工作中来……5月22号，王涛部长在飞新疆之前，来看我，要求一要把病养好，二要在住院期间把塔克拉玛干安全通道设想写出来。王部长说：'这是我交给你的任务！'我跟王部长说，让徐西华来，带两个人，一个学电的，一个搞工程预算的，共同研究这个问题。我谈一下对塔克拉玛干安全通道系统工程的思考……"

刘骥思路清晰，谈得非常兴奋。他录音的主要内容全是沙漠里的交通和运输——要把王涛部长的指示，贯彻到系统工程中来；在沙漠里勘探，要实事求是，从实际出发，考虑在塔里木河上架设钢铁舟桥，在沙漠用钢板铺设飞机跑道；进沙漠推公路，一是坡度不能高于12度，路两边要有明显标志，二是路两头100千米处设支撑点，放上房子，安上无线电，掌握运输情况，放上轮胎和推土机，随时可以救援，三是在适当的地方搞一个轮胎维修点；照明用沙漠里的风能发电，从采油树那里接管子引天然气做饭，等等。

刘骥把自己的感情、健康和忙忙碌碌的奋斗，献给了塔里木沙漠石油钻探的交通和运输……

1986年6月的一天夜晚，刘素英为老伴刘骥准备着奔赴新疆的行装。她望着那些碘酒、注射器、胰岛素，想再做最后的挽留。

"你能不能就听我这一次呢？"

"你不要再说了，我决心已定。"

"你说，我什么时候拖过你的后腿？糖尿病需要什么样的生活环境，你比我更清楚呀！"

"活着干，死了算，我这把骨头扔到塔里木，值得！"

话都说到这个份上，再劝又有何用呢？

刘骥，1950年从燃化部干校赴朝参战。1979年，中苏边境紧张，他又请缨进疆，指挥克拉玛依至乌鲁木齐输油管道复线建设。为执行任务，他两次被撞断5根肋骨，还开着车赶路。57岁即将退休时，他又请战出征新疆塔里木，出任沙漠钻井顾问组总工程师。他是带着糖尿病，带着与糖尿病做斗争的药品和注射器（便于自己注射）来到塔里木的。

解决运输工具问题是进入塔克拉玛干沙漠开展勘探工作的关键。作为总工程师，刘骥苦思冥想的就是这个问题。为了穿越沙漠，最初，有人提出：在塔克拉玛干沙漠上架设桥梁，从桥上进入沙漠——在茫茫几

百千米的沙漠上架桥显然是不现实的；有人提出用汽艇悬挂钻井设备空运到沙漠井位，但钻井设备一般都重几十吨，目前还没有汽艇能悬浮如此重的物资。1986 年 8 月，刘骥参加在新疆举行的沙漠勘探装备技术座谈会，明确提出解决沙漠运载工具问题，应以沙漠车为主的思路。随后，他便投入引进沙漠车的工作中。

在那段日子里，他满脑子都是车、车、车。除了制订谈判的战略战术，他常常通宵达旦地研究资料，各种车的模型在他脑海里活动着，变幻着，做着各式各样的破坏性"试验"……日本的沙漠车密闭好，操作方便，性能不如西德车；法国的沙漠车轮胎又比西德的好……他画了一张草图，将日本生产的五十铃车的车头，西德车的底盘和前后轴，法国车的轮胎和充放气装置集于一身，一种新的车型诞生了。他决定与日本厂商谈判生产他的"设计"。

1988 年，刘骥的病情已经加重。为了不耽误工作，他开始随身携带药物、注射器，以便随时注射治疗。春天，刘骥在北京谈判完毕，准备返回库尔勒。在登机检查时他被查出携带了酒精。他解释说："我是用来消毒用的，别无他意。"检查人员不信，他又连忙拿出注射器和胰岛素，说："没有酒精，我拿什么消毒啊？"检查人员表示理解，但还是没收了酒精。

在乌鲁木齐下了飞机，他立即叫同行的徐西华找酒精。为了治疗糖尿病，他已经离不开注射器、胰岛素和消毒药品，每天三次自己给自己往腹部注射。

1987 年 1、2 月间，正是塔里木盆地最寒冷的时候。上级要求 6 月以前，钻机大件必须安全运过塔里木河，以便保证沙漠腹地的第一口探井满西 1 井顺利开钻。刘骥冒着凛冽的寒风出征了。他带领总参工程兵研究所、446 厂、新疆军区工程兵处、新疆水利厅、新疆生产建设兵团等科技单位的专家，两次进入塔里木河沙雅渡口和新西满水文站进行实地考察。经过多种方案的论证比较，最后确定采用架设舟桥的办法，解

决钻井物资过河的问题。随即，刘骥又下无锡、奔南宁，向专家求教，到厂家考察，由总参工程兵研究所完成全部设计和制造工作，并于5月25日运抵塔里木河，两天内安装完毕可以通过百吨重载的舟桥。在洪水到来之前，一队队沙漠车辆满载钻井设备，浩浩荡荡地渡过了塔里木河。

紧接着，刘骥又忙于解决空中运输问题。因为沙漠腹地即将上钻，腹地工人倒班和蔬菜等食品供应及紧急情况的救援等，都必须靠飞机解决。沙漠钻井顾问组已派人去山西太原，考察了长岭通用航空公司。航空公司的"双水獭"飞机可以用合同方式承担沙漠钻井的空中运输，但必须解决沙漠跑道问题（沙漠边缘有库尔勒机场）。在沙漠修建机场，材料运输、巨大的资金暂且不说，单说钻井是风险事业，一口井要是打不出油来，耗费巨大的物力、财力修建的井场机场不是要白白扔掉？

这时候，沙漠钻井顾问组组长王炳诚想起，1959年他到意大利西西里岛油田考察时，他们乘坐的飞机就降落在一个银灰色的带圆眼的金属跑道上。据说这种跑道可以卷起来，装、拆都非常方便。不知国内有没有这种金属跑道？他拨通了北京刘骥的电话，向他说明了自己的想法。刘骥一听，高兴地说："完全可以，我在朝鲜战场就看见过这种带圆眼的接扣式钢板飞机跑道！"

刘骥当志愿军时，是空军地勤人员，自然对跑道情况了如指掌。说干就干，刘骥立即找到空军司令部首长，请求支援。很快，一批从抗美援朝"退役"下来的跑道钢板运进了大沙漠，在满西1井旁，14000余块带圆眼的钢板铺成了一条宽20米、长600米的飞机跑道，成了大漠上的一处壮美的景观。

试飞成功了，刘骥却头晕目眩，四肢无力。他躲进卧室，取出血糖仪，熟练地消毒，取血样，化验。血糖仪显示：血糖280毫克。经验告诉他，很可能出现"酮体"。他拿出注射器，用发抖的手将30个单位的胰岛素注进了自己的腹部……

1989年初，刘骥回到河北廊坊管道局医院接受治疗。8个月后，他

的胰岛素注射量由 48 个单位减少到 10 个单位。他感到重返塔里木的希望就在眼前。可是，不久，医生已确诊他为低分化腺癌，告诉他：治疗需要两年时间。听到这话，刘骥流泪了——他不是为病情加重而流泪，而是为不能再去塔里木而难过。

时任中国石油天然气总公司总经理的王涛和塔里木石油勘探开发指挥部常务副指挥的王炳诚前往医院探望他。王涛要他在住院期间，把对塔克拉玛干沙漠通道问题的想法写出来，就是这次说的。王涛和王炳诚握着刘骥的手说："刘总，同志们很想你，盼您能早日康复！塔里木需要你，大家盼着你早日回去！"

刘骥说："我要回去的，我一定要回去的！车队怎么样？同志们好吗？沙漠车性能如何？"

刘骥心里明白，自己的病已经无望了。他只能在意念中默诵着 1987 年 9 月 24 日他乘飞机飞越天山时写下的诗句："脚踏天山雪，白云扑面来，壮哉此情景，终生难忘怀。"他只能在意念中说："塔克拉玛干，我一定会回来的……"

刘骥的体重急剧下降，由 100 千克降到不足 50 千克，全身肌肉已经萎缩。当沙漠运输公司经理徐西华专程从新疆库尔勒到北京看望刘骥的时候，刘骥拉着徐西华的手，依依不舍地说："塔里木的事情，我只干了一部分，没有看到大油田，没有看到一条大路通到沙漠，死了不甘心。我死了，就把我的骨灰撒在塔里木河边，撒在大沙漠……"

9 月 28 日，刘骥的心脏停止了跳动。

11 月，刘骥的夫人和女儿捧着刘骥的骨灰，从北京来到库尔勒，由徐西华陪同，乘专车前往塔里木河边，在钢铁舟桥桥头的胡杨下掩埋了一半；又乘双水獭飞机飞进塔中 1 井，在塔中 1 井的飞机跑道旁的红柳丛中掩埋了另一半。

一位痴情于塔克拉玛干大沙漠石油勘探和沙漠运输事业的英魂，永远地留在了塔里木，留在了塔里木的大沙漠……

追寻大漠里的遗愿

　　世界上的黄色仿佛都涂抹在这里，地球上的沙子仿佛都堆积在这里——塔克拉玛干，这浩漫无际的沙海，一垄垄断月状的沙丘链重叠着，蔓延着，渺渺茫茫，远抵天际，恰如凝定了的大海的波涛。

　　不再是生命的绝域，不再是"死亡之海"。石油人已经无数次挺进、穿越，在这里创造着现实的神话——一个大油田从沙漠深处悄然崛起，一条著称于世的沙漠公路已经南北贯通大沙海。

　　一次又一次，我在沙漠公路上乘车奔驰。车窗外看不尽的沙丘、沙垄、沙梁和沙山，展示着大沙漠壮观恢宏的博大气势。一次又一次，我在沙海腹地的钻井平台上眺望。一副副钢铁井架在沙海中拔地而起，傲然挺立，一片片绿色的组合式野营房，在赭黄色的背景里显示着勘探者英勇、豪壮的气概。我为石油人艰苦卓绝的奋斗所创造的宏壮业绩所振奋，更为那些把生前的理想和死后的希冀都交付给大漠的人们的精神所震撼。

　　我崇敬地追寻着那些埋植在大漠里的遗愿……

　　鲁晶，当年依奇克里克油矿的地质员。1959 年 7 月，他冒着酷暑，远征渺无人迹、山石破落的库鲁克达山区，采集岩石标本，考察地质情况。烈日喷射毒火，山岩烫似烙铁，在极度干渴的威胁中，他用行军水壶收取自己的尿液，艰难地吞咽那淡黄的液体……

在吐格尔明沟，他获得重要的发现，兴奋异常地在山坡头断裂的岩缝里插上标志希望的三角小红旗。可是，当钻机声和黑石油散发的芳香，日日夜夜缭绕那面三角小红旗的时候，他却被另一场干热的政治风暴卷进了劳动改造的行列……

1978 年，春风和阳光沐浴他重新站立起来，带着学生前往 20 年前曾经勘查过的吐格尔明沟实习。在当年喝过尿的那个山坡头，那面插在岩缝中的三角小红旗，已经褪色发白，旗角残破，却依然深情地依偎着坍塌的山石。他百感交集，和泪收取这标识希望的旗帜，把不曾泯灭的追求永存心灵。

不幸的是不久他就患绝症走了。弥留之际，他魂牵梦绕地怀恋着塔里木，留下了撼人心灵的遗言："把我的骨灰埋在塔里木，墓碑向着大漠，我在九泉之下，也要看到塔里木出油！"而今，在一座高高的山坡头，掩埋鲁晶骨灰的墓冢和墓冢前的石碑，面向广大宽阔的大漠，面向浩瀚辽远的沙海，已经挺立了整整几十个年头……

57 岁的年龄，又身患难缠的糖尿病，却执意要去塔里木，这就是新疆石油管理局副总工程师刘骥。

他说："活着干，死了算，我这把骨头扔到塔里木，值得！"深夜里，他掌灯伏案，一页一页咀嚼着国外各种沙漠车的资料，脑子里装满各种类型沙漠车的组件。在一张粉白如雪的大纸上，日本五十铃车的车头、西德车的底盘和后轴、法国车的轮胎和自动充放气装置，在他的笔下集于一体，活了起来——这就是刘骥融注了智慧的引进。引进成功了，进入塔克拉玛干大沙漠的运载工具成功了，而主要依靠黄豆饼为食的他，却消瘦了。

为了在塔里木河上架设舟桥，刘骥仍然依靠黄豆饼的支撑，东奔无锡，南下南宁，为制造适宜承载石油钻井机具的大型沙漠车的钢铁方舟而匆忙奔波。当沙漠里第一个钢铁飞机跑道在满西1井井区浑黄色的沙丘之间，呈现一片平坦而醒目的黑色时，他的血糖已经达到280毫克，四肢无力，浑身发颤。而他却坚持要完成第二天的首次试航，他用颤抖的双手，拿起注射器，自个儿把30个单位的胰岛素注入自己的腹部。

在他病危的时候，肌体已经枯萎得不足50千克，他却抱歉地对前来医院看望他的塔里木油田领导说："我没有完成任务，没有看到大油田，没有看到一条大路通到沙漠，死了不甘心。我死了，就把骨灰撒在塔里木河边，撒在大沙漠。"现在，塔里木河上的舟桥，已经变成了雄伟壮观的公路桥。刘骥的部分骨灰就静静地掩埋在塔里木河公路大桥北首的胡杨树下。

1993年4月的一天，一位沙漠科学工作者从湖南衡阳，来到沙漠腹地的塔中4井区，燃放两串鞭炮，把父亲的骨灰，庄重地埋置在高高的沙丘上。他向父亲的骨灰默默地鞠躬，怀着实现父亲遗愿的深情说："你放心地安息吧，父亲，沙漠公路很快就要修成，你安息的这块地方很快就会变成繁忙喧闹的'塔中市'，在这里你是不会寂寞的。"

这位科学工作者叫周兴佳，是新疆生物土壤沙漠研究所著名的沙漠研究专家，曾经数次徒步穿越塔克拉玛干，完成了沙漠化防治方面数项重大的科研课题。塔克拉玛干沙漠公路作为塔里木石油会战中的重大建设工程，向沙漠腹地大踏步延伸的时候，周兴佳正在参与沙漠公路的部分选线测设。他的父亲周正，是一位著名的中医大夫，84岁高龄在湖南衡阳谢世。临终前，周正留下肺腑之言，要周兴佳把他的一部分骨灰，撒进新疆的塔克拉玛干，以寄托他陪伴儿子在沙漠事业

中尽心出力的愿望。一位并非石油人的老中医，对沙漠事业的赤子情愫，撼心动腑，感人至深。

命运和机遇把我的人生，投给了塔克拉玛干。这里，石油人层出不穷的标志人生高尚价值的故事，连同石油会战所创造的激人奋进的业绩，春风春雨般地吹拂、浸润着我的身心；而漫黄的沙海里埋植的那一捧捧依然发热的骨灰，则是我人生的新基点，前进的新起点……

瀚海地火

　　位于塔克拉玛干沙漠腹地的塔中 1 井，在 1989 年 10 月 19 日傍晚喷出强大油气流时，人们激奋不已，彻夜狂欢，许多人禁不住心底的颤抖，一任忘情的泪水尽情挥洒！

　　那一夜的激动和泪水，连同塔中 1 井喷油的重大喜讯，永远记录在塔里木盆地石油勘探的史册上——这是塔克拉玛干沙漠腹地第一次获得的振奋人心的重大发现……

　　1989 年 9 月 25 日 6 时，塔中 1 井第 18 筒岩芯出井。当岩芯从取芯器的长筒中一节一节跌落井台的时候，工人们一片惊呼："有油！有油！"钻井总监职均和塔中 1 井地质监督肖功令更是兴奋不已。肖功令一面小心翼翼地往木箱里收装岩芯，一面喃喃地说："我看，可以报消息了，职总监，可以报消息了！"

　　岩芯长 1.56 米，分布着明显的细小裂缝。裂缝像纹线一样，有竖、有横、有斜、有弯。裂缝疏散处，油迹渗出一道道痕迹；裂缝细密的地方，渗出的油迹则连成一片。还有几处针眼般的小孔，也像额头冒汗一样，往出渗油！

来自渤海油田参加塔里木石油会战的 51 岁的职均是一位阅历丰富的钻井专家，他捧起刚刚出井的含油岩芯，左翻右看，爱不释手，又靠近鼻子闻着，十分激动："像这样明显可见油迹的岩芯，真是少见！"

26 日凌晨 1 时，第 19 筒岩芯出井。长达 2.07 米的岩芯体上，布满更为密集的裂缝和小孔，全部带着油迹。出筒的时候，透黄清亮的油迹汩汩渗出，一滴一滴往下掉。其中一段像皱裂的手背一样，溶洞溶孔发育很好，孔洞内饱含原油，说明储层物性极好。这，实属罕见啊！

振奋人心的好消息，当即通过电波，从塔里木盆地的库尔勒传到了东北松辽盆地的大庆。中国石油天然气总公司总经理王涛等领导正在大庆。那里，9 月 26 日要举行大庆油田诞生 30 周年庆祝大会。塔中 1 井含油岩芯连夜空运大庆。

9 月 26 日，大庆油田诞生 30 周年庆祝大会的会场里，充满了超乎平常的热烈兴奋。坐在主席台上的王涛总经理红光满面，情绪极好。他高高地举起刚刚送来的塔中 1 井含油岩芯，慷慨激昂地宣布说："在大西北的塔克拉玛干大沙漠腹地，从塔中 1 井取出了饱含原油的岩芯！"

顿时，雷鸣般的掌声响彻整个会场！

塔克拉玛干沙漠里的一段含油岩芯，牵动了整个石油战线。人们为什么如此地兴奋不已？

到 20 世纪 80 年代，中国后备石油地质储量严重不足，石油资源接替紧张的情况没有从根本上得到解决，直接制约国民经济的发展。国家东部的几个主力油田综合含水率已达 70% 以上，多数油田已经或者即将进入开采后期。因此，拿到新的地质储量是发展国家石油工业迫在眉睫的任务。而 1989 年 4 月上马的塔里木石油勘探开发会战，就是国家部署的"稳定东部、发展西部"，寻找我国石油后备资源接替地区的重大战略行动。所以，在塔里木盆地的塔克拉玛干大沙漠腹地，发现并不多见的饱含原油的岩芯，意义非同小可！

1989 年 10 月 19 日，塔里木石油勘探开发指挥部决定：位于沙漠腹

地 8200 平方千米构造圈闭上的塔中 1 井，进行中途测试。副指挥钟树德乘坐双水獭飞机飞进沙漠，飞往塔中 1 井，亲自指挥塔中 1 井的中途测试。

钟树德赶到塔中 1 井，精心组织新疆钻井公司 7015 钻井队、海洋石油测井公司、华北油气测试公司以及 IDF 国际泥浆公司等专业承包单位，进行测试前的准备工作。大家深知，受到整个石油战线，乃至国家领导人关注的塔中 1 井的中途测试，责任非同一般。

18 点 30 分，封井器的闸门开启了，从井口伸向沙窝的放喷管线的出口，扑扑地喷吐着白色的水流。井上工作的所有人员几乎全部自发地集中在井架南边的沙丘上，等待着一个惊天动地时刻的到来。

40 分钟过去了，放喷管线喷吐的水流逐渐变黄。穿着红色信号服和黑色长筒靴的钟树德站在人群的最前面，情不自禁地说："快了！快了！"

管口喷射而出的液体越喷越远。随着液体呼吼声的增大，喷势越来越强。

又过了大约 1 小时，管口强劲的呼吼变成了猛烈的呼啸。20 点 23 分，一股浓郁的油香，随着液体喷吐扇起的气浪，向井场弥漫开来——"出油啦！出油啦！"人们跳跃、狂呼，喊叫声和喷油声笼罩了一切，整个井场沸腾起来！

油气喷射得太猛了。为了防止井场着火，需要点燃喷口的油气。年轻的工人轮流向喷口投掷火把。可是喷势太大，气浪太猛，投去的火把未到喷口，就被疾速的气浪卷灭。

钟树德命令："关小闸门，减小喷势！"

又一支火把投过去——"轰！"一团黄红色的火焰顿时喷卷而起。这时，夜幕已经降临，管口喷卷的火焰在沙丘上空翻卷成火的漩涡，强烈的火焰映红了人群，映红了井架，映红了周围的沙漠。

同一时刻，在沙漠外面，在库尔勒市塔里木石油勘探开发指挥部调

度室的电台前，副指挥邱中建、王炳诚等正在焦急地等待着。当他们又一次喊通了塔中1井的电台时，只听见话筒里传出钟树德明显地带着激动情绪的声音："喷势很大啊，喷势很大！"指挥部临时党委副书记兼副指挥周原，带着几名政工人员立即赶写贺信，赶做锦旗。他拿出保存多年的陈酒，给工作人员每人斟上一杯，高兴地说："参加塔里木石油会战，你们一来就出油了，真幸运！"

听到塔中1井喷油的消息，"骚动"最为剧烈的是地处库尔勒市的物探三处的大院。

23点，物探三处办公大楼上的喇叭响了——"喜讯！喜讯！塔中1井出油了！"

像远投的火把"轰"的一声点燃喷管口的油气，三处的大院沸腾了：长长的鞭炮串子炸起了漫空的烟雾，暴风雨般的锣鼓声把一家又一家男女老少召唤到办公楼前；人们互相握手，互相祝贺，询问着，议论着，传递各自听到的最新的信息；已经有人流泪了，滚在脸颊上的泪水在电灯的光彩里闪闪发光；汽车司机们按响喇叭，让长长的汽笛代替自己向夜空深情地呼喊……

三处副处长林振刚要通了河北涿州市石油物探局机关总地质师柴桂林的电话："柴总，你……听到了吗？"林振刚拿着耳机的手不由得发颤，激动得连话也说不连贯了，不知道此时此刻该向柴桂林地质师——这位为沙漠地质做过极大牺牲，付出无数心血的老领导说些什么。他把话筒伸向窗外，用窗外震天的喧闹声，向柴桂林报告特大的喜讯。

"柴总，这可是一口千吨井啊！"林振刚说。

电话里没有回应声。林振刚听得出，柴桂林哽咽了。长时间的沉默后，林振刚才听到柴桂林显然被兴奋浸泡地发颤的声音："听到了，听到了！我们……我们没有白干啊！"

听到柴桂林这样说，林振刚涌在眼帘的泪水立即夺眶而出！

石油物探人从1979~1989年10年间，数十次闯进塔克拉玛干，遭

遇了多少艰难、多少曲折，历经了多少牺牲、多少付出，现在，积压心头 10 年之久的倾心期盼、切切愿望终于有了回报，他们怎么也禁不住哽咽，禁不住泪水涌流，禁不住发疯般的狂欢！

物探三处大院里锣鼓鞭炮的祝贺似乎远不足以"发泄"他们的心情，他们索性把大鼓抬上汽车，一路敲着，向 10 多千米外的塔里木石油勘探开发指挥部奔去。指挥部办公楼前，同样是鞭炮齐鸣，一片欢腾。物探三处的锣鼓声一到，又把指挥部庆贺的热烈场面推向了高潮……

1989 年 10 月 19 日夜晚，是一个不眠之夜。

10 月 31 日，塔中 1 井再次测试喷油以后，11 月 1 日，《人民日报》在头版重要位置刊登了这期盼已久的好消息。塔克拉玛干沙漠里喷出了高产油气流，振奋了国人！塔里木石油会战有了又一个重大的发现，举国同贺！

荒漠上喊出的名言

在塔里木沙漠公路，一道跨路彩门的立柱上，醒目的大字是一幅诗一般的联语：只有荒凉的大漠，没有荒凉的人生。

这句联语赫然书写在戈壁、沙漠和山地的井场，悬垂在采油作业区的公寓门厅，炫示在油田企业文化的理念，镌刻在石油工人的人生坐标，成了人们铭志、勉励的座右铭。

"只有荒凉的大漠，没有荒凉的人生"——这熠熠生辉的语言和它所蕴涵的心灵情感，仿佛一面红色的旗帜，鲜亮、鲜活地辉映着茫茫的荒漠，辉映着人们的心怀。

孕育在塔里木石油会战的初期，至今过去了 20 多个年头，它的思想魅力和感召力量，依然生动地跳跃在人们的意念里……

那是轮南、东河塘等地区的探井连连得手的红火岁月，参战的中原钻井公司 7012 钻井队正在承钻轮南 3 排 4 井。1990 年 8 月 23 日，国家领导人视察塔里木石油探区，极大地鼓舞了 20000 多名会战职工和整个石油战线。塔里木石油会战是国家的决策，石油战线为向国家交出合格的答卷，在轮南探区召开交答卷誓师大会。

现在的轮南、东河塘一带已经成为国人皆知的著名油田，气势浩大的西气东输工程的输气首站就在轮南。而当初的这些地方还仅仅是一个石油探区的名称，野地处处盐碱，遍布红柳梭梭，是大自然遗留的渺渺荒漠。

誓师大会上，7012钻井队的平台经理代表井队表态发言。"只有荒凉的大漠，没有荒凉的人生"的"原创版本"，就在这位平台经理的铿锵言辞里喊出来了。

这位平台经理名字叫范智海，厚厚的头发罩着黝黑脸庞，说话大气豪爽，办事风风火火，要是和他接触，谁都会立刻感到，一股魄力从他气质里雄雄而生，一股虎气从他神态里扑面而来。他喜读历史，言语随意，和你说话，时不时就会冒出三两句古代的用语来，让人觉得这个30岁出头的井队领导者，不由得惹人喜爱。

范智海和井队第一任党支部书记高绍智，已经成了我很好的朋友。高绍智年轻有为，一身文雅秀气，有许多管理井队的高招，又喜欢写诗，常用古体诗词抒发荒漠打井的感受。两位井队领导一武一文，把井队的生产、生活调理得顺顺当当，多次为井队赢得了先锋、模范的声誉。我第一次来到7012钻井队钻探的轮南8井井场，就意外地看到，工人们无论上班、下班，从野营房区到井场的一段路程，都是排队行走——在没有人烟的荒漠地带，并没有谁来监督，这个井队自觉、严格的作风令人惊叹。

国家领导人视察后的第一个春节，范智海与新任党支部书记和中原钻井公司机关下井队的干部，商量要在井场的彩门挂一副对联。大家思谋：塔里木石油会战对国家意义重大，咱中原石油人来这里打井责任很重，井队职工大都年轻，青年人的人生理想就应该合到会战的意义里去，彩门对联就要写这个意思！范智海说："当初，绍智擅长写诗，受他影响，我也喜欢琢磨，虽然赶不上绍智，不过，肚子里好歹还有两句——于是，'这里只有荒凉的大漠，绝没有荒漠的人生'的对联就挂

在了井场的彩门"。

春节过后，会战指挥部在轮南探区召开誓师会，范智海又把这句联语写进了发言稿。

他在发言稿里这样说——这里只有荒凉的大漠，绝没有荒漠的人生，向党中央交出满意答卷，我们坚信交答卷判官会朱笔一挥：中原钻井公司7012钻井队就是交答卷的状元！

决心和精神融为一体，幽默与生动味道兼备，听起来非常舒心。大家在鼓舞的感觉里发出了会心的微笑。

誓师会前，会战指挥部办公室已有安排，要收集誓师会上的材料，配合如火如荼的勘探会战，编辑、出刊第一期交答卷简报。当时我担任党群工作部秘书科科长，简报就由我负责编辑。我拿回范智海的发言稿，与党群工作部领导几经斟酌，把"这里只有荒凉的大漠，绝没有荒漠的人生"稍加修改，写进了交答卷简报的发刊词，又把发言稿里写有这句话的一段摘录发表。稍加改动后的"版本"就是：只有荒凉的沙漠，没有荒凉的人生。

交答卷简报分送会战指挥部每一位领导和所有参战的甲乙方单位。领导对"只有荒凉的沙漠，没有荒凉的人生"给予了高度评价和大力倡导。来塔里木石油探区视察的数位党和国家领导人，在重要讲话中又再次肯定了"只有荒凉的沙漠，没有荒凉的人生"的思想意义和精神意义。人民日报、中央电视台等多家媒体在诸多的文章、节目里，又多次引用、传播。一句从荒漠里喊出的誓言，就这样成了极富力量、广为人知的名言。

"只有荒凉的沙漠，没有荒凉的人生"，它是豪言壮语吗？不仅仅是。更为深刻、更为重要的，它是塔里木石油工人的情怀浓缩，情感凝聚，情愿所指，情意寄托。

塔里木地区石油勘探开发的战场，地域广阔，浩浩渺渺，遍布戈壁、沙海和荒凉山地。"只有荒凉的沙漠，没有荒凉的人生"生自心灵，

向至理想，是这广阔天地里一颗生发辉光的耀眼明星。说它是一颗明星，它绝非类似被热捧的"星"字人物，它是理念里的人生追求和精神之星。

正因为如此，这简明通晓的平实话语，便有了掷地有声的震撼力和郁郁葱葱的生命力，飞出塔里木的大荒漠，飞进更多人的心灵。

诸多企业的有关文件，多种报刊的许多文章，还有抒发誓言的标语，立身造就的感慨——"只有荒凉的沙漠，没有荒凉的人生"常常是被引用、被言说的精辟警语。不只流传在塔里木油区，整个石油战线，以至于被多种行业当作映射时代精神的至理名言，而评价，而品呷，从中吸取生活的矿物质和活力的维生素。

石油工人创造的不仅仅是丰硕的石油天然气，还有与国家、与人生紧密相连的精神财富和人生美德。

我想起中国工人阶级的先进代表"铁人"王进喜，想起王进喜当年在大庆荒原上喊出的"宁肯少活二十年，拼命也要拿下大油田""石油工人一声吼，地球也要抖三抖"的誓言。王进喜是一个"大老粗"，可是，他的胸怀宏大宽广，他的境界崇高洁美，他在荒原上喊出的这些名言，国人谁人不知，谁人不晓，早已化进了中华民族的血液和灵魂。而今，"只有荒凉的沙漠，没有荒凉的人生"也像当年王进喜喊出的名言一样，被国家石油行业确定为"新中国60年最具影响力60句石油名言"之一，同样震撼着大地，召唤着人们。这熠熠生辉的语言和它所蕴含的心灵情感，仿佛一面红色的旗帜，鲜亮、鲜活地辉映在茫茫的荒漠，辉映着人们的心怀。

克拉苏的分量

  克拉苏荒漠地处天山南麓与塔里木盆地相连的山地地带，低矮的山包起伏连绵，秃裸的沟壑纵横交错，没有人烟，不来飞鸟，能看到的生命，只有零零星星的骆驼刺和麻黄草。而新发现的全国最大的天然气田就在这里，作为主力气田，它的丰厚的天然气汇聚轮南，输送出疆，经甘、宁、陕、晋、豫、冀、皖、苏，直达上海、北京。这里，钻机隆隆轰鸣，井架高高耸立，为了探明更多的天然气资源，勘探队伍正在进行着艰苦卓绝的奋战。

  我来这克拉苏荒漠，意外听到年轻的钻井队长张志华有一个"妻子信寄红唇印"的故事。"妻子信寄红唇印"——多么新鲜，多有意思！

  张志华身穿鲜红的石油信号服，头盔下的大眼睛炯炯有神，活现着热辣辣的生气。从春到夏，张志华连续放弃两茬返回淮南老家的轮休假；克拉苏荒漠是他提任钻井队队长以后，花费心气最多的地方。我几次问起"妻子信寄红唇印"，他只说"事情不假"，却不好意思说个仔细。但我却一直想追寻这个新奇、浪漫故事的来龙去脉……

有一天，张志华收到一封来自淮南老家的信。看信的时候，他眼睛湿了，身子往营房宿舍的床头一靠，定定地望着高处，陷入沉思。他那种沉思，出乎寻常啊，是家里发生了事情？还是父母、妻子生病？我向他询问，他摇头说"没有没有"，不肯揭底儿。我猜不透这封信到底有什么秘密……

"克拉苏"的意思就是黑色的河。很远的时候，这里的山缝就渗漏脂膏一样黑乎乎的东西，流进河沟，水就变黑，当地人就把这里叫"克拉苏"。井队开进克拉苏以后，附近的维吾尔族老乡常常坐上毛驴车，或者骑着小毛驴，赶来看钻井。几口井连着喷出天然气，地方政府和维吾尔族老乡就给井队赠活羊、送瓜果，亲切的慰问情深义重。有一次，维吾尔族宣传队来井队慰问演出，冬不拉和小手鼓的奏乐回响在荒漠井场，一位长辫子、大眼睛的维吾尔族女演员，手捧鲜艳的花束，唱了这样一首歌："石油上的大哥英俊又强壮，爱上了新疆美丽的姑娘。姑娘的名字就叫克拉苏，大气田的地火映红咱绿洲山乡！"

维吾尔族女演员唱的歌，烧起了张志华和工人们的热情，他们拼拼凑凑、改来变去地编词谱曲，也作了一首歌，叫《开源头》。歌编好以后，在一个山包上，张志华一手叉腰，一手打着节拍，重声重气地唱给我听：

> 山头头上咱齐声吼哎，
> 七月里要交出井一口。
> 咱得手克拉苏大气田呀，
> 天然气东输八千里走。
> 跨山过水走的是八个省哎，
> 咱哥们就为它开源头噢！

那歌词是顺嘴溜出的口语，调子很粗犷，充满兴奋、自豪的旋律，一听就感觉是一群闯山汉子的心声。

　　谈起西气东输，张志华向我吐露，在这里打井，他的父亲对他有重要的叮嘱——他说的就是那天他收到的那封父亲写来的信，信里写着这样的话："西气东输管道从咱家乡经过，家乡人高兴得白天说，晚上论，把你们新疆打井的人都看成是了不起的英雄哩！闹革命时咱淮南人手推独轮车子支前打反动派，你爷爷就是在送粮支前的路上，被国民党的飞机炸死的！上辈子人革命、牺牲，图的就是现今的好日子。你在塔里木直接为国家的西气东输开发源头，全家支持你，你就专心好好干！"

　　这时候，那天张志华看信陷入沉思的谜团，终于解开了。

　　可是，张志华对"妻子信寄红唇印"的趣事儿，还是守口如瓶，不肯向我透露。我依然期待着了解其中的枝枝节节……

　　张志华率领钻井队进入克拉苏荒漠参加扩大勘探的时候，曾经专意瞻仰"健人沟"。"健人沟"在克拉苏荒漠与库鲁克达山毗连的山地，是以当年年轻的女地质队长戴健和队员李越人的名字命名的。1958年盛夏的一天，戴健和地质队员李越人、张怡蓉在这里搞地质调查，突遇特大山洪，戴健和李越人被洪水卷走，不幸遇难，张怡蓉抓到一块山岩，得以幸免。40多年后，有人在"健人沟"的山上用石头摆出"缅怀英灵，继承遗志！"的巨型方字。我来到这个钻井队，发现张志华的床头挂着一张他在这八个巨型方字前放大的彩色留影。谈起这段经历和这张彩色留影，张志华拿出一本《塔里木石油志》，上面有戴健和李越人的遗像，遗像是当年的黑白照片，依然清晰地保存着戴健和李越人的青春气息。张志华说："目睹两位英雄的遗像，心里就有一种深重的沧桑感。"端详两幅遗像，我们都陷入深深的回味。

　　缅怀戴健、李越人的时候，我又谈起张志华放弃两茬轮休的事。他说："比起前辈石油人的牺牲，我觉得离开井队轮休是多么微不足道。作为队长，我负责钻探这么重要的一口井，压力之大，可想而知，与其牵肠挂肚地休假，不如留下来踏实。"

为了论证他的道理，他给我讲了一段井场除夕夜的故事——

除夕那天傍晚，刚刚下井的张志华，回到野营房餐厅和工人一道吃饺子，井上却发生了井涌。钻头已经进入气层，发生井涌，天然气带着岩屑冲出井口，极易碰出火星，燃起大火。张志华立即放下碗筷，喊一声"快走！"就带着刚下班的工人重返井场。20多人手抱、肩扛、身子背，突击往泥浆池里添加铁矿石粉，配制压井需要的大量重泥浆。张志华抓裂了手指甲，许多人擦破了手背和脖颈。整整一夜，他们把500多吨铁矿石粉加进了泥浆池。大年初一的清早，他们终于压井成功，制服了险情危急的井涌……

在克拉苏荒漠里，井队上的事情紧紧地牵系着张志华的心，这口扩大勘探的深井和进一步增加天然气探明储量的任务，就是张志华心头最重要的责任啊！

我与张志华有了更多的心灵交融以后，他终于坦白地告诉我："身处荒漠半年，不想家不是实话。我想家，只有一个小小的盼望，就是盼着能看到妻子的一封信。这信，我到底是盼来了，可妻子的信却没有一句话，信纸上就印着一个红红的嘴唇印……"

我想同张志华深谈的"妻子信寄红唇印"这压了几天的话题，终于趟开了口子，我终于听到了张志华对"妻子信寄红唇印"这鲜活的生活故事的叙说——

收到妻子信的时候，张志华在深夜的枕边，心情颤颤地拆开来看。咦？信瓤里除了"亲爱的你"和爱妻的芳名，信的内容却是雪白的纸上一枚鲜艳的花瓣一样的红印儿。仔细一看，原来是一枚唇印！张志华动情了，心想：这分明是口红的颜色，分明是妻子别出心裁的情意表达！凝视信上的唇印儿，他不由偷偷地笑了：下唇圆似弯月，上唇微显棱角，唇角微微上翘，真真切切就是妻子那熟悉的语时流蜜、笑时吐香的柔唇！他便想象，大镜子前涂口红的妻子，那兴奋的神态是多么憨厚可亲；猜想那桃花一般的唇印印在信纸上的时候，肯定是一个月挂柳梢

头的深夜……红唇印的故事着实令人心动。牺牲两茬轮休，身处荒漠井场半年之久，张志华难免想念热乎乎的家庭，难免想念亲爱的妻子。而妻子何尝不想念张志华呢？为了打井，他们做出了多少感情的牺牲！张志华拿出这封信，不好意思地递给我看。我端详信纸上那枚鲜红鲜红的唇印儿，心里不禁涌上一股滚烫滚烫的热流……

测试放喷的时候，我与张志华共同沐浴了一重激动人心的振奋。强大的天然气气流被火把点燃，轰隆隆翻卷的地火映红了克拉苏荒漠的夜空。张志华和井队的工人疯了似的跳啊蹦啊，一种幸福的感觉充盈了他的身心！他高兴地要我为他拍一张以井架和喷薄的火团为背景的照片，他说："此时此刻一定要留个纪念，这样的照片，父母、妻子看了，心里也美！"

撼人心魄的一幕

从肖塘到塔中 4 井，200 多千米沙漠公路两旁，满目是黄色的沙山、沙垄，聚集着断枝残根的苍苍红柳堆零零落落地点缀其间。除此之外，一切都裸露得那么彻底，放眼望去，大大小小的沙丘，鱼鳞、古墓一般连绵起伏，无穷无尽。上百米高的沙山，叠摞着无数个新月形的沙丘，环环相绕，一直绵延到天幕低垂的尽头。

塔中 4 井在石炭系钻遇三套油气层，三油组顶部的中途测试获得了高产油气流。这是一个极为重大的发现。地质专家们高兴地说："大油田就在这里！"

然而，对塔中 4 井的勘探认识，却经历了一个艰难曲折的过程。在三油组顶部喷油以后，第二次中测时，却出现了意外的情况：见水不见油。

怪！当初取出的岩芯，均满含富油，怎么中测反而成了清亮亮的水呢？

但是知名地质专家肯定该井确系重大的地质发现。地质家们是把塔中 4 井这棵"树木"，放到塔中隆起区这片"森林"中去观察的，是把这口井的"局部"放到塔中勘探的"全局"中去考虑的。

辩证法鼓舞了人们。后来的钻探试油,完全证实了地质家们的热情判断。1993 年初,勘探开发指挥部宣布:塔克拉玛干沙漠腹地发现超亿吨的整装大油田!至此,塔中勘探的主攻地区和大场面的远景朗然在目,塔里木盆地石油勘探的重点,由塔北转向沙漠腹地。

我来到塔中 4 井的井场,井场没了井架,没了野营房组,没了人迹机声,井队和设备已经搬迁,打另一口探井去了。井场上最引人注目的景物是遍地黄沙的背景里,一个涂着蓝色油漆的油罐式大铁罩,房屋一般高大,结结实实地裹护着井口装置。铁罩四周,是安装井架和机器的水泥地坪,散乱地留着一些废旧铁管、钢丝绳头和湿渍渍的油斑印迹,再远处就是宁静的沙丘、沙山。这里有过喧闹的沸腾,也有过暂时的焦虑;有过兴奋的欢呼,也有过探索的艰难。有幸涉足具有震撼意味的塔中 4 井,我真真切切地感受到石油会战者奋斗、创造的伟大力量和斩关夺胜的气魄。

我的这种感触,又被钻探塔中 4 井的 7015 钻井队的经历进一步印证。

1992 年 6 月 4 日,塔中 4 井进行下钻杆作业。由于钻具算错,钻杆进不了尾管,必须提钻。但是,司钻违章操作,在封井器未打开的情况下强行提钻,致使钻杆拉断,重达 100 多吨的 3000 多米钻具砸向井筒,卡死在尾管的喇叭口上,基本上全部钻杆落井。

这是塔里木石油会战以来发生的最严重的井下事故。事故处理整整耗费了三个半月的时间,拖延了塔中勘探的速度,影响了钻中钻探的部署,贻误了塔中勘探的战机。

7015 钻井队是塔里木石油探区赫赫有名的老虎队。几年前他们在塔北地区的轮南战区,打成了轮南 1 井,该井是轮南油田问世最早的出油井之一。接着,他们奉命进入沙漠,在腹地承钻了第一口高产出油井——塔中 1 井,为奋战塔克拉玛干沙漠 10 年之久的物探队伍,为开

始 7 个月的塔里木石油会战，为整个石油战线，带来了莫大的鼓舞。为此，党和国家领导人提笔批示，热情祝贺；中国石油天然气总公司的领导也为他们题词"功立千秋""大漠丰碑"。7015 钻井队屡立战功，名闻全国，被理所当然地派往具有决胜意味、关系塔里木石油会战进程的塔中 4 井，肩负重大探井的钻探任务。可是他们怎么就兵败麦城，闯下如此大祸呢？

7015 钻井队压力之重，重于泰山！

全队上下悔恨得无地自容。没有一句理由可说，只有抓紧时间尽快解除事故。

死卡尾管的钻具，怎么也拔不出来——只有一丝丝地磨损，而磨损需要时间。指挥部要求他们必须在八月底有个结果。可是临近八月底，80 多天过去了，卡入尾管的铁件还有大约 20 厘米没有磨透。

这样长时间地耗费人力、物力、财力，不如再打一口新井。指挥部打算按报废井作结，上部试油后完钻。

听到这个消息，7015 队的干部、工人心急如焚。他们打轮南 1 井、塔中 1 井，均是口口见油；而且他们队还出了闻名全国的"铁人式"工人王光荣，拍过电视、登过报纸、做过演讲，而钻探塔中 4 井，却落个报废井的名声，难道成绩、荣誉就这么沾上污点？

他们不甘心！

井队领导想了一个不愿公开的点子：设法让飞机停飞，延缓试油队乘飞机上井的时间，只要再坚持五六天，那个井下的死结就可以磨散，7015 队就有可能避免打报废井的厄运，救活塔中 4 井，挽回一次不可饶恕的过错！

他们私下做好了工作。一个星期前，飞机飞过一次，载的人多，没有拉菜；停飞一周，少飞一趟，井上没有丁点儿新鲜蔬菜，副食只有炸酱肉、干黄花、木耳、鸡蛋和罐头。光是罐头，就吃了七箱，木耳吃了两麻袋。但是，工人们没有一个人吭声提意见，每天默默地吃饭，吃完

饭就解除事故。他们狠狠地研磨着卡死的尾管，狠狠地研磨着一次不容辩白的恶性事故，也狠狠地研磨着内心深处的巨大压力和痛苦。

5天之后，那截卡死的部分终于被磨穿，钻机沉重的轰隆声一下子轻快起来！

这时，工人们才发觉，泥浆带上来的磨碎了的铁屑积了一堆。有人拣了指头大的铁屑，作为严重教训的标志保存起来。

事故彻底解除，保全了一个完整的塔中4井，7015队算是争了一口气。但是恶性事故的失误不得不引起领导对7015队的思考。

这个队来塔里木五个年头，在沙漠腹地连续奋战三个春秋。沙漠腹地满眼茫茫黄沙，远离城市、人群，长年累月在此奋战，人们的心理、精神难免疲软。恶性事故的发生，雄辩地证明了这样的分析不容置疑。基于这种考虑，上级准备让7015队撤出沙漠，北调克拉玛依。

可是，7015队毕竟渗透着石油战线顽强不屈的传统精神，工人们哪里忍心让英雄的声誉失于一旦！他们响亮地说："我们要在塔中4井的严重错误中站立起来，再在沙漠打上一口好井，划上漂亮的句号，冲散积在心头的闷气，再回克拉玛依！"

他们要争一口大气，他们终于被留了下来。

9月14日开始搬往塔中402井。10月6日提前开钻。12月17日就钻达设计井深。全井取芯收获率高达99.98%，缩短钻井周期80余天，节约成本50万元。而且，该井进行不下隔沙套管、简化井身结构试验，一次取得成功；完井中发生空井流溢，工人们连续奋战30多个小时，措施得当、严密，确保了安全。11月22日二次中测，在石炭系一油组首次获得高产油气流。

他们终于争了一口大气！

至此，7015队可以说已经将功补过，他们完全可以见好就收，为自己画上句号，载誉而归。可是，他们不。塔克拉玛干荒凉寂寞，看不尽的浑黄令人生厌，但真的要离开这里，他们却难以割舍。他们魂牵梦

紫的憧憬，就是在塔克拉玛干找到大油田，他们为此流了热汗，耗了心血。在塔中大场面喷薄而出的时刻，退出这块热土，他们丢舍不下！

于是，402井刚一完钻，12月20日，全队职工就联名向塔里木石油勘探开发指挥部递交了一份决心书。决心书里这样写：

> 我们在塔中4井摔了跤，经过总结教训，在塔中402井打了翻身仗。全队职工精神振奋，斗志高昂……塔里木形势喜人，前景诱人，有幸参加这场会战，是我们这一代石油工人的一大机遇和无上光荣。我们全体干部、工人坚决要求继续留在塔里木，为发展更大场面再做贡献，请各级领导同意我们的请求！

7015钻井队决不服输，他们是好样的。中国石油天然气总公司和指挥部的领导，在他们的决心书上热情批示，表示肯定。这样知耻而后勇的队伍，仍然不失为塔里木石油会战的骄傲。

曲折和磨炼往往最能考验本质的精神和品格。如果说塔中4井的钻探认识显示了石油战略家的不凡气魄，那么，7015钻井队不服输的拼劲则是石油工人发挥精神潜能的生动写照。

哈得 1 井上钻记

在轮南油田以南的荒漠里，2000 年矗立起一座雄伟的油气集输联合站，那是哈得油田联合站。哈得油田于 1998 年 1 月被发现，地质储量 11000 多万吨。现在已经是享有盛誉的高效开发油田。

哈得油田的发现，缘于哈得 1 井，而上钻哈得 1 井，并非一帆风顺。是一位主任工程师的执着，才促使这口井上了钻机，他就是蒋龙林。

蒋龙林已经去世。哈得 1 井的发现是他退休之前，对塔里木油田的最大贡献了。

不幸的是，他为哈得 1 井井位的确定，付出了披星戴月的思虑，经历了接二连三的曲折，当哈得油田获得高效开发油田荣誉的时候，他却因为胰腺癌病逝，未能感受到这份荣誉的喜悦……

1997 年 6 月初的一天，蒋龙林接到通知，指挥部要召开讨论井位的会议，要他准备哈得 1 井上会讨论的资料。

哈得地区井位的讨论，这是第一次，蒋龙林非常高兴。他和小组的同志们研究哈得地区的地震资料，已经形成基本一致的意见，就是：哈

得构造见油很有希望。接到通知，他们对于四条地震剖面的有关情况和构造图等有关资料，再次进行了核证，确定第二天在会上由蒋龙林汇报。

参加上午讨论会的，有油田的领导、地质老总，还有研究院、物探局、勘探处等部门的领导和专业研究人员，总共讨论五口探井的井位确定，哈得1井安排在最后。

前四口井的讨论费时三个半小时，大家讨论得十分热烈。轮到讨论哈得1号井的时候，所剩时间不到半小时了。半小时，要介绍圈闭情况、构造顶面情况、覆盖圈闭构造图的制作依据等问题，提出上钻的充分根据，还要听取各路的意见，进行充分的讨论，时间显然不够，蒋龙林就有些着急。他心里想，自己尽量用简洁明了的讲述进行汇报，留出一定的讨论时间，争取在会议结束之前，取得与会者的认可通过，尽快确定上钻哈得1井。

那时候还没有多媒体形式，蒋龙林和解释小组的同志把汇报的各种图件，用磁钉压在墙上，蒋龙林汇报完一张，又换上另一张，换了再换，汇报得简练、顺畅。会场非常寂静，大家听得非常专注。

哈得地区圈闭面积45.5平方千米——面积不小啊！大家都很兴奋。这么大的面积，要是确实能够发现新的含油构造，投入新的开发，那对于油田的增储上产，将会有多大的作用！

1996、1997年那段时间，国家要求塔里木油田增储上产，任务十分迫切，特别是发现新的优质黑油储量，形势十分严峻，上上下下都急切期盼，能再次找到类似东河塘、塔中4那样的大面积、高厚度的油田。而哈得地区竟有45.5平方千米圈闭面积，大家自然满怀希望，会场上一阵骚动。

但是，当蒋龙林又汇报到构造顶面埋深5000米，幅度37米的时候，会场里出现了疑惑的气氛。

有人提出："圈团构造图是根据地震波的时间和速度来做的，哈得

地区你的地震速度误差，求证得是否充分、准确呢？求证地震速度的误差太大，哈得这个构造，有，还是没有，还很难说。"

再没有人发表意见。没有谁认可蒋龙林的汇报，也没有谁否定蒋龙林的上钻意见。会议似乎出现了僵局。

这时候已经到了下班的时间。主持会议的邱中建指挥最后说："这个井位今天不定，你们下去再进一步做些工作。"

蒋龙林的工作是做地震资料解释、做构造图。吉拉克气田、克拉2气田的地震资料解释和构造图的制作，都倾注了他的心血。对于哈得地区的地质研究，他和研究院、勘探处其他同志，夜以继日地工作，节假日常常不休息，几乎每天晚上都在办公室工作。

一个星期天的下午，地质老总罗春熙在孔雀河边，碰见蒋龙林的爱人，问她："你怎么一个人在转，老蒋呢？"蒋龙林的爱人说："你什么时候见他同我一起出去过？下午我说去买面，他急急忙忙去把面扛回家一放，又去办公室了。"

解释、分析哈得地区的地震资料，蒋龙林在日日夜夜的辛苦中，最终得到了新的喜悦，哈得地区确有构造，确有希望！这次会上，哈得是否上钻，虽然没有能够确定下来，但是，他坚信自己的分析，他按照邱中建指挥的要求，再次对哈得构造的资料进行了考证式的研究，对已经做出的解释、分析成果，又逐项进行了推敲。

6月中旬，指挥部又召开讨论井位的会议，蒋龙林准备在会上再次进行汇报。

带着图纸、资料，到了会场，蒋龙林才得知，哈得井位的讨论却没有排上号。

他心里就有点凉。但是他想："不管什么原因，我还要提哈得上钻的问题。"讨论完既定的议题，蒋龙林从后排站起来说："我再发个言。根据邱总上次的指示，对哈得构造，我们又认真做了一些工作，我们认为这个圈闭还是存在的，可以上钻，希望能讨论一下。"

他的话刚刚说完，有人就问："哈得构造的幅度还是 37 米吗？"

他回答："变化不大。"

问他的同志又说："你们计算这里的地震速度就那样准吗？构造幅度 37 米，上钻恐怕有风险。"

许多人就纷纷议论开了——

"上钻一口探井要几千万元，我看还是慎重一些好。"

"讨论井位，确定上钻，往往都说构造是落实的，往往一打钻，构造就坐着轳辘跑了，这样的例子太多了。"

······

听大家这么议论，蒋龙林急得脸都涨红了。他不善言谈，平时说话并不结巴，这时候竟然结巴起来。在大家的纷纷议论声中，他没有舌战群儒的口才，似乎显得孤军无援。他多么希望能有人支持他，支持哈得上钻！

一阵交头接耳的议论之后，会场出现沉静。

这时候，邱中建指挥发话了："哈得是否上钻，大家有不同看法，不要紧的，可以再做工作嘛。"讨论无果，就散会了。

7 月初的井位讨论，哈得 1 井井位又没有列入议题。蒋龙林并没放弃自己的意见，仍然带着解释图件参加了会议。直到会议主持人宣布散会的时候，蒋龙林急得扬手，站起来说："大家别忙走，我再说说哈得上钻的问题！"

邱中建指挥就说："好吧好吧，延长一点时间，让老蒋同志再说说他们的意见。"

这次，蒋龙林不再急得结巴了，他胸有成竹地说："我还是认为哈得 1 井应该上。我们三次做构造图，做地震速度校正，我们的工作是很仔细的。做了三次，构造形态都没有变化，幅度虽然小，但我强调，有东河砂岩分布，也应该上钻的！"

没有人再发表意见。会议主持人请大家谈谈看法，还是没有人发

言。会议冷场了。没有人发表意见，并不是一致同意，而是不想明显挫伤蒋龙林的面子。

在会议出现这样的静场中间，邱中建回想前两次蒋龙林的汇报，回想蒋龙林两次反复强调的意见，也在反复权衡。他说："蒋龙林同志很执着，一直坚持上钻的意见，自然有他坚持的道理。哈得上钻风险是有，我看就上一口井吧，即使打空也没关系，大家看怎么样？"

邱中建是著名的地质家，他能这样一锤定音，也不是完全没有把握。会议终于决定：设计哈得1井，马上组织上钻。

1997年10月13日，哈得1井顺利开钻。1998年1月13日，钻至井深5200米完钻，获得了油浸砂岩和油斑砂岩，深度合计2.12米。虽然电测解释为差油层，但测试中获得日产原油35.9立方米，还有少量的天然气。至此，哈得油田被发现。塔里木油田扩大勘探范围，解决了在薄油层打水平井、阶梯井的钻井工艺，哈得油田的产量节节攀升，成了一个开发效益十分好的油田。

2005年10月21日，已经离职塔里木的邱中建在一次石油工作会议上的讲话中，谈到哈得油田的发现时，十分感慨、十分动情地说："蒋龙林同志在每一次井位讨论中，都提出要上哈得1井，当时很多人认为哈得不可能存在构造，5000米深啊，超出我们物探的精度了。后来，还是打了这口井，结果试出了日产50立方米的油。再后来开始试采，结果像钟表一样准确，每天都产40多吨油。这位同志很了不起，他是立了功的，很可惜，他已经去世了。"

至今，人们缅怀着蒋龙林。熟知的同志还记着，蒋龙林病重之际，被专程护送北京治疗的临行前夕，他去油田勘探开发研究院和同事们告别，阅看他所做的地震剖面构造图，去退休管理中心交党费，让司机拉着他在库尔勒的石油小区大院里再走一大圈才去飞机场的情景。在去世之前的短暂日子里，他依然怀恋着塔里木……

井场墨韵

初见刘海川，是在一个夏日的黄昏。

刘海川刚刚倒班从井场回来，吃了饭，洗了澡，便俯身案头，效临帖典，用散发墨香的流韵，填充一日里短暂的闲暇——他是清晨六时接班，下午八时下班，一天工作 12 小时；晚饭后，整一整资料，记一记当日事项，办一些琐细事务，再就是练一阵书法，便悄然就寝，囫囵一觉，六时再去上班。

他的住室在组合式野营房的中间。走过一段长长的通道，朝右折进一道铁门，再进右门，就见一桌一椅，一张双层架子床。看见他时，他站在桌前，穿着背心、拖鞋和衬有黑白道子的红色信号服裤子，挥动毛笔在一张空纸上练字。纸白如雪，流动着匀称秀巧的草书笔画；左边揭开一本草帖，是《怀仁集王羲之书大唐三藏圣教书》。台灯刺亮，墨香充屋，空纸上的草字飞神走韵，很是好看。

谈了工作，我便和刘海川闲扯书法。我端详着用透明胶布粘贴在屋壁上的字幅，说："这幅隶书很有功夫呀！"刘海川笑笑，只说："哪里哪里。"一字一句念读，原来是唐代诗人岑参的《白雪歌送武判官归京》。

我说："每天十二小时工作，还有毅力练字，真不容易。"

他还是笑笑："咱常年在大戈壁钻井，每天井场、宿舍、井场，这一点点余闲，不找点情趣，就真正单调乏味了。"

这时，有咚咚的脚步在野营房组的通道里走。接着，三个年轻人的面孔在门边向里探望，两男一女，都是一身红色信号服，红艳艳地在门口映着。男的一高一矮，互相在肩膀搭手；女的十分俊气，秀秀的剪发，一双大眼晶亮灵活，手里攥一本书，好像是什么诗集。见有生人，他们不好意思地缩在门边。刘海川招呼说："请进请进，坐啊。"把我介绍了，又向我介绍他们："这三位是刚刚分到井队实习的大学生。"

三个年轻人便大胆了，一溜儿坐在架子床的下铺边，都不说话，只望着墙壁上的隶书字幅。刘海川也从对门屋里搬来一张折叠椅，坐了。

女的说："刘工，我们三人想请你给每人写一幅。"

刘海川热情地微笑着，痛快地应承："行嘛，写啥呢？"

高个男的抓过女的手里的书，说："这上面我们每人选了一首，都打了折。诗写得挺好，就是我们没有书法功夫，想贴在床头，怕字儿对不起观众，辱没了诗呢。"

我们都笑了。刘海川当即揭了桌上未写完的空纸，另铺一张，启笔蘸墨，问："喜欢啥字体？"

三个大学生互相望着，好像用眼睛商量。矮个儿男的说："行书吧，我们都喜欢行书，分行写。"

刘海川应一声"可以"，拉近椅子，端端正正地坐在桌前，运起笔来。我们都围在桌子一头赏看。不大工夫，三首诗便在三张空纸上活了起来，笔画流畅自如，字字顺和清美，惹人羡慕喜爱。写好的三张字幅，摊在床上、桌上，我们一幅幅吟读——

一首写的是一位来自克拉玛依油田的泥浆工。他患了食道癌，背上药包，还在塔克拉玛干沙漠里苦干，后来，令人惋惜地去世了：

> 你把泥浆池/看作大漠的血库/你用赤诚造血/使太阳丰腴/你用药物充饥生命/又用生命耕耘岁月/每一个脚窝/都溢满痛苦/每一次痛苦/都升华着人生的高度

一首写的是胜利油田的一位钻井助理工程师。他明知患了鼻咽癌，却硬是随井队来到塔里木。他说："参加塔里木石油会战，我心情好，兴许能多活几年。"诗句是：

> 别人来塔里木/是为了轰轰烈烈地活着/你来塔里木/是为了轰轰烈烈地死去/捐躯者的追求/是有限生命的最大值/人们将从这里/汲取一份洗涤灵魂的遗产

另一首写的是石油魂：

> 石油魂不可抗拒的诱惑/把我们引渡给荒原/我们在太阳和月亮之间/寻找一种腥味的世纪雨/淋醒现代的干旱

真是字好诗美！

三个年轻人拿起字幅高高兴兴地走了。刘海川的屋子里，依然散发着清纯的墨香。

透过野营房的窗口，我看见，外面空旷的塔克拉玛干沙漠暮色渐浓。黑黝黝的沙垄之间挺立着高高的钻塔，钻塔上亮起了一串串明亮的灯光。钻机的轰鸣声高亢而有力。

我问刘海川："你是钻井工程师，又有如此翰墨雅好，你习字练笔，好像与钻井有点关联，是吗？"

刘海川微微点头，似乎有所触动："翰墨本是艺术，自不待言。墨砚伴我，我伴钻机，自己消遣，也为大伙儿写点条幅、对联，大漠里的业余生活，也就多了一分情味。"

我再次品味墙壁上那幅用隶体书写的《白雪歌送武判官归京》，忽然发现，虽然运笔小有微拙，但点有钻头的力度，竖像硬直的钻杆，撇如坚挺的井架，捺是喷射的油流，那气势流走如铁，颇具雄浑刚劲之味呢！

魂寄紫丁香

　　一口井，在荒原上。四野茫茫，遍布茅草，处处都是水泡子，散布着几个小屯子。井架在荒野高高挺着，荒原不再冷清，喧闹声很热，会战阵势很浓。这口井是王进喜带领 1205 钻井队，在松辽盆地打的第一口井，地名叫萨尔图，井名就叫萨 55 井。

　　萨 55 井喷油时，油柱像黑龙一样冲天而起，井场欢声如雷。

　　这口井就是王进喜和他的钻井队，从玉门到达萨尔图，一下火车，不问吃，不问住，只问我们钻机到了没有、井位在哪里的那口井。在这里，王进喜对他的钻井队说，我们 30 多人就是吊车、拖拉机、大卡车，撬的撬、拉的拉、拽的拽，将设备人拉肩扛，搬到井场上。王进喜没黑没明地干，不回屯子里赵大娘家那间"干打垒"，而是在泥浆槽子边，羊草上铺被子，身盖羊皮袄，困的时候头枕铁疙瘩睡囵囵觉。这口井就是赵大娘不放心，柳条筐提热饭，来到井场，见了王进喜睡的羊草铺子，枕的牙轮钻头，感慨地说你们王队长可真是个铁人呐的那口井。

　　这是一口普通的井，又是一口不平凡的井。当年它令人惊喜狂欢，如今仍然默默奉献。因为它与王进喜的名字，与"铁人"这尽人皆知的深情称呼连在一起，它就备受人们崇敬，像一座纪念碑，挺立在杨树林护围的平场上。

萨55井前面，差不多十米的地方，间隔地栽培着三丛丁香树，枝叶浓密，绿意葱茏，修整得美丽而静穆。我来的时候，正是松辽平原草长莺飞的季节，绿茵茵的杨树林下，丁香树的紫花开得正盛，格外惹眼。

想不到，两丛丁香树下，各自竖立着一块小石碑，上面鲜红的字迹标明，这分别是宋振明、魏钢焰的骨灰安放处。宋振明，原石油部部长。魏钢焰，著名作家、诗人。他们的骨灰安放在这里？是的，真真切切，是安放在这里。

前来参观的人很多。站在萨55井前的空地上，瞻仰这口负载着生动故事，蕴涵着卓绝精神的采油井，凝望花繁叶茂的丁香树和树下的小石碑，谁不会动心呢？

有人在萨55井的小白房和纪念碑前留影。小白房里"铁人第一口井"井口的采油树漆刷得锃亮，油井压力表的指针在15、16两个数字之间微微地来回移动；旁边的纪念碑上镌刻着这口井完钻的时间、井深、当年每天的产量，以及现在每天自喷的油量。

也有人在两丛丁香树前默默地赏花，谈论宋振明和魏钢焰。

王进喜"铁人"的事儿，宋振明汇报给余秋里，余秋里说：这是一个好典型，我们就借用老百姓的形象话，叫他王铁人！宋振明当年担任大庆石油会战第三探区的指挥。在第三探区召开的会战万人誓师大会上，王进喜登上主席台抢着帽子说的"没有水，尿尿也要开钻！人活一口气，拼死干到底，为了摘掉贫油帽，宁可少活20年，拼命也要拿下大油田"的话，就铁铮铮地震响在他的耳边。王进喜组织100多人，排成长龙，从一里外的大水泡子里，用脸盆端，用灭火机

壳子装，用铝盔和饭盒转，一天一夜备够准时开钻的 55 吨水的事儿，就动心动神地涌现在他的身边。他是领导，王进喜是虎将，因为石油，他和王进喜结下了深厚情谊。

而魏钢焰对王进喜完全是出自内心的敬仰和爱戴。魏钢焰是当代著名诗人、散文家，参加过八路军，转业后曾任《延河》副主编。他的散文《船夫曲》、诗歌《你，浪花里的一滴水》脍炙人口，广为传诵。他曾经三个冬天在大庆度过，和王进喜同住透风的板房，同吃冰冷的馒头，写出了多篇反映王进喜和大庆石油会战的好作品。他甚至带上儿子在大庆体验生活，为的就是让儿子从王进喜身上，从大庆会战的氛围里汲取石油工人的精气魂。和王进喜、和石油工人在一起，他说他好像又回到了朝气蓬勃的延安，回到了贴心的部队中间。他创作的报告文学名篇《忆铁人》，浓郁的情感像隆隆轰鸣的钻机，声情并茂地叩击着人们的心弦。

一位共和国的部长，一位著名的作家、诗人，生前都有遗嘱，把骨灰埋葬在大庆的土地，埋葬在留有铁人脚印的地方。为国家的石油事业曾经摸爬滚打、运思筹谋的高级干部，经历烈火战场、心怀革命激情的优秀作家，都把自己死后的心灵归宿，选择在一个普通石油工人烈马雄心厮杀战斗过的地方，这是一种怎样的深重情感，怎样的情感寄托啊！

对于死，我想起重于泰山、轻于鸿毛的伟人名言，想起将骨灰撒向大海与把墓地修成冥宫的天壤之别的不同格调。而在"铁人第一口井"的旁边，种植富有象征意味的丁香树，让部长和作家的遗嘱同一口闪烁光芒的英雄井和一丛香气四溢的丁香树，相依相附，永远陪伴，我想这完全符合部长和作家生前的意愿。

眼前的紫丁香，枝叶繁密得郁郁葱葱，紫色的花团鲜丽妖娆。凝思，回味，真是芳菲满目，典雅高贵，清香四溢，沁人心脾。部长和

作家魂灵有知，那一定是和着"铁人第一口井"出油的嗡嗡轰鸣，伴着丁香花散放馨香的千蕊万瓣，在含笑。

人们说，谁能在枝头千万朵的四瓣丁香花中寻觅到五瓣丁香花，谁就找到了幸运，会得到幸福；佛家也把丁香树当作寄托坚贞信仰的菩提树，珍重膜拜，倾心护持。幽香淡淡，芬芳细细，在"铁人第一口井"前的丁香树下，我真的找到了五瓣丁香，找到了那妖冶美丽、清纯脱俗、格调高洁之花。

舟桥勇士

维吾尔族著名歌唱家唱红的一支塔里木河的歌曲，传遍神州大地。"塔里木河，故乡的河，我爱着你呀美丽的河，你拨动那悠扬的琴弦，伴随我唱起欢乐的歌 ……"那首欢乐的歌许多人都耳熟能详。或许是那首歌的魅力，塔里木河这条荒漠上的内陆河，成了许多人都想一睹姿容的著名河流。

如今，塔里木沙漠公路南北横贯塔克拉玛干大沙漠，一座宏伟的钢筋水泥大桥横卧塔里木河，成了沙漠观光旅游的一道风景。内地旅游的客人总要在塔里木河大桥上流连一番，感叹荒漠里一条大河的浩荡，观赏一河两岸苍茫胡杨林的新奇。

可是，在塔里木河钢筋水泥大桥修筑之前，对于石油人来说，这道荒漠河流却是一道阻隔勘探，费尽周折的天堑。

石油人为了把庞大、沉重的钻井机械运过塔里木河，为了进入塔克拉玛干大沙漠寻找石油，付出了巨大的代价。在塔里木石油会战即将拉开序幕，在会战初期的那些年月，以至于现在，钻井机械和钻井队伍穿越塔里木河，抵达塔克拉玛干沙漠的勘探区域，一直是石油人必须面对

的严峻问题。

在塔里木河上架设漂浮水面的舟桥，就是他们与塔里木河天堑顽强斗争的英雄壮举。

1987年，原新疆石油局南疆石油勘探公司在塔里木河以北的轮南一带开始石油钻探的同时，在沙漠地带部署了满西1井。钻探满西1井，必须首先解决钻机、设备和各类物资越过塔里木河的交通问题。中国石油天然气总公司沙漠钻井顾问组与总参工程兵研究所、新疆军区工程兵处、新疆水利厅等部门合作进行实地考察，决定采用架设舟桥的办法，解决钻井设备和物资的过河问题。总参工程兵研究所承担塔里木河载重百吨舟桥的设计和制造，而舟桥的架设和使用，石油人却经历了难以想象的困难，他们与这条称为脱缰野马的河流勇敢搏斗的故事，真是感心动魄！

当年，在沙雅县以南通往满西1井的塔里木河段，由原新疆石油管理局运输处沙运一队和工程兵舟桥部队架设了第一座钢铁舟桥。工程兵部队的资料说，塔里木河上架起巨型舟桥，开创了军用舟桥技术移植民用的成功范例。在塔里木石油会战开始以后，单位基地设在库车县城的塔里木运输公司，具备吊装钻井机械的大型吊车和吊装经验，他们的特种安装队（简称特安队）就一直承担石油勘探中架设和维护舟桥的任务。

特安队在石油勘探20年的岁月里，搬迁和吊装探井的野营房、下灰罐、淡化水装置等，又先后在塔里木河数百千米区间，架设60多座可装可拆的钢铁舟桥，是一支誉满口碑的英雄队伍。吊装、架设和维护塔里木河舟桥，他们搏斗野性的塔里木河，其中的甘苦历数不尽，感人的壮举历数不尽……

塔里木石油会战开始不久的1989年冬天，石油勘探开发指挥部在轮台县境的塔里木河以南，先后确定钻探吉南1井、塔河1井、满参1井等数口探井。在钻探之前的1989年12月，塔里木运输公司特安队第

一次架设轮南地区塔里木河上的第一座舟桥。

塔里木河两岸，胡杨落尽了叶子，一派苍茫的寂寥。裸露的土岸灰秃秃的，许多地方显露着坍塌的痕迹。特安队的 13 名队员把 100 多块新崭崭的箱式方舟运抵塔里木河北岸的时候，已经看不到往日奔涌的激流，河面已经结冰，白花花的冰层覆盖着弯弯曲曲的河道。要把一块块铁箱子式的方舟组装到河面，连接成一条通衢大道，必须首先破冰。他们选择一段较窄的河道，用推土机推开抵达河边的斜坡，然后又砸开冰面，通出一条可以组装方舟的十多米宽的水面来。

没有想到，刚刚进入冬季，河面上的冰层已经四五十厘米厚了。他们已经演练了方舟的组接方法，吊车吊装、方舟组接、钢绳牵拉等技术上的操作并不困难，现在，冰封的河面和坚硬如铁的厚厚的冰层，却成了他们架设舟桥之前必须攻克的艰巨一战。

只有用八磅榔头一块块地砸。队员们挥着膀子，抡起榔头，轮番砸冰。榔头砸在冰面，一砸一个白印子，砸飞的冰渣子溅在身上、脸上，像石子一样打得皮肉生疼。砸裂的冰块又打起水花溅在身上，衣裤转瞬之间就被冻硬，又轮换着用火烤干，烤干了再砸。这倒不算什么，要命的是，砸得时间长了，胳膊被震得又酸又困，他们只有轮换着砸。13 名队员每个人的胳膊、膀子都像抽去了筋骨，酸困得拿不起东西，甚至吃饭时举筷子端碗的手都在打战。这段河道的舟桥只有 80 多米，在完成组装方舟、架设浮桥的 15 天里，多半的时间都是破冰捞冰。当舟桥接通南北两岸，河道以南几口探井的设备、物资从舟桥上缓缓运过的时候，吃尽了破冰之苦的队员们心头充满了胜利的滋味。

这段河道上的第一座舟桥，为支撑塔河南岸的钻井发挥了重要的作用。

第二年的二月，冰消雪化，河面涨水，先是舟桥两头的码头被水淹没，南北过往的车辆无法开上舟桥，交通被迫中断。没有想到的是，一天夜里，洪水的巨大力量冲撞桥体，两岸固定桥体的系缆绳的桩子从地

脚拔出，整个舟桥被洪流冲走。特安队又在下游 200 米的地方，选择新的码头，重新架设舟桥。

早春二月，冰凌开始融化，河水渗凉渗凉，彻骨一般冰冷。大吊车把一块块方舟吊入临岸的河面，三块方舟并排组接，又是三块并排组接，与前面的三块扣连起来，一节一节向河心伸展。河水急流滚滚，逐渐向前延伸的方舟被水流冲得倾斜，必须拴上钢丝绳，由河对岸的另一台吊车牵引。

这段河面将近 200 米。这里没有木船，挽在前面一节方舟上的钢丝绳无法与对岸的车辆连接。特安队十多名队员和指挥部的现场组织人员共 20 多人，望着奔涌的河水，商量如何把钢丝绳拉到对岸。

有人说，先打造一条简易的木船，再由木船拖上钢丝绳过河。

又有人说，造木船要花好些天时间，肯定拖延架桥时间，耽误钻井物资的运输，哪能那样按部就班地等啊。

特安队负责人张卫东说："只有一个办法，一个人腰里拴上大绳，先游过河去，然后再把钢丝绳挽在大绳上，由河对岸的人慢慢地拽过去。"

张卫东话一出口，大家一时都不说同意。二月的河水冰冷刺骨，那是不要命的办法啊。再说，特安队的小伙子们都不会游泳。这个办法不行。

张卫东，30 岁的年龄，体壮如牛，一身虎气。作为特安队的负责人，他肩头担当着责任呐。他说："只有这个办法了，我会凫水，我来！"

就这样，立刻拿出一条 200 多米长的绳索。他三下两下脱掉外衣，只穿短裤，绳索一头拴在腰里，一头由人拉着，"扑通"一声，跳进了漂浮着冰块的河水！岸边，有人惊呼："注意安全，注意安全！要是撑不住，就赶快喊，我们把你拉出来！"

水里的他却不吭声。一进水，极端的冰冷立刻包围了他的感觉，全

身的肌肉骨骼一下子被寒冷刺激得透透彻彻！他咬着牙，只顾尽快划水。头脸已经全湿，使劲划水的光膀子一前一后拨拉着水流。他的全部意识就是鼓足力量，抵御寒冷的侵袭，一鼓作气，迅速游到对岸去！

只几分钟，他就游过去了。对岸的人们已经点起一堆篝火。他被拉上岸，立刻被人扶到大火跟前。大家立即解下他身上的绳索，扳着他的身子，帮助他烤前胸，烤后背。他颤抖着身子烤着火，稍微歇息一口气，就说："我得赶快游过去穿衣服"，就返身又跳进河水，向北岸游去。

河流北岸的人们紧张地等待着他。当他游过大半河面的时候，感到从头到脚都撑不住渗骨的冰冷了，浑身已经酥软得几乎失去了力量。但是他保持着意识的清醒，一举手，抓住崩在河面的那条绳索，稍微缓歇一下，又向前游去。一到河边，就被人搀扶起来，大家赶快为他擦拭身上的水迹，又赶快用白酒给他擦身，一条棉被就裹在了他的身上……随后，钢丝绳就被已经拉过河的大绳牵过了河，拴在对岸的装载机上，牵着扣接的方舟，架设舟桥的工作顺利完成。

张卫东扑着身子下水送绳，事情不大，却是一次令人感动的壮举。这段河道，直到沙漠公路建成，修建了跨越塔里木河的钢筋水泥大桥，特安队先后架设过四次舟桥，确保了沙漠地区的钻井和建设沙漠油田的运输。

架设钢铁舟桥，特安队克服了许多意想不到的困难，而维护舟桥的安全，他们同样付出了巨大的努力。

1992年12月，勘探开发指挥部决定在沙雅县境塔里木河以南的荒漠地区上钻跃南1井。在跃南1井钻前准备的一段时间，物资、人员到井，必须先从轮台县境的塔里木河舟桥过河，再穿越荒漠西行100多千米，才能抵达井场。沙雅县境的塔里木河段没有桥梁，必须架设舟桥。特安队架了一条70多米长的舟桥，进入跃南1井不再从轮南舟桥那里绕行，可以直接从沙雅县境穿过舟桥进入井场，大大缩短了绕行荒漠

的路程。可是这座舟桥使用不久，又出现新的情况——塔里木河本是一条"脱缰的野马"，由于河水漫流，舟桥南边一段低凹的路段，又成了一条小河，阻隔了到达跃南 1 井的道路。他们就再次在这条小河上架设了一座舟桥。这座舟桥架设以后，塔里木河又逢汛期，漫溢的水流又在第二座舟桥以南的低槽地带冲出第三条支流。为了保证运输，特安队又在这条支流上架设了第三座舟桥。这段河道，他们连续架桥，不断维护，守桥三年时间，盛夏防汛，开春破冰，常常挖地坑安锅，舀河水做饭，在少无人烟的荒漠地带，默默无闻地奉献着对石油勘探的赤诚。

特安队维护塔里木河舟桥，最重要的是防止汛期舟桥被汹涌的急流冲毁。1998 年夏季，阿克苏地区叶尔羌河河段通往新上钻的探井方 1 井的舟桥，遭遇 50 年一遇的洪水，桥体上游拽拉桥箱的六条钢丝绳全部被滚滚的激流冲断，26 块连接在一起的整个舟桥桥体，被翻卷着各种漂浮物的浑浊水流冲出几千米，搁浅在下游的一个河湾里。退汛以后，搁浅的整座桥体周围全是淤泥，无法拽拉出来，他们便从库尔勒拉运来 30 多块新的方舟，重新架设。架设舟桥维护舟桥，他们与塔里木河，与叶尔羌河，坚持不懈地斗争着。每年夏季，一遇洪水，河面上漂浮着枯朽的树枝树干和杂草杂物，还有死牛死羊，就汹涌而来，总是堵塞在桥体的上方，护桥人员就连日连夜地及时清理。每年春汛期间，河面上破裂的冰块汹涌而下，抵达舟桥桥体的时候，他们就榔头、撬棍齐上手，把卡在舟桥一侧的冰块一个个砸碎，推压到桥下让水流冲走，以免拥塞，破坏桥箱。有几年，春汛来得特别早，大块大块的浮冰像凶猛的野兽，直撞舟桥桥体，维护人员来不及清理，一层层碾盘大的冰块卡在舟桥一边，后面直撞而来的冰块顶起卡在桥边的冰块，越卡越多。护桥队员就架着单体方舟，在舟桥的上方疏通冰块。遇到这样的情况，他们就必须夜以继日地抢险。

有一次，在塔里木河春汛的高峰期，涌动碎裂的浮冰布满河面，晃晃悠悠、颠颠簸簸地碰挤着压向舟桥桥体。密集的冰块决口似的随着疾

速的水流，在舟桥一端冲开一道壑口，冲得舟桥斜斜地摆向对岸。停在岸边的一块单体引水舟被汹涌而下的浮冰，冲得飞速向下游漂去，消失得无踪无影。负责护桥的肖兆奎急乘一辆平板沙漠车，沿着塔里木河北岸起伏不平的戈壁和沙丘，向下游赶去。他必须找回这块引水舟，以免国家财产受到损失。走了好长时间，终于发现那块引水舟在浮游着白花花冰块的河面上，被大块冰凌碰撞着，打着旋儿忽悠忽悠地漂动。他让司机把车停在引水舟的前方，又迅速将尼龙绳的一头挽在腰里，另一头拴在沙漠车上，脱掉一身毛衣，来不及脱去秋衣秋裤，就扑进激流，向引水舟游去。在寒刺肌骨的水流里，他双臂划水，奋力拨开一块块浮冰。当那块方舟迎面漂来的时候，不料，一块巨大的浮冰一打旋，颠簸着向他压来。他急忙猛吸一口气，扎猛子潜入激流。他在水下举手触摸着头顶的冰块，憋气大约 1 分钟时间，浮冰终于从头顶漂过。钻出水面的时候，引水舟已经近在咫尺，他看准引水舟边缘上的一只扣环，伸手一把抓住，继而拼尽全力，翻身攀缘上去，又迅速解开系在腰上的尼龙绳，拴在了扣环上。他瘫倒在引水舟上，浑身没有一点力气，向岸边的沙漠车司机打一下手势，司机赶忙把托着他的引水舟向岸边拽去。终于利用沙漠车上的绞盘，把引水舟拖上了大平板。返回的时候，肖兆奎没有坐车，为了防止感冒，他脱下水淋淋的秋衣秋裤，拧尽了水分，依然穿上，像马拉松赛跑一样，一直奔跑着赶路。跑到舟桥守护驻地的时候，身上的秋衣秋裤都快干透了。

塔里木运输公司特安队和塔里木油田舟桥管护人员，在搬迁舟桥、架设舟桥、守护舟桥，保证勘探运输的 20 年时间里，这样的故事还有很多。他们把舟桥看作沙漠石油勘探开发的生命线，也看作他们自己奉献国家石油开发的大事业。他们 60 多次架设的一座座舟桥，座座都记录着他们的大勇精神。他们用自己的辛劳和忠诚，换得的是一个个沙漠油气田的诞生，他们被人们称为"架桥勇士"和"护桥卫士"。有一次，在石油勘探向沙漠腹地快速进展，轮台县境内塔里木河上又一座舟

桥架设完工的时候，中国石油天然气总公司总经理王涛和石油勘探开发指挥部副指挥王炳诚等来到舟桥工地慰问特安队。王涛总经理和18名特安队队员一一握手，又和王炳诚等人一起与特安队员合影留念，还叮咛照相的记者，要把合影的照片给每个队员都印洗一张。直到现在，特安队的队员们还清楚地记着王炳诚副指挥当时说过的一句话："特安队在石油勘探开发的希望之路上，架设起来的是希望之桥！"

沙海行旅

　　满目都是黄色的沙山，黄色的沙垄。一切都裸露得那么彻底，放眼四野，皆可洞穿。大大小小的沙丘、沙梁，连绵起伏，永无穷尽；上百米高的沙山，叠摞着无数个新月形的沙丘链，环环相绕，层层叠压，一直延绵到天幕低垂的尽头。只有聚拢着败枝残根的沙土包，黑苍苍的像痣，零零落落地点缀在浩浩漫漫的浑黄里——那是一个个红柳家族的殉葬地，沙土、枯根混杂堆聚，干裂扭曲的断枝散乱地零落地表。这里，生命虽然已经死去，但生命的历史依然存在。塔克拉玛干大沙漠，就是这样坦坦荡荡、清清白白地展示着透彻，丝毫没有遮遮掩掩的诡秘。

　　我们行走的沙路，是推土机推出来的简易通道。沙漠车行进其间，左巅右簸，晃荡不止。而司机若无其事地把握着方向盘，镇定自若，毫无畏怯。坐在驾驶室里，我享受着初临沙海的新鲜感，品读着大漠给人的启示录。迎面而来和消失身后的苍茫，渺无人迹和没有物痕的空阔，无不展示着索然无味的单调，无不印证着没有生命便没有变化的常理。

　　这是引进的300多马力的沙漠专用运输车。沉重轰鸣的发动机像飞机引擎般隆隆呼吼，装载着十几吨钻井物资，老牛似的吃力行进。这种车辆，轮胎宽如石碾，又能自动充气、放气，六脚加力，马力又大，很是厉害。尽管这样，却因沙路起伏松软，车跑起来，并不轻松。

行驶在平缓地段，虽嫌缓慢，并无担忧。而翻越沙山，松软的路面一压就散，却使我领略了一番攀缘沙山的艰辛。

前面就是一座莽莽的沙山，像笨拙的屏障，厚重地遮挡了辽远的沙海。从低坡到山巅，尽是一道又一道浑圆的丘垄，只是每一道丘垄上都延展着刀刃似的弧形棱脊。小的丘垄间低凹着较小的锅底形沙坑；大的丘垄间则陷落着漩涡状的大深谷。沙丘、沙垄和沙坡的表面尽是水波一般的细痕，那是风的足迹。沙漠便道便环绕一道又一道丘垄，穿山巅而过。

沙漠车甲虫似的在坡道上蠕动。将近一米宽的轮胎，卷着沙尘，浓烟似的抛向半空。临近山巅的时候，一段陡坡竖立眼前，司机把全身的力气都倾注在右脚，油门已经踩到底，发动机发疯似的吼叫起来，仿佛是拼着力气冲刺。突然，车子的吼声沉重起来。随即车速减慢，几近停止；紧接着，车身一抖，车轮在沙坡上空转起来：瞬间，便陷入空转挖起的沙窝，沉闷的吼声噎死了。

失望的情绪笼罩了我，我的心一下子凉了。要是泥土路面，在陷坑前铲开一道斜面，自然就会冲破困窘，而细沙路面，铲走一锹，仍会滑下一锹，任你有天大的本事，也弄不出一个斜面来。可是，司机倒很平静，挂了倒挡，车子缓缓倒滑下来。

"好不容易爬过了山腰，倒回去，岂不费劲？"我说。

"要跳高，先猫腰，要腾跃，先后缩，打倒车还是为了前进哩。"司机的话，倒很辩证。

沙漠车退下几十米，加大油门往上冲，没有成功。又缓缓后退，直倒到平缓的坡段，再次起步上冲，终于凭借惯性，跃上山顶！

咀嚼司机随意的回答，回味方才一番由困窘到豁然的情绪经历，我仿佛觉得沙漠车跨越此段艰辛，靠的是一种哲学的力量……

　　前面又是一座沙山，沙山顶巅，又是一段陡坡。冲刺，陷住，再冲刺，再陷住，如此呼哧呼哧地折腾了五趟，车子依然困在半坡。我的心又不由得冷了，想：这下可是彻底完了。而司机不急不躁，镇静沉稳，抬手按动开关，为轮胎放气减压，表盘上的内压指针迅速转向"2"字。再次把车倒向坡底，又加重油门，第六次向上猛冲。车子轰隆隆地嘶吼着，越冲越慢，但并没有打住，快到坡头时，便哼、哼、哼地一拱又一拱，终于爬上了沙山的脊梁。行进间，司机再次扣动开关，为轮胎充气升压，内压指针指向"4"字。

　　见识了沙漠车自动为宽大轮胎充放气的本事，不能不令人感慨。欲进先退，并非退了就绝对能进。沙漠车自动充放气的机制是它冲越陡坡的拿手方略呢……

秋里塔格山的测线

　　在库车县与拜城县之间，天山山脉的一条余脉，东段称秋里塔格山，西段是却勒塔格山，耸立的群峰高低错落，莽莽苍苍，像一道遮天的屏障，蜿蜒连绵着横亘在大戈壁的北缘。这条山脉的北面，是拜城小平原上的托克逊、赛里木、克孜尔等几个维吾尔族居住的乡村，南边则是横穿戈壁的314国道和并行国道的铁路线。秋里塔格山和却勒塔格山北麓，木扎提河河谷把这条高峻的山系，与拜城小平原切割开来，著名的佛教遗址克孜尔千佛洞就在木扎提河河谷的山崖上。千佛洞以东的谷地里，镶嵌着一片蓝宝石般的水面，那是克仔尔水库。

　　来自四川的川庆钻探工程公司地球物理勘探公司山地分公司的第一、第二、第三野外地震队，十多年间五上秋里塔格山一带，在不同的区块或同一区块的进一步深度、进一步精度的勘探中，不断获得地质资料的突破，为大山地带的地质研究探获了有价值的地下资料。著名的克拉2气田、迪那气田的发现，以及帕米尔高原东端乌恰县境内大山里的阿克莫木气田，就是他们最早提供了突破性的地质信息。这支1500多人的队伍，是全国唯一一支专攻复杂山地地震勘探的劲旅。用"艰苦

卓绝"来评判他们在大山深处的工作，丝毫也不过分。

按照设计，翻山越岭、跨沟穿壑地布设地震测线，再沿着测线打井放炮、采集震波反射的地层信息，是他们每天反复进行的常规作业。这样的常规性工作，要是在一般的平原上进行，实在算不上有什么特殊，可是，他们每天面对的总是秋里塔格山的悬崖绝壁、深沟险壑——开辟道路，不断延伸测线，就成了他们每天花费时间最多、付出力气最大的工作内容。

秋里塔格山是山势险峻的无人区，峰峰岭岭，沟沟岔岔，没有树木，没有野草，到处是光秃秃的山梁子。许多山壑怪石林立，裸露的岩层纹理像排骨一样斜向倒竖，山脊岭头风力形成的奇形怪状的雅丹石块，像面目狰狞的鬼怪，荒山野沟一片森严。这样的地貌环境，哪里有路可走！测线就是他们的路，测线前头，哪怕是断崖，他们也得攀，哪怕是深涧，他们也得下，哪怕是水潭，他们也得过。

在这样的山地工区施工，他们面临的总是断崖和深涧，他们的路，只能是绳索和云梯。他们称自己每天行进的路是"绳路"。

山地4队承担的QL08-179K测线，从深山里的食宿营地到施工现场，爬山下沟，有几千米的路程。他们把食宿营地叫作机场，从机场到布线放炮的工区，只能靠两条腿攀爬。两个机场的30多名员工，上下工地走的是蜿蜒崎岖的乱石沟，翻越的是山崖壑口上的冲水道。他们每天清早从机场出发，完成一天的任务，直到天黑才返回营地，往返行路的时间得花三四个小时。这还是比较近的工区。更远的工区，就不能当天返回机场，上一次在工区就连续工作好几天，夜里在测线上住帐篷，吃饭靠机场的专人天天送。

走石滩，上缓坡，对他们来说是最好的路了，而攀登山崖的路简直不可想象。100多米高的山体似乎是刀片切割而成，山峰几乎是90度直立，峰崖还有凹陷进去的断块，光秃秃的山体表层，处处是风化了的碎石和浮土。攀爬这样的高山，是他们的家常便饭，一条保险绳绑在腰

上，再抓紧另一条保险绳，脚蹬崖面，身体与崖面几乎垂直，就这样一寸一寸向上挪动。每次攀爬，每人都要背负一件东西，或是油料炸药，或是帐篷被褥，负重上爬，累得气喘吁吁，大汗淋漓。山地5队在QL02-153、157两条测线施工的时候，正值盛夏八月，三十几个人背着干粮和水，在山脊上连续干了八天，天天啃的是干馕饼，嘴唇不是裂口，就是起泡。转移工区的时候，他们决定吃一顿香喷喷的饭菜，安排三个人连夜摸黑下山，到山下的机场营地做了两桶米饭、一桶回锅肉，第二天一早又攀爬绳路，翻山越岭向工区送去。可是行程中却找不到原来的路了，三个送饭人迂回找路，攀缘山体，直到下午六时，终于在一处山头壑口，看见了深沟那边山头上穿着红色工服的同伴们。饭菜送到工区时，天快黑了，打开盛着回锅肉的铁桶，才发现回锅肉已经变臭，不能食用了，眼看着被倒掉了，多么遗憾！送饭的人伤心得哭了，大家只好凉水就米饭，算是改善了一顿伙食。

说到大山中的行路，还有这样的事情：夏季里山区常有暴雨，暴雨过后，悬挂云梯或绳索的山崖壑口下面，常常成为沉积盐碱水的泥潭，队员们攀山施工或送饭人攀山送饭，必先涉足泥泞的水潭。为了工衣不被泥水弄湿弄脏，粘上盐碱，他们就脱成光屁股裸体，衣服捆起来用杆子挑着，先进水，再爬绳。反正都是男子汉，谁也不笑谁。爬上山顶，把粘在皮肉上的盐碱泥巴用手搓掉，再穿上衣服。在秋里塔格山奋战的13年里，这样的事情几乎年年都有，起初是穿着工服过水攀爬，风干了的工衣被盐碱弄得硬邦邦的，穿在身上，非常难受，后来就干脆裸体了。遇到这样的情况，挑着衣服裸体爬山也是他们的家常便饭。

山峰林立，山势险要，测线施工最难的就是设备搬迁。设备部件上山下沟地搬运，运输机械根本无能为力，他们只有靠杠子抬，肩头背。如此恶劣的丛岭地貌，如此艰难的设备搬迁，往往险象环生。山地5队在QL02-151测线作业时，测线经过的地方，不是直立的绝壁，就是怪异的石崖，每天都要遇到严峻的挑战。151测线海拔2500多米，高高

低低的山峰相对高差在 1000 米以上。山地 5 队的工人们天色微微发亮，就扛着、背着设备向工区进发。一路上他们翻越大大小小 27 个悬崖，连爬 27 道保险绳，队员们累得气喘吁吁，骨肉疲软。傍晚时分，他们被一处高约 40 米的陡崖当头截拦，又要攀绳索了。十几名队员一个一个紧抓大绳，向上攀登的时候，突然，一名队员双脚滑脱，身子悬在半空，他手臂发软，酸困得几乎无力继续攀爬了。看到他悬吊半空的身子，大家惊吓得齐声呼喊："坚持！坚持！雄起！雄起!"情急之下，他突然用牙齿咬住保险绳，牙齿咬绳等于增加了一只手，稍事歇缓一阵，才鼓足勇气，爬上山顶。大家看到，他手掌被绳索捋开了血口，嘴里的鲜血洇红了下颚。

看看山地地震队员更为惊险的设备搬运吧——一条高空索道飞跨 400 多米宽的峡谷，这条索道就是工人们搬运设备的路。三名工人攀着保险绳，爬上峡谷南边的半山腰，峡谷北面十几个工人把捆绑牢固的机器挂上滑轮，两边大声呼喊着，一个山头上拉绳索，另一个山头上放绳索，挂在索道上的机器由北向南缓缓移动，一寸一寸滑动到峡谷南边半山腰。一台炮井钻机有发动机、液压泵、动力头、空压机、冷却器等 11 个部件，轻的部件 20 多千克，重的六七十千克，每钻一口炮井就得搬迁一次，每次搬迁都要拆卸每个部件，一件一件搬送到另一口井位上。用高空索道搬运机器的艰难活儿，也是他们的家常便饭。架设一次索道，二十几个人要干一整天。一台钻机搬到距离 60 米的下一口井位，有时候 11 个部件一天也搬不完。

攀越山峰是如此艰难，行进沟滩也常常危机四伏。山地 4 队一次施工中往返行走的是一条大冲沟，两边的断崖危石累累，断崖下的沟渠巨石如牛，沟壑狭窄，之字形拐弯一个接着一个，多处山石悬空，随时都有垮塌的危险。这段沟路大约五千米，他们称作"警戒区"，进出人员必须高度警惕，尽快通行，严禁逗留。行进在这样的路段，他们不敢高声喧哗，汽车不能鸣号，生怕声音的震动会震落头顶的危石。有一次，

表层调查组的汽车刚刚拐过一个弯道，车后"轰隆"一声，一溜巨大的乱石就塌落下来，好生危险！工人们还亲眼看见，一只骆驼在山体的阴凉处饮水，被突然垮塌的岩石压住了半个身子，骆驼伸着长长的脖子，不停地哀鸣，不多工夫，就耷拉着脑袋，慢慢地死去了。

他们在山地施工，最难的是山脊如刀，常常找不到一块架设钻机的平地。架设打炮眼的钻机，不过两个平方米的地方，可是山石坚硬如铁，他们就在山石上打进钢钎，拴上拉绳，拉正钻机，才能打井。在这样的斜坡上打井，他们腰里还要绑上绳索，拴在打进岩石中的钢钎，才能保证安全。尤其是冬季施工，作业队远离机场，常常带帐篷在山岭上过夜，一场大雪之后，他们的帐篷就架在冰雪上，一夜过后，睡袋的下面就和冰雪冻在一起。施工艰难，冬天过夜艰难，但是，各个地震小队年年都按期完成测线的地震任务，年年都向塔里木油田按期提供完整、精确的地震波数据采集资料。

山地公司地震队在秋里塔格山区默默无闻地艰苦工作，坚韧不拔地克服困难，以超常的勇敢和可敬的顽强，穿峰过岭，横跃天堑，完成的是一条条地震测线的科学勘探，写就的是一曲曲无所畏惧的英雄壮歌。他们把队伍的勇敢顽强精神和科学的地震技术结合起来，在先进的测量装备、钻井设备、采集仪器，以及各种技术培训和操作培训的支撑下，创新宽线大组合观测技术、高精度遥感信息优选激发接收点技术、叠前深度偏移成像技术和高精度设计炮井井口技术等，形成了复杂山地地震作业的系列技术，为塔里木油田的地质研究，为一个个油气田的发现，立下了汗马功劳。搏击崇山峻岭，探知地质构造，他们是一支英勇不屈、百炼成钢的铁军！

沙漠酬唱

　　远走他方，走的不是南国青山绿水，都市高宅深院，走的是西部塔克拉玛干沙漠。或许是一种结缘，沙漠便与我同酬同唱。

　　初见沙漠，是从高空俯瞰。飞机在迅疾腾空之中，很快把看惯了的城市、村舍、农田抛远，视野之下，满是望不尽的干枯、赭黄。曾经耳闻，沙山很大很高，眼下的感觉，却是足下的坳坎。想象中的沙漠，许是平缓地域。数百千米的高空粗览，才知沙漠遍布坎坷；只是漫远的空阔裸露，使人产生一种毫不掩饰的感触——沙漠坦荡而透彻。

　　飞机到达沙漠腹地的上空，平时看熟了的石油井架一下子不敢认了——往日高大仰视的形象，此时小若圆规；近旁的钢板跑道，也如在地上爬的黑色毛虫。沙漠空间广大，怀抱着的物事，那么细小。假若沙漠地表还有一个"我"，我在高空中是决然看不到的。我不敢张狂。

　　有幸从地面观览塔克拉玛干沙漠，更是惊叹不已。那是一次历时数日的艰难穿越，目睹心感，令人震撼。

　　沙山在头顶巍立，沙丘在身旁群列。浑圆的沙丘链相依相偎，重重叠叠，渐远渐高，厚厚重重地摞堆成一脉脉沙山。或者，沙垄、沙岗、沙沟、沙窝扯扯连连，起起伏伏地展现成望不透的海波，旷远而寥廓。一切都是静止的，凝固的，静肃得沉重而深远，沉默得安详而从容。沙漠越走越深，越走越感到被一种雄浑浩荡的气势所围裹，仿佛弃离尘世的繁华，逆时光进入远古。今之沙漠就是古之沙漠，沙漠对于时光似乎凝定不变。感受沙漠，可以感知一种博大的纯净，心灵仿佛从纷扰中逃逸。沙漠是恢宏无比的清静之地。

在据说是河流古道的沙漠谷地，看到一处不知死去多少年的林木的废墟。那是一抹全然没有了枝杈，只有干裂的躯干依然矗立或惨然倒地的胡杨林遗体。多么惊心动魄呀！一根根扭裂的粗大的木桩，直愣愣地撑在凸凹不平的沙地上，昔日郁郁葱葱的硕大树冠，被一场劫难掠夺得无影无踪，一段久远年代的岁月史和生命史，变成了苍凉阴森的木雕群，悲壮而肃穆。

这是一处不可尽望的干涸了的河床谷地，布满形态怪异的树桩，向远方延绵而去。而谷地以外，死废了的残躯断干渐渐稀少，以至于全然消无。推想当初，苍郁的胡杨林带，定是依泱泱河流的哺润而生而长；沧落成现在的模样，定是水流改道，干涸而死。这隐藏在沙漠深处的惊撼心灵的奇异景观，是对活生生的往昔的留恋显示吗？是对大自然无情演变的立体记忆吗？有的繁茂可以永远，有的繁茂难免断竭，而变迁永存，谁也无力阻拦。这绵延沙漠的古树林的遗体群，鲜明地兀立在难得一睹的视野里。

塔克拉玛干沙漠喻称"死亡之海"。如今，世人皆知，此说只属往昔——沙漠腹地崛起的油田和贯通沙漠的平坦公路，已为世界瞩目。这更是一种伟大的变迁。

人类已经主宰往日的生命禁区，一幅开发建设的蓝图，已经展示在金黄色的大漠深处。这是新时代的雄壮进军。人对沙漠不再恐惧，人与沙漠不再对立。科学已经研究一个新的命题：人的心理与沙漠环境。

走进塔克拉玛干沙漠，扑面而来的景象，是恶劣而空无的大自然，

唯一怀抱的欲望，是合力奋斗，建树作为。你要穿越吗？即便依靠现代化的沙漠车，也得抱定无所畏惧的信念。你要科学考察吗？首先要甘愿脱皮掉肉，吃尽千辛万苦。你要开发油田吗？必须付出艰苦的奋斗。你要修筑公路吗？必须有扼制风沙的胆识。这里，人的价值明显不受金钱、等级左右，名利角逐明显不来干扰心境，可以远远地抛离无谓的碌碌袭扰，决断地摆脱隐秘的窃窃算计。沙漠启示你心胸坦荡，事业激励你光明磊落。沙漠空寥不空虚，沙漠平淡不平庸，沙漠冷峻不冷清。感受沙漠，方知超越。沙漠的广阔雄壮和事业的激进昂扬，可以消解烦忧，纯洁心扉，净化人生。这是一方高尚生活的净土，发散精神的赛场。

塔克拉玛干的历史太古远，太悲壮，古远到曾经是一方浩渺的茫茫水域，悲壮得让人对风沙吞蚀人类文明叹惋不已。沙漠的自然演化沙飞风搅，沙漠的人类文明灼灼有辉。沙漠古文明遗迹的留存和充溢探险色彩的考察发掘，一并显示着这块远漠之地上，人类精神力量的强悍。沙漠里的古代文明原始老旧，抵御不了自然力的威慑，至今留存史碑的个体式的察探无不极度艰难，甚至触目惊心地记载着其中的风险和死亡。而现在的沙漠科学探求，沙漠开发建设，已经远远超越了沙漠本身严酷力量的抑制，改昔日无可奈何的悲怆为创造式的生机勃勃的雄壮。

然而，沙漠依然吞噬过科学家的生命，腐烂过探险家的肌体，沙漠对人的决心和精神的扼杀力，依然没有消减。人的决心、精神和方略对沙漠的抗衡、探知和利用，依然需要百倍的强勇。负命挺进沙漠，环境逼使你振奋，使命激发你蓬勃。说崛起了现代建设的沙漠，是冶炼心灵和纯化生活的净土，并不过分。

沙漠给人震撼，沙漠使人阔达，沙漠动人心魄，沙漠启人激越。沙漠同人的酬唱壮丽而威武。

塔克拉玛干告诉我

塔克拉玛干是塔里木的骄傲。浩浩天山、巍巍昆仑和绵绵阿尔金山怀抱着塔里木，而塔里木又怀抱着塔克拉玛干。山脉的恢宏和盆地的博大组成了中国西部这片著称于世的地域。这就是我们神圣疆土那块被称为"死亡地带"的荒漠、沙海吗？

我没有穿透这块荒寂之地的目力，我只能想象她的辽远和广大。我曾经在中国地图前，用目光默默地询问她，用惊叹深深地赞美她，询问自然造就她的美丽，惊叹地球诞生她的伟力。

我的思绪之所以常常萦绕在她的缩影前，因为她是伟大祖国版图上极富特色、颇具诱惑的正待开发的疆域。

虽然岁月在她的周边孕育了一块块绿洲，孕育了各族人民的历史和文化，种植了中华民族开发这块疆土的希望，但是我总觉得，塔里木似乎还在沉睡，还在等待。因为，那条著名的塔里木河年年岁岁，奔流不息；那绵延数百里的著名的胡杨林年年岁岁，生长不息；塔里木怀抱里那令人迷茫、也激人想象的塔克拉玛干大沙漠，年年岁岁，展示着她的宏大和壮观。我不认为这是一块死亡之地，我更不相信，塔克拉玛干是

"死亡之海"。不能责怪斯文·赫定的惊叹,他的"死亡之海"的惧言,不过是严酷的塔克拉玛干无情威胁人的生命的一种感慨,而塔克拉玛干本身,却是充满活力的土地。

对于塔里木,用辽阔、广大一类词语,似乎还不足以表现她的本质和品性。她的戈壁,她的绵延数百里的沙海,确确实实显示出大自然广大无比的宏伟气势:那戈壁,一任无边无际地伸展而去,坦坦荡荡,无遮无盖,或者是砾石遍野,或者是细土如碾;那荒漠,梭梭、红柳盘踞着的裸露着枯枝败叶的土丘,一丛一丛,一堆一堆,望不到头,走不到边,静静地沉积着远古的幽深;那沙海,则完全是褐黄色的世界,沙丘漫漫无边,沙山绵绵不尽,沙坡呈现齐齐平平的斜面,沙梁仿佛刀削而成的直棱,层层台台,叠摞相连,气魄雄浑。塔里木的戈壁、荒漠能告诉我些什么?塔里木的塔克拉玛干沙海又能告诉我些什么?寂寥、荒凉、幽远,不过是人们对她表象的一种心理感知。她的地下潜藏着的世界呢?她的宽广的胸膛下包容着的神秘呢?或许,她不是用鲜花和碧草妆点人们的希冀,而是用厚重的遗产积存着我们民族的一份熠熠生辉的未来。

春风不度玉门关,不过是历史的悲叹。改革开放为漠地沙海鼓满了春意,现代科技终于唤醒了这块沉睡的土地。而今,当地质勘查的地震炮在沙海深处挺起雄伟的石油井架,当井架下喷射出一簇簇地层深处的交织着热和火的黑石油,当一个个油气田令人瞩目地崛起,当塔克拉玛干腹地数千平方千米的巨型含油构造上发现亿吨级的整装大油田,谁能不深深地爱恋这块荒漠,这块沙海?谁能不深深地为之动情,心意切切地为之献身呢?

石油人是沙海荒漠的勘探者。石油人总说,在荒凉中种植希望,在空白里创造事业,塔里木和她的塔克拉玛干,给予我们和将给予我们的,实在太多太多。正是为此,他们才用执着的爱,拥抱戈壁,拥抱荒漠,拥抱这撩人心思的塔克拉玛干大沙海!

塔克拉玛干,你还能告诉我些什么?

唇　印

　　盼着轮休换班的日子，盼着这一天返回井场的工友给你带来妻子的信。你说，牺牲一茬轮休，难免想念她的，难免怀念内地那座美丽城市里属于自己的柔情蜜意的黄昏。

　　而今，在塔里木的荒漠里，你的心思紧紧系着井架，系着钻头，系着那个潜藏在奥陶系地层的为期不远的憧憬。

　　这一天你没有失望。不解的是，信瓤里除了"亲爱的你"和爱妻的芳名，信的内容就是雪白的纸上那枚鲜红鲜红的唇印。

　　分明是口红的颜色，分明是妻子别出心裁的创作。亏她想得出来——下唇圆似弯月，上唇微显棱角，唇角微微上翘，真真切切就是妻子那熟悉的语时流蜜、笑时吐香的柔唇！

　　偷偷地你笑了，心里明白：曾有许诺——妻子真的送来了热吻……

　　幸亏，妻子的来信是在井场边的胡杨树下拆的，不然，大伙儿们看见，该要打闹多久！你便一个人想象着，大镜子前涂口红的她，那兴奋的神态是多么可亲可爱；猜想那桃花一般的唇印印在信纸上的时

候，肯定是一个月挂柳梢头的深夜。

　　眼前，依然是高高的井架、隆隆的机声，依然是辽远大漠、漫漫黄沙。你只说："妻，井越打越深，井越深，我就和你相距越近！"

春庆的焰火

  元宵节是春节民风社俗的一重高潮。在春节隆重的团圆祥和、深厚的情谊往来中，一种新的亲友之爱、同事之情又结晶心灵，充溢生活；而元宵日社鼓闹春，龙狮狂舞之后，初夜时分的焰火又是春庆的一道盛宴了。

  油田基地所在的库尔勒城市的元宵之夜，天上圆月朗朗，晴空如洗，地上霓虹灿灿，火树银花。清丽美好的夜空里，一簇簇升腾的焰火，变换着七色图案争奇竞艳，一幅幅灿烂的光影造型次第展现——那是"金花牡丹"，那是"变色菊花"，那是"混色金闪"，那是"银光爆烁"……那交相辉映的是红绿色的带尾礼花，那重重叠叠的是炫目耀眼的金冠银冠，那摇曳绽放的是无穷的金碧辉煌，那流泻变换的是多彩的婀娜多姿……随着一声声爆响，夜空里骤然炸闪开一幕幕千姿百态、眼花缭乱的奇景异彩。朗明的月光下，姹紫嫣红的街市大道，五彩缤纷的公园广场，异彩纷呈的社区楼院，还有那穿越市区的并不封冻的美丽孔雀河，波光闪闪，一河彩光，都珠光宝气，宛如神话境界一般。

  此时此刻，城市犹如灯火之海，也成了焰火礼花的明丽画图。我在

高层楼房的窗口，欣赏这亮丽辉煌的动人景观，那巨大的花团锦簇美轮美奂，那激荡人心的灼灼礼花令人遐想不已……

也是此时此刻，我的手机传来数百千米之外，塔克拉玛干沙漠里的油田和天山山地天然气气田的电讯。那里，新的勘探区域的深井钻探依然照常进行，西气东输气源地的工人们依然保障着一口口气井的正常运行。一个声音说：我们刚刚接完一个下钻的单根，井场外面的沙丘上也放了焰火，站在钻井平台上欣赏，也挺高兴的！一个声音说：我刚刚从采气井的井场巡回检查出来，看见山丘那边生活区里也放焰火啦，基地城市里比这儿热闹，这儿的焰火是崇山峻岭的背景，另有一番味道哩！还有一个声音说：我正在沙漠油田的公路上开车呢，这会儿看到的只是沙漠车前的灯光，元宵夜的焰火和咱无缘，你就替咱拍几张焰火照片吧！

元宵之夜璀璨斑斓的焰火礼花，是辞旧迎新的欢乐庆贺，也是释放意愿、憧憬新的前景的美好预示。沉浸在元宵之夜的城市的欢乐里，又听到距城市数百里之遥，依然在塔克拉玛干沙漠，在天山南麓山壑地域油气田工作着的朋友们的心灵之声，我的思绪随着一重重焰火礼花的灿烂景象，跃跃地飞扬起来……